R & B

DOUGLAS ADAMS
JOHN LLOYD
SVEN BÖTTCHER

DER
TIEFERE SINN
DES
LABENZ

Das **Wörterbuch**
der bisher unbenannten
Gegenstände und
Gefühle

Mit Illustrationen von **Bert Kitchen**

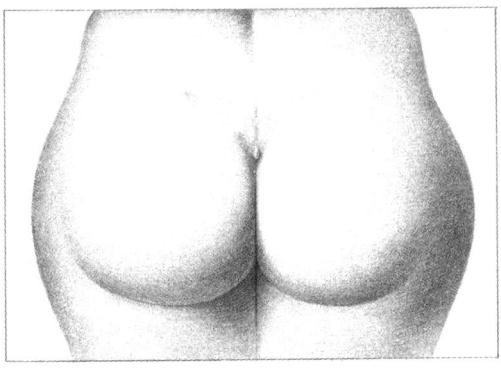

Rogner & Bernhard
bei **Zweitausendeins**

1. Auflage, Oktober 1992
Titel der Originalausgabe: THE DEEPER MEANING OF LIFF.
© 1990 by Douglas Adams and John Lloyd.
Illustrations © by Bert Kitchen.

© der deutschen Ausgabe 1992
by Rogner & Bernhard GmbH & Co. Verlags KG, Hamburg.
ISBN 3-8077-0262-8

Karten: Dagmar Fedderke, Paris.
Herstellung und Umschlag: Eberhard Delius, Berlin.
Satz: Mega-Satz-Service, Berlin.
Druck: Wagner GmbH, Nördlingen
Einband: G. Lachenmaier, Reutlingen.
Printed in Germany.

Dieses Buch gibt es nur bei Zweitausendeins
im Versand (Postfach 610 637, D-6000 Frankfurt am Main 60) oder
in den Zweitausendeins-Läden in Berlin, Essen, Frankfurt,
Freiburg, Hamburg, Köln, München, Saarbrücken,Stuttgart.

In der Schweiz über buch 2000,
Postfach 89, CH-8910 Affoltern a. A.
In Österreich über den VKA-Buchladen und Versand,
Stiegengasse 20, Postfach 76, A-1060 Wien.

Mit allem erdenklichen Dank an Eugen Beer, Jane Belson, Jens Böttcher, Jon Canter, Alex Catto, Helen Fielding, Stephen Fry, Gaye Green, Nikolaus Hansen, Sean Hardie, PBJ, Richard Kähler, Helen Rhys Jones, Laurie Rowley, Peter Spence, Henning Stegelmann, Caroline Warner und Steffanie Wiechert, die für einige der interessanteren Ideen in diesem Buch verantwortlich sind.

Inhalt

Vorworte

VORWORT ZUR ERSTEN AUFLAGE VON
THE MEANING OF LIFF, 1983

Im Leben* gibt es Tausende von Erfahrungen, Gefühlen, Situationen und sogar Gegenständen, die uns allen vertraut, bis heute jedoch nicht bezeichnet sind. Andererseits ist die Welt voll von unbenutzten Wörtern, die während ihres gesamten Daseins nichts weiter tun, als auf Schildern herumzuhängen und auf irgendwelche Orte zu deuten. Wir betrachten es daher als unsere Aufgabe, diese Wörter von den Wegweisern herunterzuholen und Babys, Säuglingen und dem Rest der Welt in den Mund zu legen, damit sie endlich ihren Beitrag zu alltäglichen Unterhaltungen leisten, nützliche, wertvolle Mitglieder der Sprachfamilie werden und eine sinnvolle gesellschaftliche Aufgabe übernehmen. *Douglas Adams, John Lloyd, Malibu, 1982*

VORWORT ZUR ZWEITEN AUFLAGE, 1984

Das, was wir im ersten Vorwort gesagt haben, bedarf meiner Auffassung nach keiner Ergänzung.
Douglas Adams, New York, 1983

VORWORT ZUR DRITTEN AUFLAGE, 1984

Zum letzten Vorwort fällt mir wirklich nichts mehr ein. Ist aber nett hier. *Douglas Adams, Seychellen, 1984*

Sag bloß. *John Lloyd, Birmingham, 1984*

BRIEF VOR DER VIERTEN AUFLAGE, 1986

Wenn ihr mich fragt, haben auch die deutschen Verwandten

* Und natürlich auch in Labenz

9

der englischen Wegweiserwörter einen Anspruch, in die Sprachfamilie aufgenommen zu werden. Das sollte sich doch eigentlich
bewerkstelligen lassen, oder? Größere Probleme sehe ich ehrlich
gesagt nur beim Vorwort.   *Sven Böttcher, Rosengarten, 1986*

VORWORT ZUR VIERTEN AUFLAGE, 1986

Ich hatte noch irgendeine Idee, was dieses komische Vorwort be-
trifft, aber leider eine von denen, die sich hinterlistig aus dem
Staub gemacht haben, wenn man endlich Zeit findet, sich hinzu-
setzen und sie aufzuschreiben.
               Douglas Adams, Madagaskar, 1985

VORWORT ZUR FÜNFTEN AUFLAGE, 1987

Nein. Wieder nichts. Tut mir leid. Sie ist kurz wieder aufge-
taucht, als ich in Brasilien war, aber ich hatte keinen Kugelschreiber bei mir.   *Douglas Adams, Hong Kong, 1986*

VORWORT ZUR SECHSTEN AUFLAGE, 1988

Hast Du das Vorwort bekommen, das ich Dir aus Neuseeland
gefaxt habe?   *Douglas Adams, Zaire, 1988*

VORWORT ZUR SIEBENTEN AUFLAGE, 1989

Nein.   *John Lloyd, Lambeth, 1989*

VORWORT ZUR ACHTEN AUFLAGE, 1989

Schade. War ziemlich gut. Habe aber mittlerweile vergessen, was
drinstand.   *Douglas Adams, Peking, 1989*

BRIEF VOR DER NEUNTEN AUFLAGE, 1989

Arbeite nach wie vor an einem deutschen Vorwort. Werde anschließend an den leichteren Teil gehen, also übersetzen, was zu übersetzen ist, und den Rest auffüllen. Irgendwas in dem Vorwort ist noch nicht ganz klar. Ich weiß nur nicht was.

Sven Böttcher, Rosengarten, 1989

VORWORT ZUR NEUNTEN AUFLAGE, 1989

Haben wir eigentlich klipp und klar erklärt, daß es sich bei all diesen Bezeichnungen um echte Ortsnamen handelt?

Douglas Adams, Mauritius, 1989

VORWORT ZUR ZEHNTEN AUFLAGE, 1989

Ja.

John Lloyd, Lambeth, 1989

VORWORT ZUR ERSTEN AUFLAGE VON THE DEEPER MEANING OF LIFF, 1990

Na, dann ist dazu wohl nicht mehr viel zu sagen, wie?

Douglas Adams, John Lloyd, Sydney, 1990

VORLÄUFIGES VORWORT ZUR ERSTEN AUFLAGE VON DER TIEFERE SINN DES LABENZ, 1992

Stimmt.

Sven Böttcher, Rosengarten, 1992

BRIEF VOR DER ERSTEN AUFLAGE VON DER TIEFERE SINN DES LABENZ, 1992

Sag mal, mußt Du eigentlich immer das letzte Wort haben?

Douglas Adams, John Lloyd, London, 1992

VORWORT ZUR ERSTEN AUFLAGE VON DER TIEFERE SINN DES LABENZ, 1992

Nein.

Sven Böttcher, Rosengarten, 1992

Karten

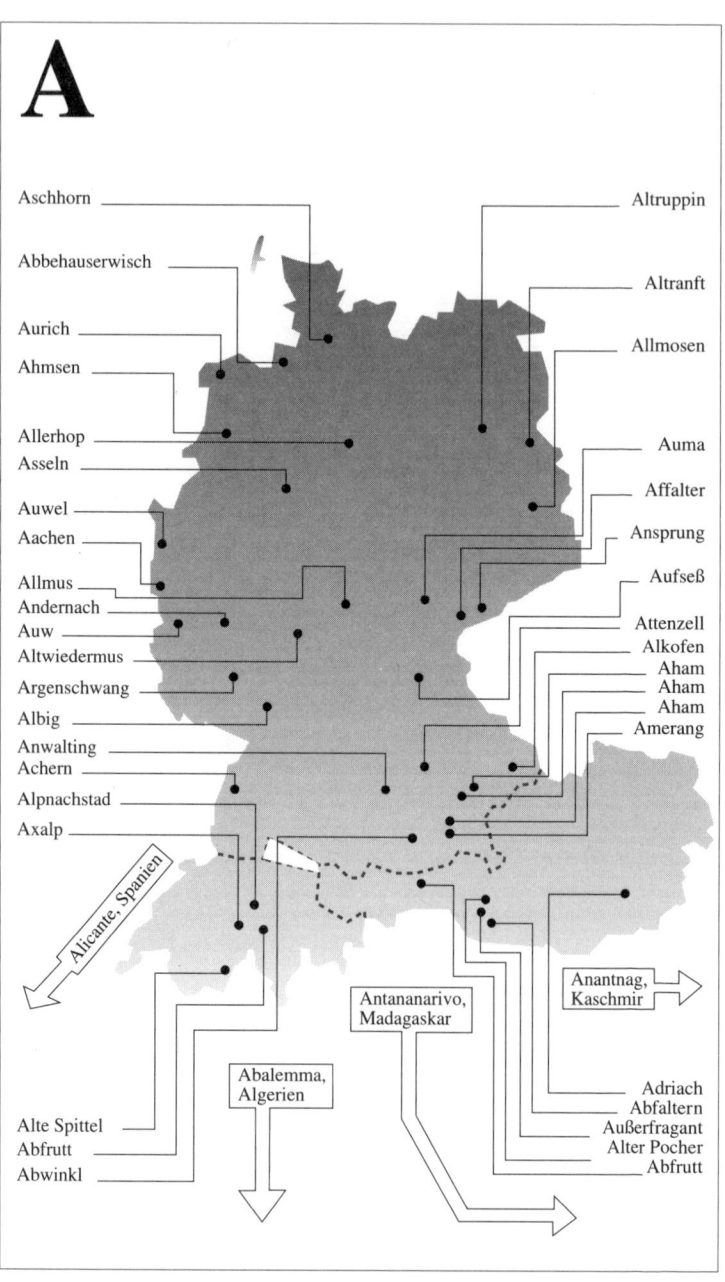

A

Aschhorn

Abbehauserwisch

Aurich

Ahmsen

Allerhop

Asseln

Auwel

Aachen

Allmus

Andernach

Auw

Altwiedermus

Argenschwang

Albig

Anwalting

Achern

Alpnachstad

Axalp

Altruppin

Altranft

Allmosen

Auma

Affalter

Ansprung

Aufseß

Attenzell

Alkofen

Aham

Aham

Aham

Amerang

Alicante, Spanien

Antananarivo,
Madagaskar

Anantnag,
Kaschmir

Abalemma,
Algerien

Adriach

Abfaltern

Außerfragant

Alter Pocher

Abfrutt

Alte Spittel

Abfrutt

Abwinkl

B

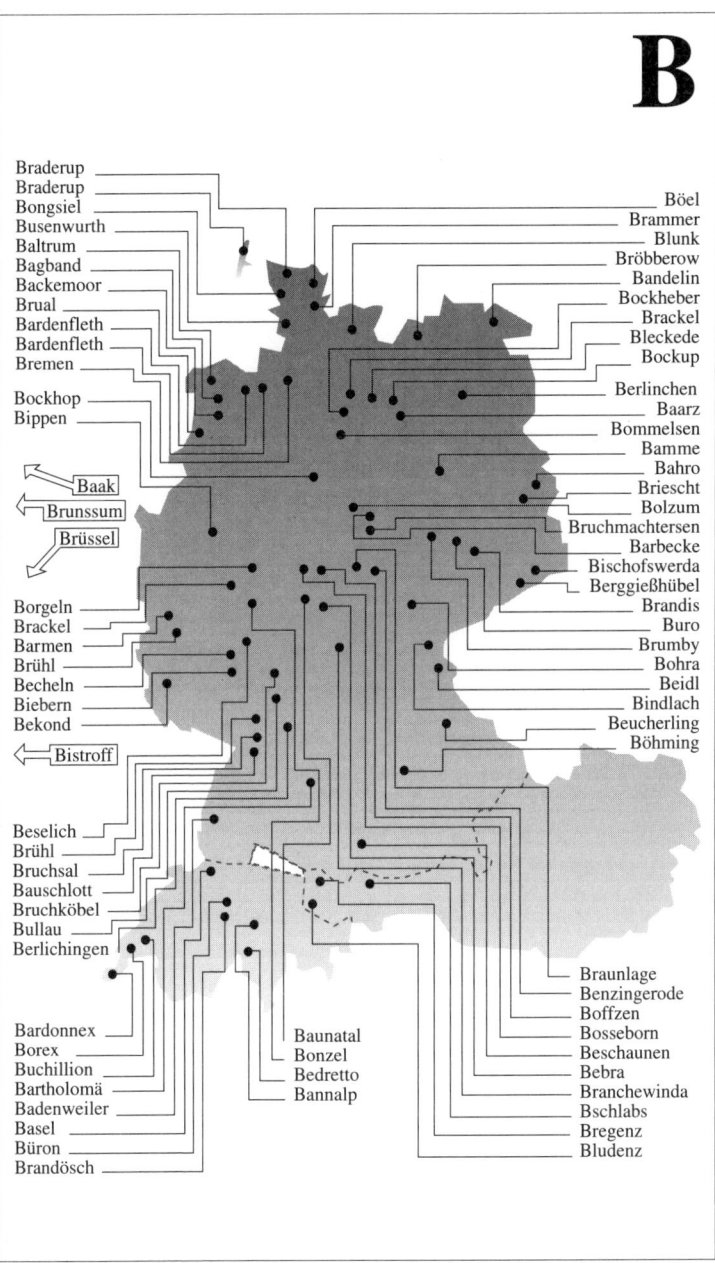

Braderup
Braderup
Bongsiel
Busenwurth
Baltrum
Bagband
Backemoor
Brual
Bardenfleth
Bardenfleth
Bremen

Bockhop
Bippen

Baak
Brunssum
Brüssel

Borgeln
Brackel
Barmen
Brühl
Becheln
Biebern
Bekond

Bistroff

Beselich
Brühl
Bruchsal
Bauschlott
Bruchköbel
Bullau
Berlichingen

Bardonnex
Borex
Buchillion
Bartholomä
Badenweiler
Basel
Büron
Brandösch

Baunatal
Bonzel
Bedretto
Bannalp

Böel
Brammer
Blunk
Bröbberow
Bandelin
Bockheber
Brackel
Bleckede
Bockup

Berlinchen
Baarz
Bommelsen
Bamme
Bahro
Briescht
Bolzum
Bruchmachtersen
Barbecke
Bischofswerda
Berggießhübel
Brandis
Buro
Brumby
Bohra
Beidl
Bindlach
Beucherling
Böhming

Braunlage
Benzingerode
Boffzen
Bosseborn
Beschaunen
Bebra
Branchewinda
Bschlabs
Bregenz
Bludenz

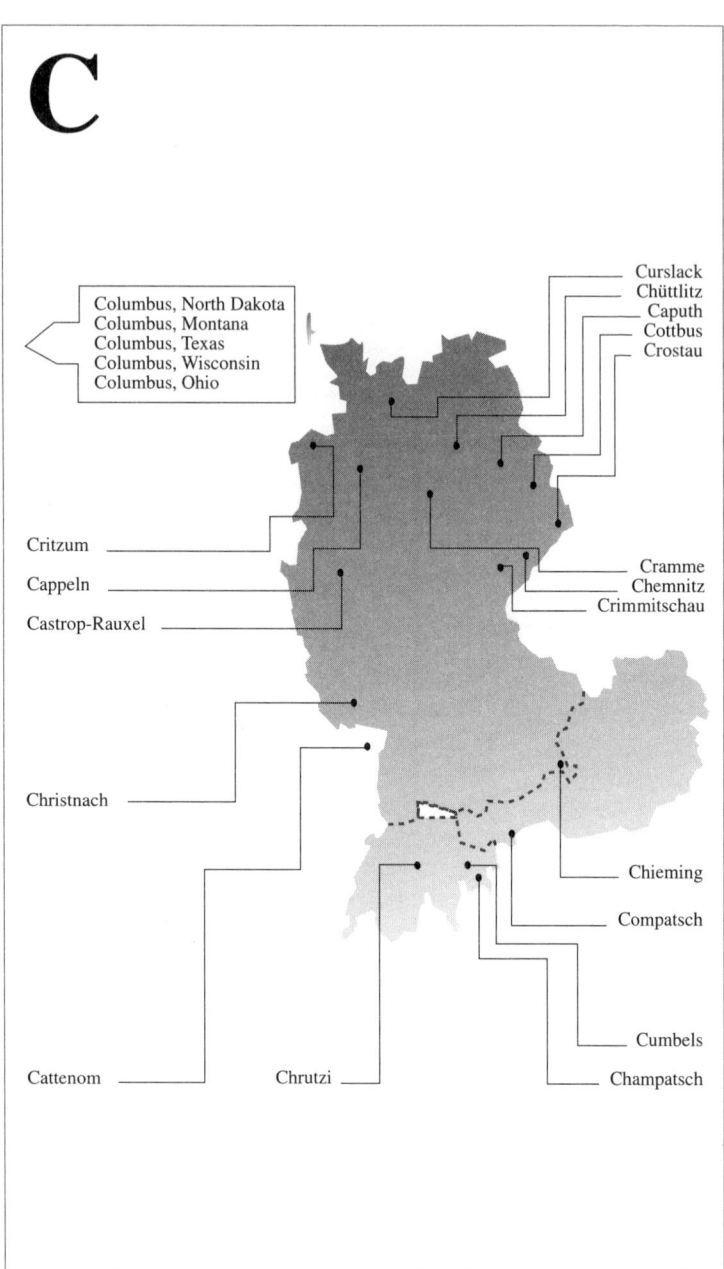

C

Curslack
Chüttlitz
Caputh
Cottbus
Crostau

Columbus, North Dakota
Columbus, Montana
Columbus, Texas
Columbus, Wisconsin
Columbus, Ohio

Critzum

Cappeln

Castrop-Rauxel

Cramme
Chemnitz
Crimmitschau

Christnach

Chieming

Compatsch

Cumbels

Cattenom

Chrutzi

Champatsch

D

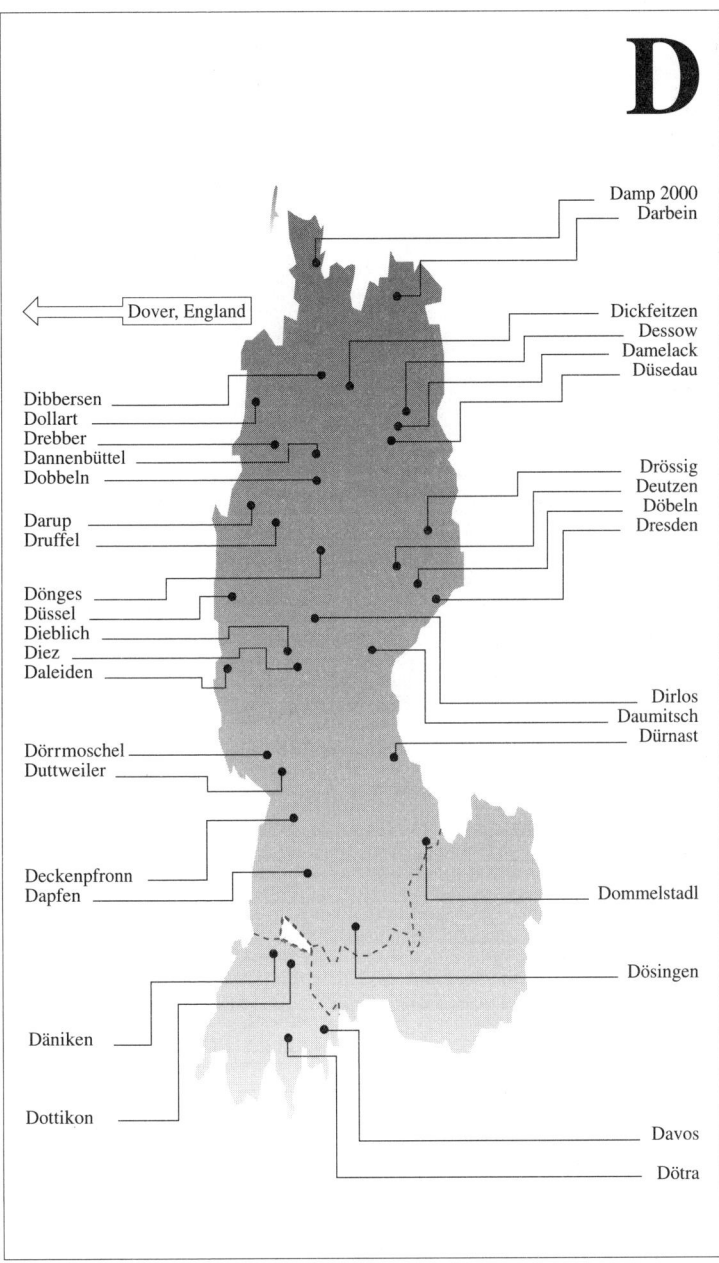

Damp 2000
Darbein

Dover, England

Dickfeitzen
Dessow
Damelack
Düsedau

Dibbersen
Dollart
Drebber
Dannenbüttel
Dobbeln

Drössig
Deutzen
Döbeln
Dresden

Darup
Druffel

Dönges
Düssel
Dieblich
Diez
Daleiden

Dirlos
Daumitsch
Dürnast

Dörrmoschel
Duttweiler

Deckenpfronn
Dapfen

Dommelstadl

Dösingen

Däniken

Dottikon

Davos

Dötra

E

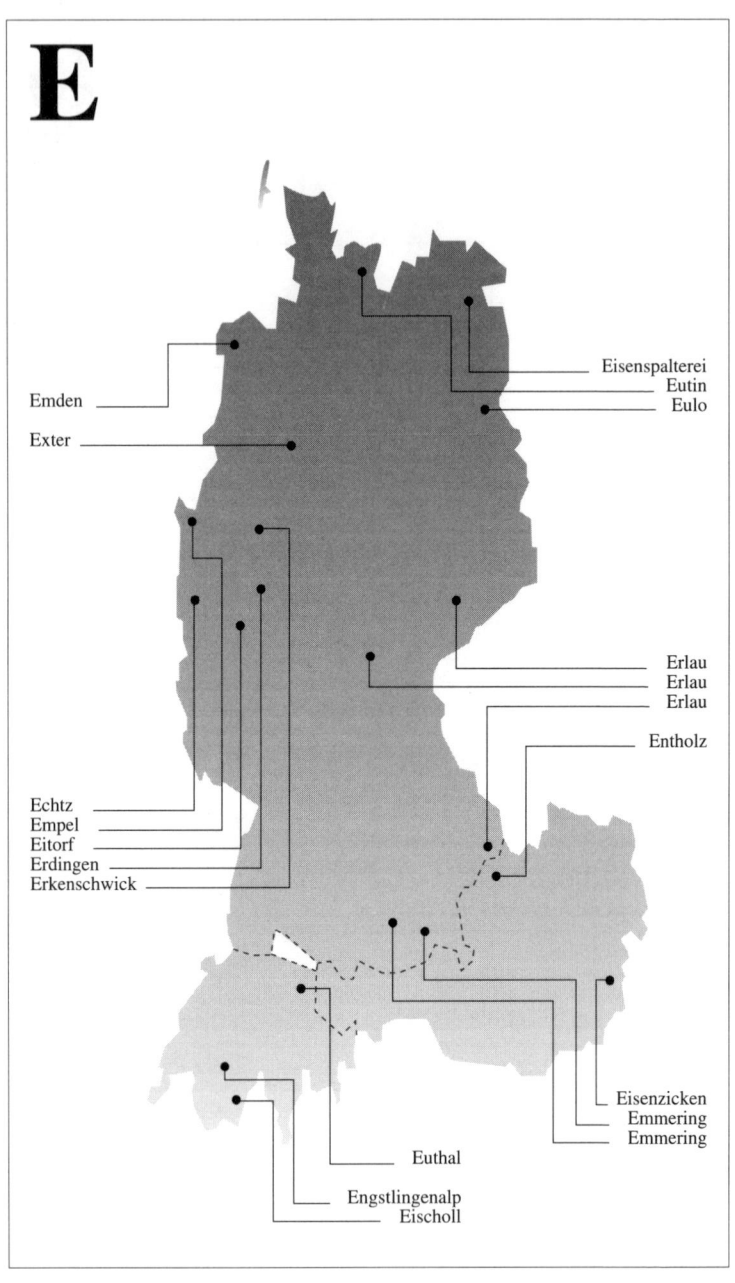

Emden

Exter

Eisenspalterei
Eutin
Eulo

Erlau
Erlau
Erlau

Entholz

Echtz
Empel
Eitorf
Erdingen
Erkenschwick

Eisenzicken
Emmering
Emmering

Euthal

Engstlingenalp
Eischoll

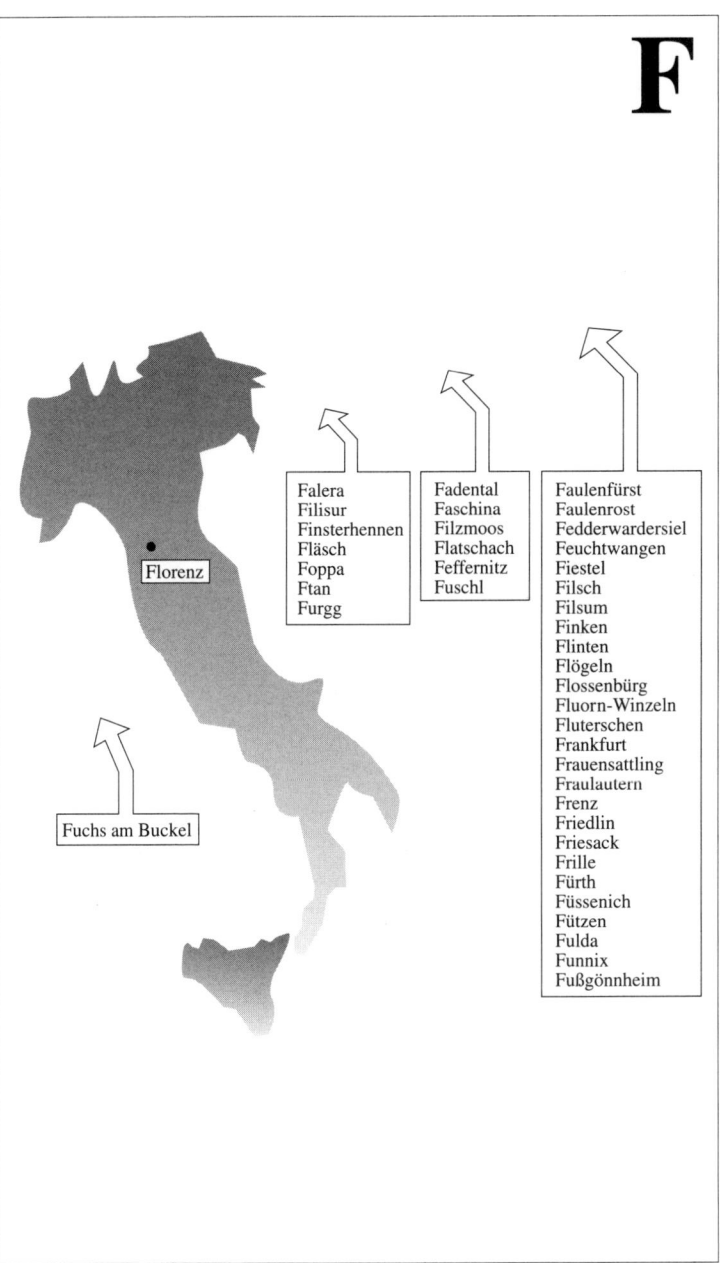

F

Florenz

Fuchs am Buckel

Falera	Fadental	Faulenfürst
Filisur	Faschina	Faulenrost
Finsterhennen	Filzmoos	Fedderwardersiel
Fläsch	Flatschach	Feuchtwangen
Foppa	Feffernitz	Fiestel
Ftan	Fuschl	Filsch
Furgg		Filsum
		Finken
		Flinten
		Flögeln
		Flossenbürg
		Fluorn-Winzeln
		Fluterschen
		Frankfurt
		Frauensattling
		Fraulautern
		Frenz
		Friedlin
		Friesack
		Frille
		Fürth
		Füssenich
		Fützen
		Fulda
		Funnix
		Fußgönnheim

G

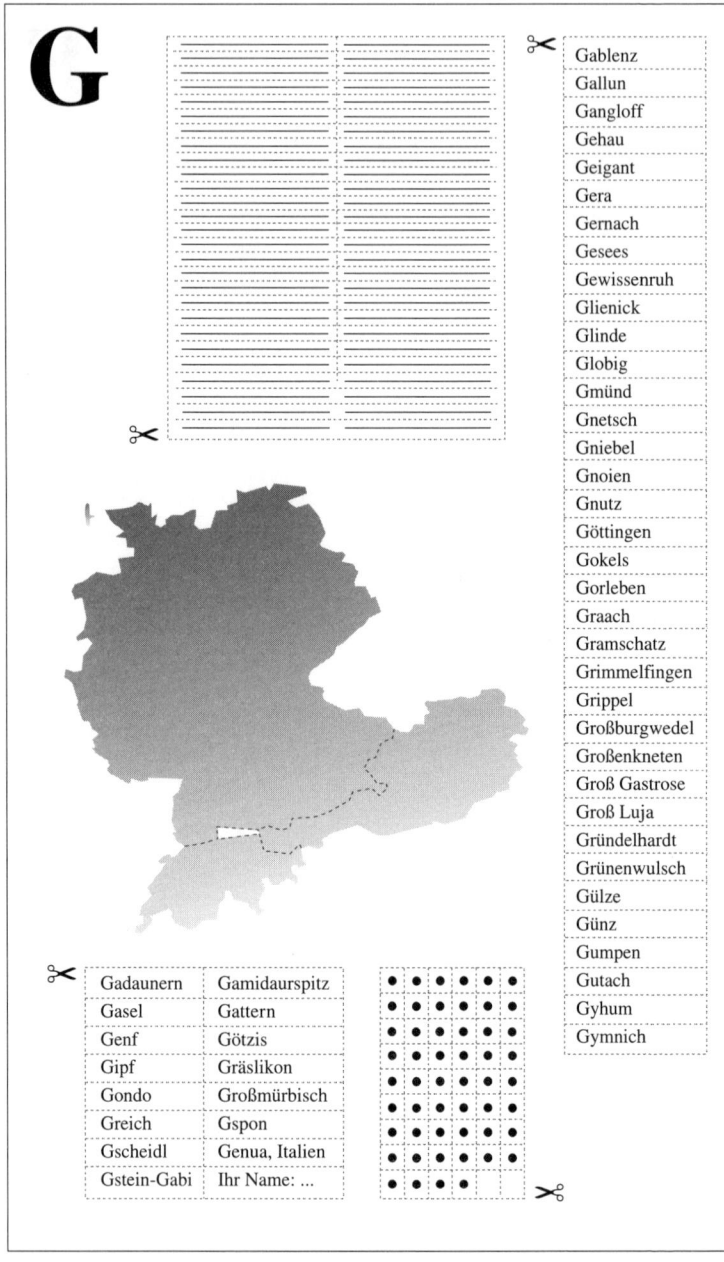

Gablenz
Gallun
Gangloff
Gehau
Geigant
Gera
Gernach
Gesees
Gewissenruh
Glienick
Glinde
Globig
Gmünd
Gnetsch
Gniebel
Gnoien
Gnutz
Göttingen
Gokels
Gorleben
Graach
Gramschatz
Grimmelfingen
Grippel
Großburgwedel
Großenkneten
Groß Gastrose
Groß Luja
Gründelhardt
Grünenwulsch
Gülze
Günz
Gumpen
Gutach
Gyhum
Gymnich

Gadaunern	Gamidaurspitz
Gasel	Gattern
Genf	Götzis
Gipf	Gräslikon
Gondo	Großmürbisch
Greich	Gspon
Gscheidl	Genua, Italien
Gstein-Gabi	Ihr Name: ...

H

Hengelo

Husum

Hittfeld

Högel

Holnis

Hamswehrum

Hornbostel

Holzbalge

Hockeln

Heersum

Höwisch

Hameln

Hullern

Heitel

Hörste, Hörste

Huchem-Stammeln

Happerschoß

Heddert

Hunswinkel

Heftrich

Hockenheim

Hachtel

Hermentingen

Hagnau

Herzogenweiler

Hinterzarten

Holzolling

Hexenagger

Hindelang

Hosenruck

Holewang

Hallau

Hilfikon

Hindersten Hütten

Höngg

Haspelschiedt

Halstroff

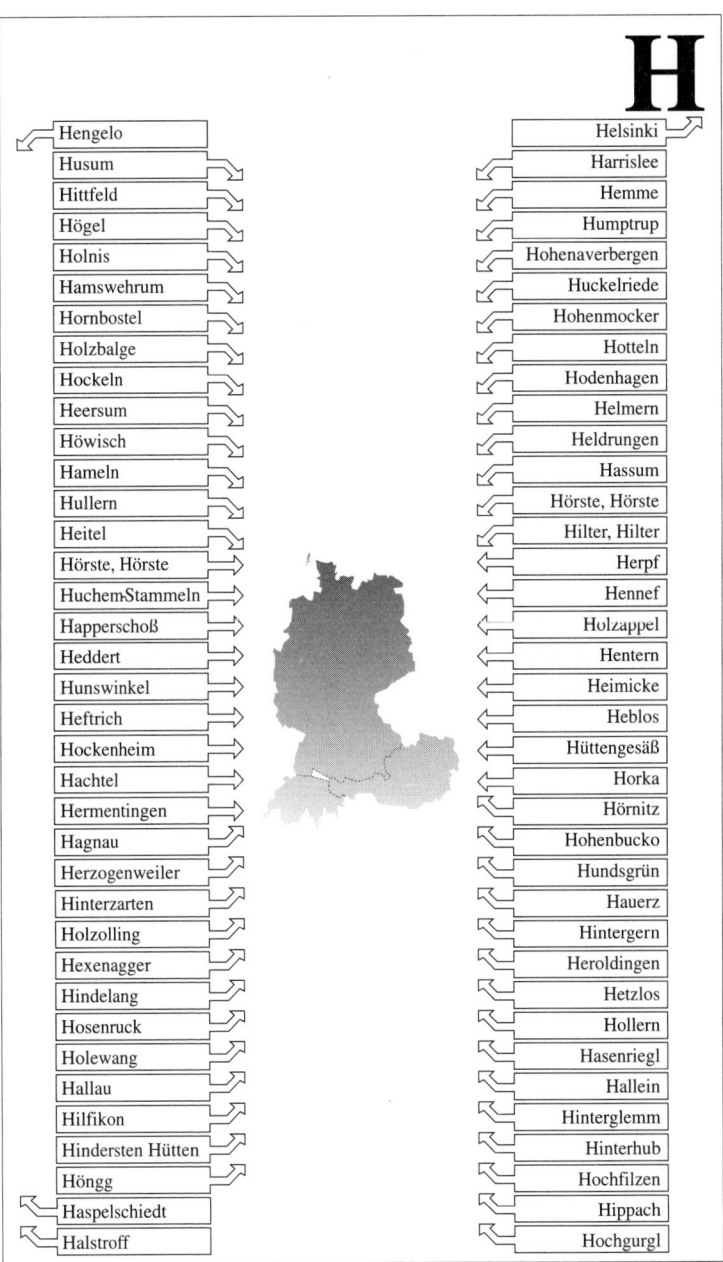

Helsinki

Harrislee

Hemme

Humptrup

Hohenaverbergen

Huckelriede

Hohenmocker

Hotteln

Hodenhagen

Helmern

Heldrungen

Hassum

Hörste, Hörste

Hilter, Hilter

Herpf

Hennef

Holzappel

Hentern

Heimicke

Heblos

Hüttengesäß

Horka

Hörnitz

Hohenbucko

Hundsgrün

Hauerz

Hintergern

Heroldingen

Hetzlos

Hollern

Hasenriegl

Hallein

Hinterglemm

Hinterhub

Hochfilzen

Hippach

Hochgurgl

I

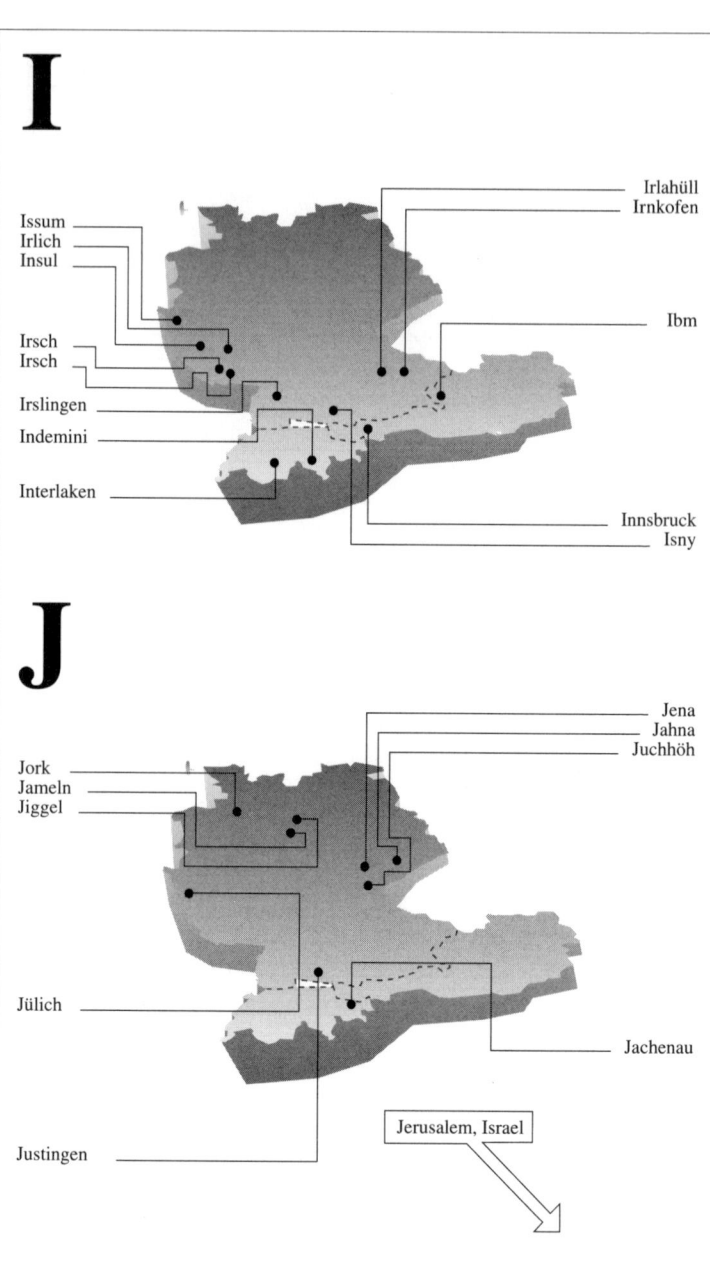

Irlahüll
Irnkofen

Issum
Irlich
Insul

Ibm

Irsch
Irsch

Irslingen

Indemini

Interlaken

Innsbruck
Isny

J

Jena
Jahna
Juchhöh

Jork
Jameln
Jiggel

Jülich

Jachenau

Jerusalem, Israel

Justingen

K

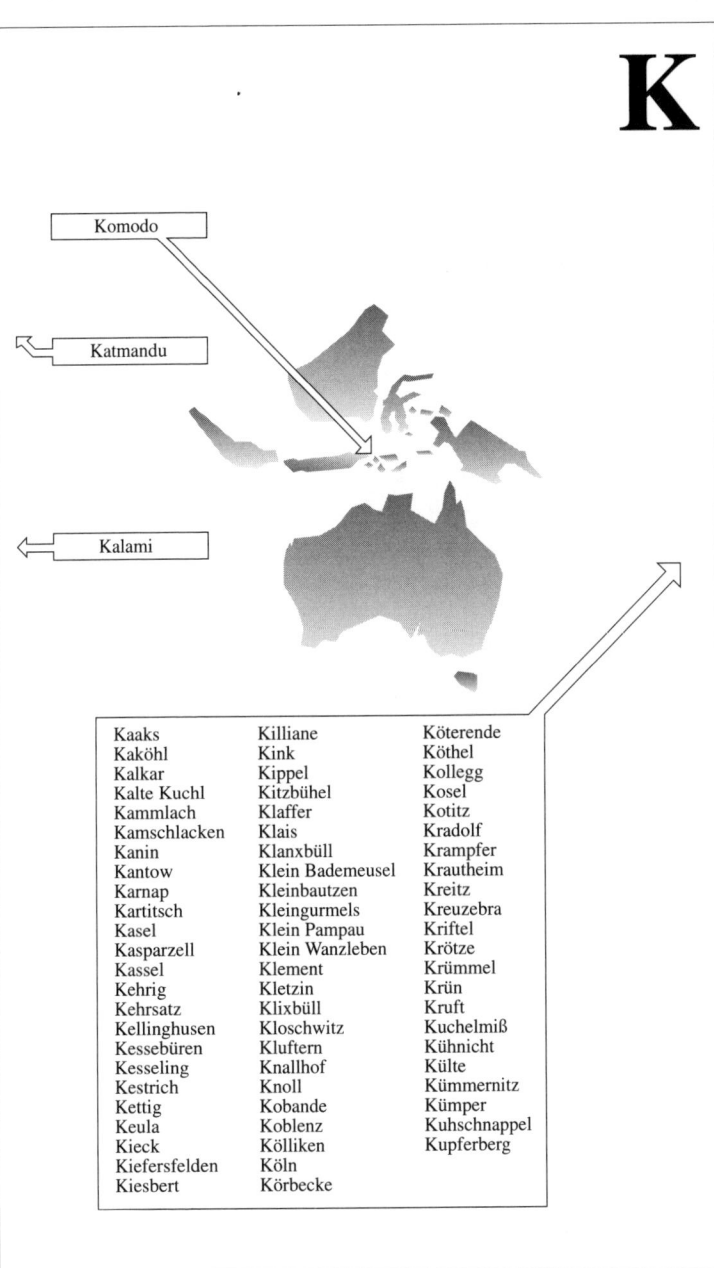

Komodo

Katmandu

Kalami

Kaaks	Killiane	Köterende
Kaköhl	Kink	Köthel
Kalkar	Kippel	Kollegg
Kalte Kuchl	Kitzbühel	Kosel
Kammlach	Klaffer	Kotitz
Kamschlacken	Klais	Kradolf
Kanin	Klanxbüll	Krampfer
Kantow	Klein Bademeusel	Krautheim
Karnap	Kleinbautzen	Kreitz
Kartitsch	Kleingurmels	Kreuzebra
Kasel	Klein Pampau	Kriftel
Kasparzell	Klein Wanzleben	Krötze
Kassel	Klement	Krümmel
Kehrig	Kletzin	Krün
Kehrsatz	Klixbüll	Kruft
Kellinghusen	Kloschwitz	Kuchelmiß
Kessebüren	Kluftern	Kühnicht
Kesseling	Knallhof	Külte
Kestrich	Knoll	Kümmernitz
Kettig	Kobande	Kümper
Keula	Koblenz	Kuhschnappel
Kieck	Kölliken	Kupferberg
Kiefersfelden	Köln	
Kiesbert	Körbecke	

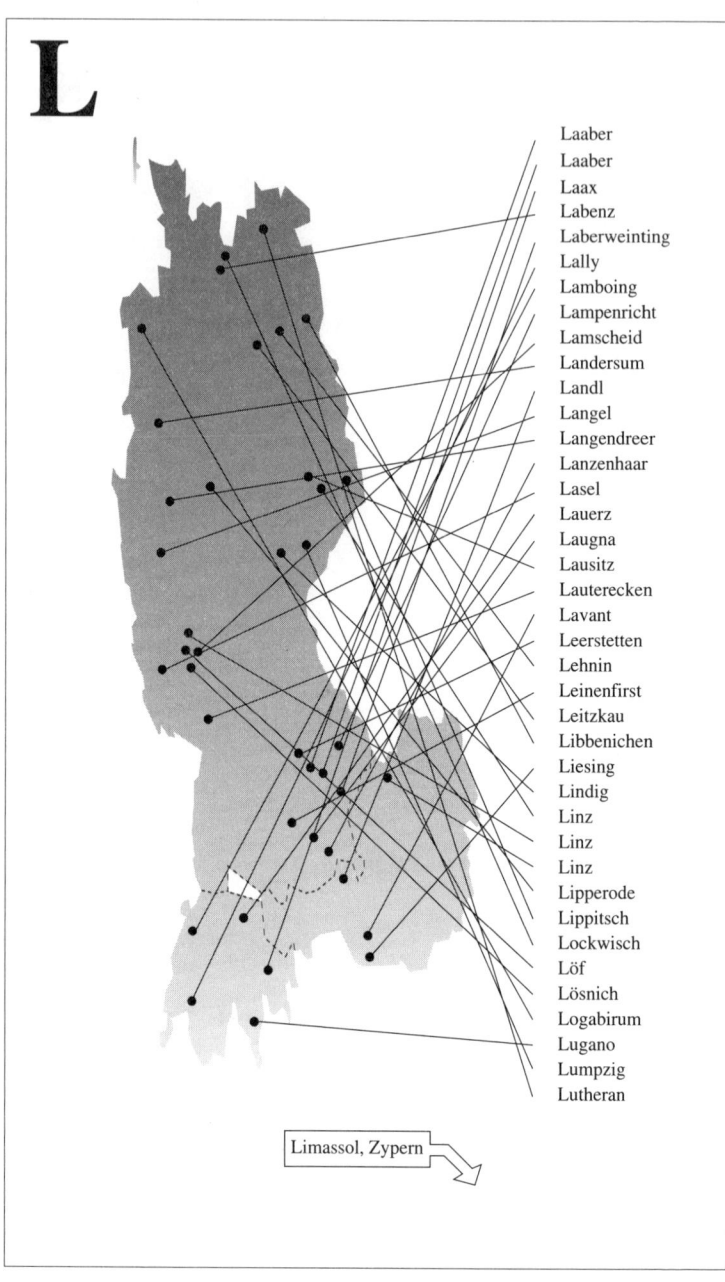

L

Laaber
Laaber
Laax
Labenz
Laberweinting
Lally
Lamboing
Lampenricht
Lamscheid
Landersum
Landl
Langel
Langendreer
Lanzenhaar
Lasel
Lauerz
Laugna
Lausitz
Lauterecken
Lavant
Leerstetten
Lehnin
Leinenfirst
Leitzkau
Libbenichen
Liesing
Lindig
Linz
Linz
Linz
Lipperode
Lippitsch
Lockwisch
Löf
Lösnich
Logabirum
Lugano
Lumpzig
Lutheran

Limassol, Zypern

M

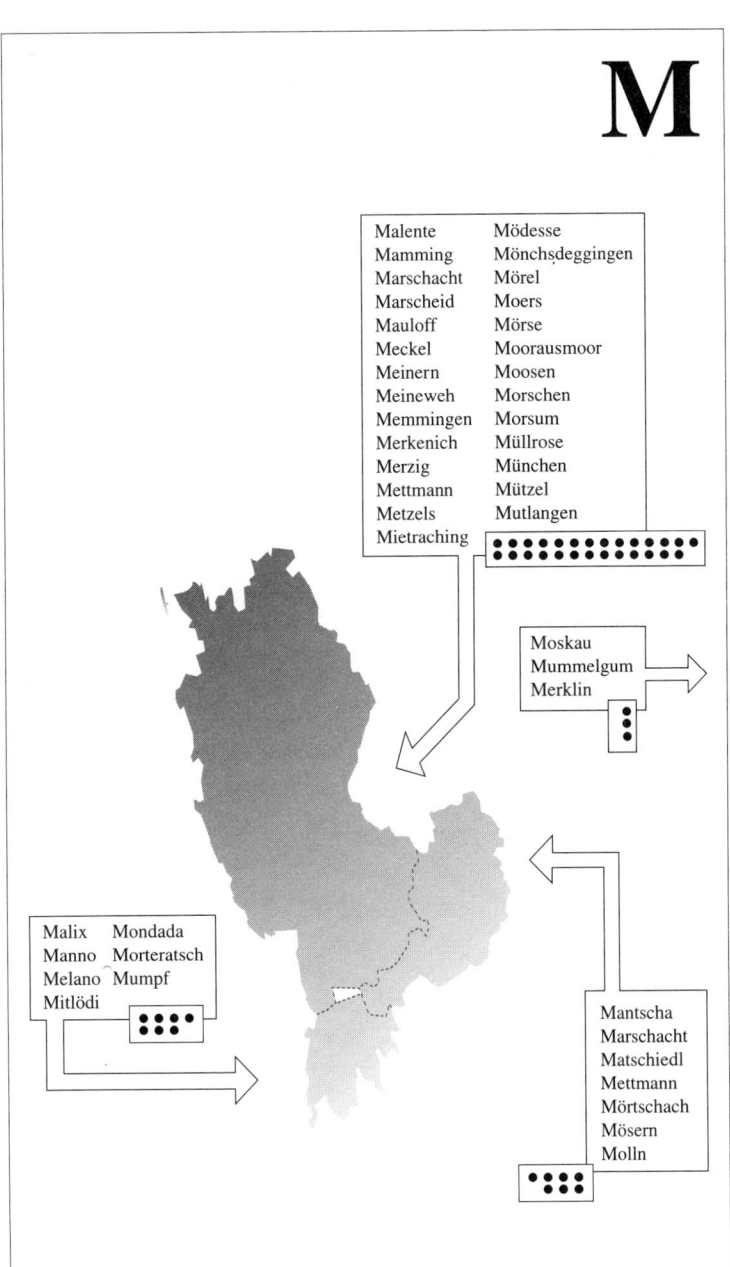

Malente Mödesse
Mamming Mönchsdeggingen
Marschacht Mörel
Marscheid Moers
Mauloff Mörse
Meckel Moorausmoor
Meinern Moosen
Meineweh Morschen
Memmingen Morsum
Merkenich Müllrose
Merzig München
Mettmann Mützel
Metzels Mutlangen
Mietraching

Moskau
Mummelgum
Merklin

Malix Mondada
Manno Morteratsch
Melano Mumpf
Mitlödi

Mantscha
Marschacht
Matschiedl
Mettmann
Mörtschach
Mösern
Molln

25

N

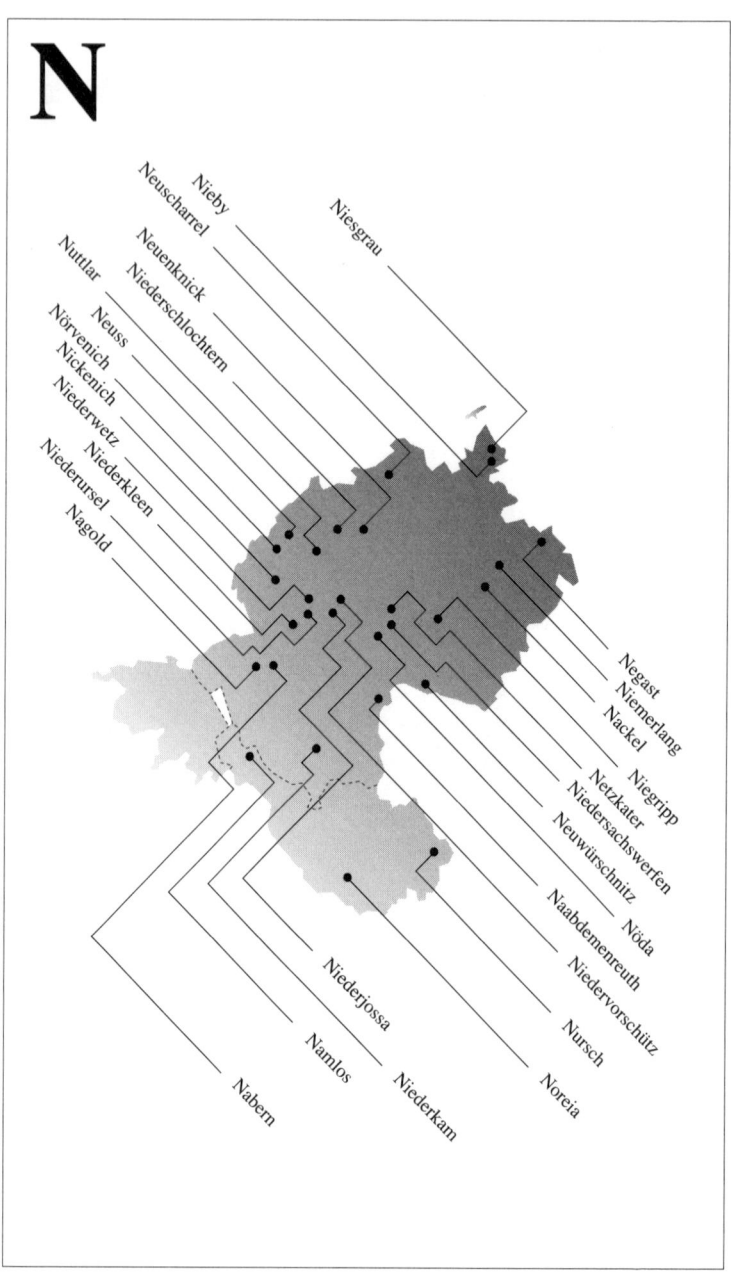

Nieby
Neuscharrel
Niesgrau
Neuenknick
Niederschlochtern
Nuttlar
Neuss
Nörvenich
Nickenich
Niederwetz
Niederkleen
Niederursel
Nagold

Negast
Niemerlang
Nackel
Niegripp
Netzkater
Niedersachswerfen
Neuwürschnitz
Nöda
Naabdemenreuth
Niedervorschütz
Nursch
Noreia
Niederkam
Niederjossa
Namlos
Nabern

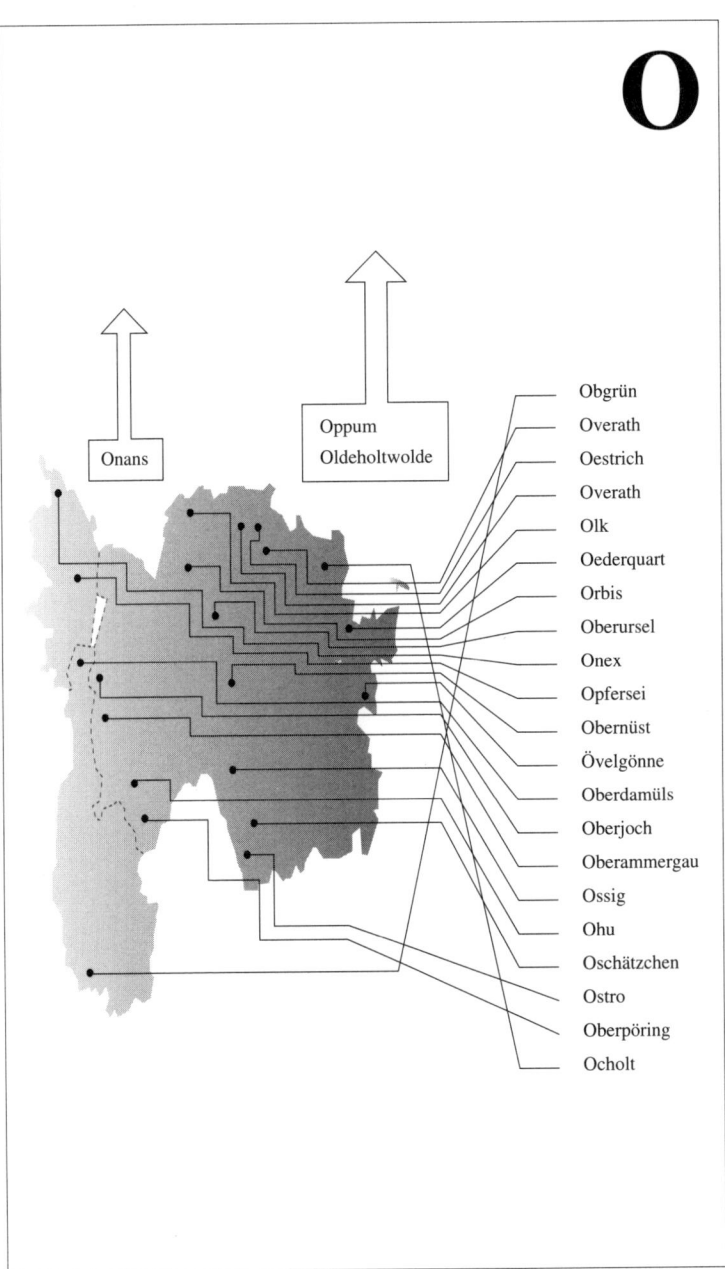

O

Onans

Oppum
Oldeholtwolde

Obgrün
Overath
Oestrich
Overath
Olk
Oederquart
Orbis
Oberursel
Onex
Opfersei
Obernüst
Övelgönne
Oberdamüls
Oberjoch
Oberammergau
Ossig
Ohu
Oschätzchen
Ostro
Oberpöring
Ocholt

P　　　　　　　　　　　　Q

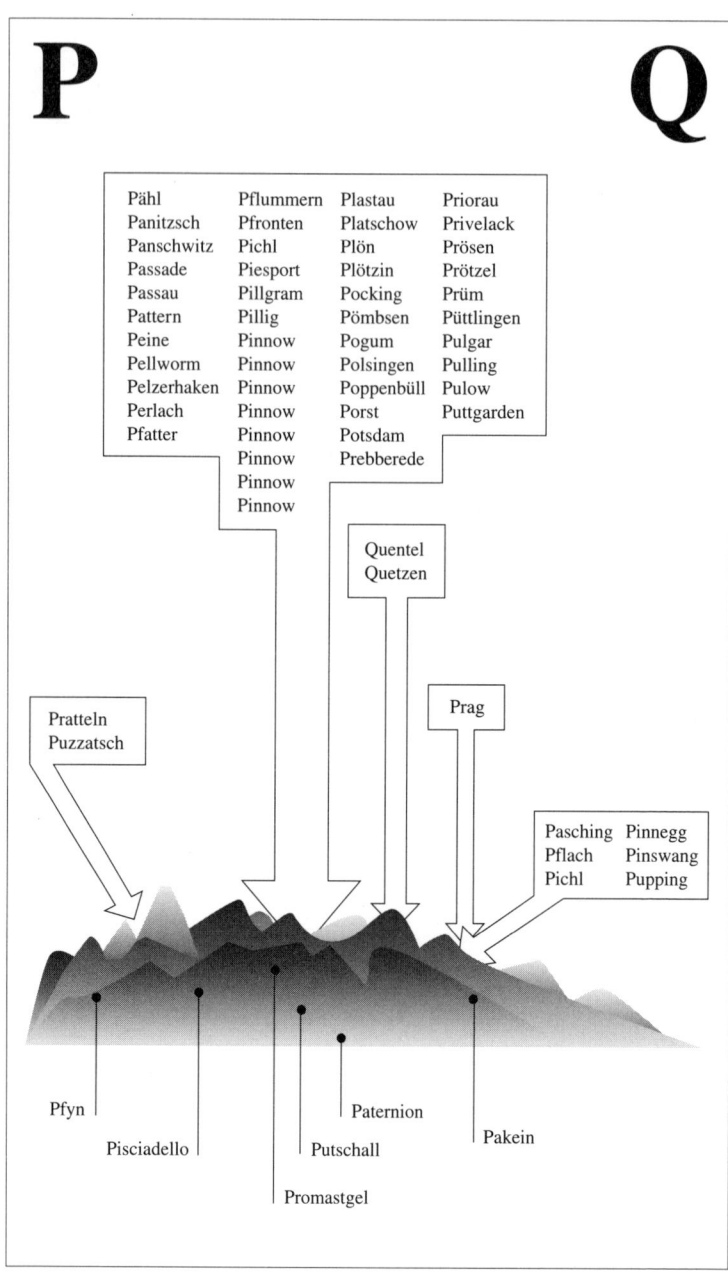

Pähl	Pflummern	Plastau	Priorau
Panitzsch	Pfronten	Platschow	Privelack
Panschwitz	Pichl	Plön	Prösen
Passade	Piesport	Plötzin	Prötzel
Passau	Pillgram	Pocking	Prüm
Pattern	Pillig	Pömbsen	Püttlingen
Peine	Pinnow	Pogum	Pulgar
Pellworm	Pinnow	Polsingen	Pulling
Pelzerhaken	Pinnow	Poppenbüll	Pulow
Perlach	Pinnow	Porst	Puttgarden
Pfatter	Pinnow	Potsdam	
	Pinnow	Prebberede	
	Pinnow		
	Pinnow		

Quentel
Quetzen

Prag

Pratteln
Puzzatsch

Pasching　Pinnegg
Pflach　　Pinswang
Pichl　　　Pupping

Pfyn

Pisciadello

Promastgel

Putschall

Paternion

Pakein

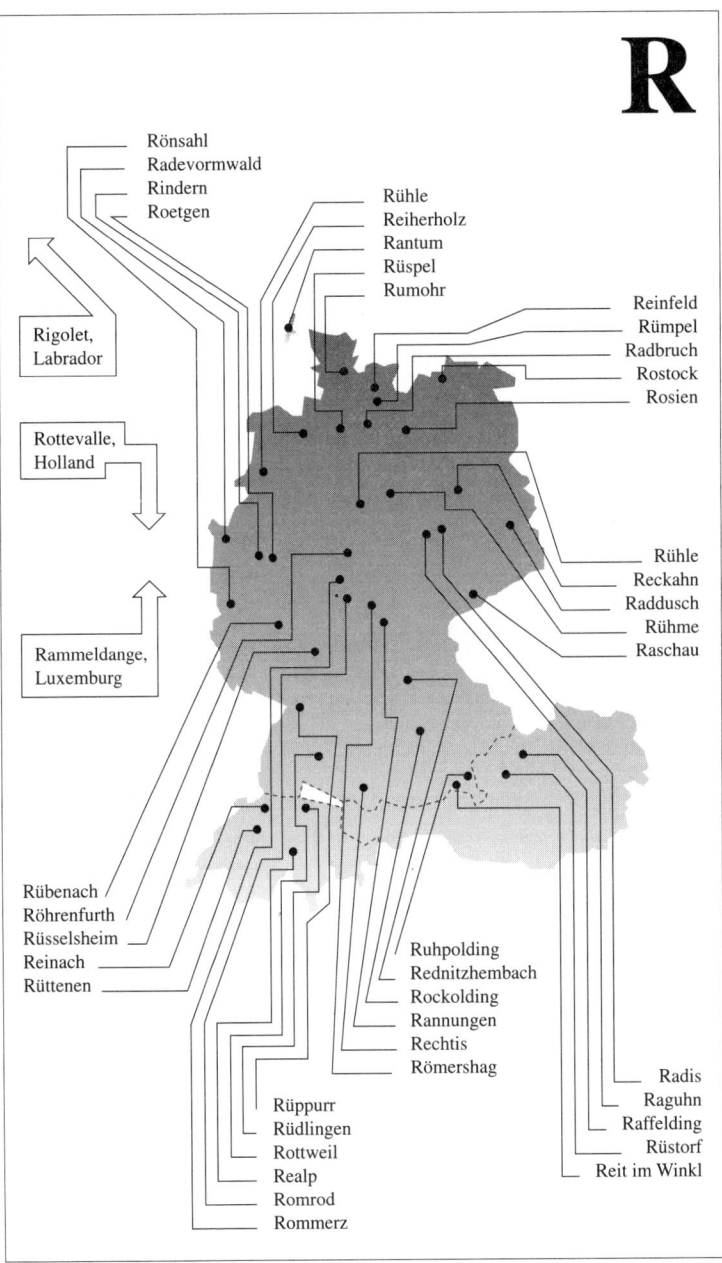

R

Rönsahl
Radevormwald
Rindern
Roetgen

Rühle
Reiherholz
Rantum
Rüspel
Rumohr

Reinfeld
Rümpel
Radbruch
Rostock
Rosien

Rigolet,
Labrador

Rottevalle,
Holland

Rühle
Reckahn
Raddusch
Rühme
Raschau

Rammeldange,
Luxemburg

Rübenach
Röhrenfurth
Rüsselsheim
Reinach
Rüttenen

Ruhpolding
Rednitzhembach
Rockolding
Rannungen
Rechtis
Römershag

Rüppurr
Rüdlingen
Rottweil
Realp
Romrod
Rommerz

Radis
Raguhn
Raffelding
Rüstorf
Reit im Winkl

S

Salbke	Schnarup-Thumby	Schwerz	Stempeda
Salzderhelden	Schnega	Schwichteler	Stobra
Sandwig	Schnett	Schwollen	Stockum
Sarchem	Schnifis	Sellerich	Stöbritz
Schaala	Schöffelding	Sensau	Stölpchen
Scharbeutz	Schönmünz	Sensine	Störnstein
Schauinsland	Schonach	Seppensen	Stötten
Schaufling	Schrampe	Sichtigvor	Stolk
Scheibelsgrub	Schröck	Siegelsum	Stommeln
Schierling	Schülp	Sieversen	Stopperich
Schiffmühle	Schümm	Silixen	Stotel
Schilda	Schupf	Sillium	Stotzard
Schinkel	Schutschnur	Sindelfingen	Straßgräbchen
Schladern	Schuttern	Skaup	Striefen
Schlatt	Schwäbisch Hall	Solingen	Strittmatt
Schleiden	Schwallungen	Sontra	Strübbel
Schlepzig	Schwand	Spandowerhagen	Strümp
Schlieben	Schwarzenstein	Spay	Struppen
Schloßvippach	Schwarze Pumpe	Sornitz	Stuckenborstel
Schlüchtern	Schwarzkollm	Sprakel	Stübig
Schluft	Schwastrum	Sprötze	Stulln
Schlunzig	Schwei	Stadtprozelten	Stumpertenrod
Schmalwasser	Schweich	Staffelstein	Sülzenbrücken
Schmie	Schweigern	Staubing	Süsel
Schmölz	Schwenderöd	Stauchitz	Suhl
Schmolde	Schwendi	Stausacker	Sulzschneid
Schnappenhammer	Schwerfen	Steinbild	
	Schwerin	Steinwedel	

Saint Boingt, Frankreich

Spasskoje, GUS

Sacramento

Salfsch	Sensine
Sankt Urban	Simplon
Saubraz	Solothurn
Schlappin	Someo
Schottikon	Stampa

Sacramento, Brasilien

Sagschneider	Schoppernau
Sankt Pankraz	Schrick
Sappl	Schwand
Satteins	Sportgastein
Schalchen	Spratzern
Scherbartl	Stanzach
Scheutz	Stoob
Schnepfau	Stripfing
Schnifis	Strobl

T

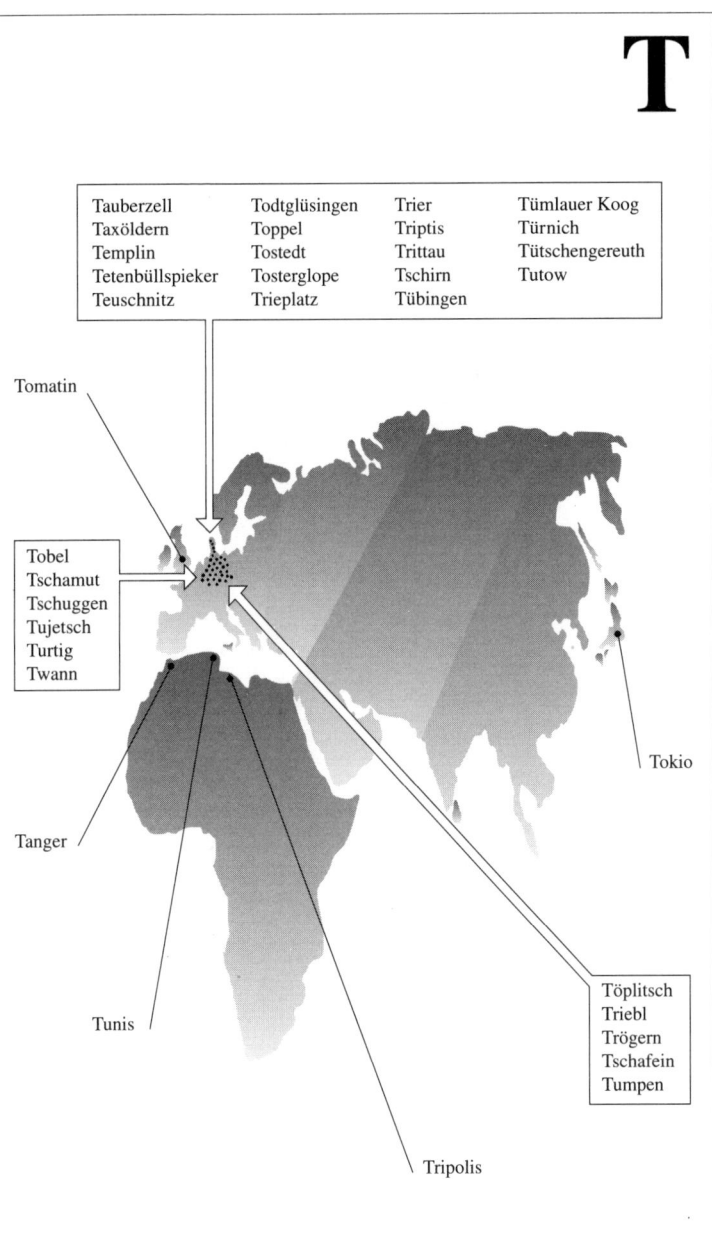

Tauberzell
Taxöldern
Templin
Tetenbüllspieker
Teuschnitz

Todtglüsingen
Toppel
Tostedt
Tosterglope
Trieplatz

Trier
Triptis
Trittau
Tschirn
Tübingen

Tümlauer Koog
Türnich
Tütschengereuth
Tutow

Tomatin

Tobel
Tschamut
Tschuggen
Tujetsch
Turtig
Twann

Tokio

Tanger

Tunis

Töplitsch
Triebl
Trögern
Tschafein
Tumpen

Tripolis

31

U

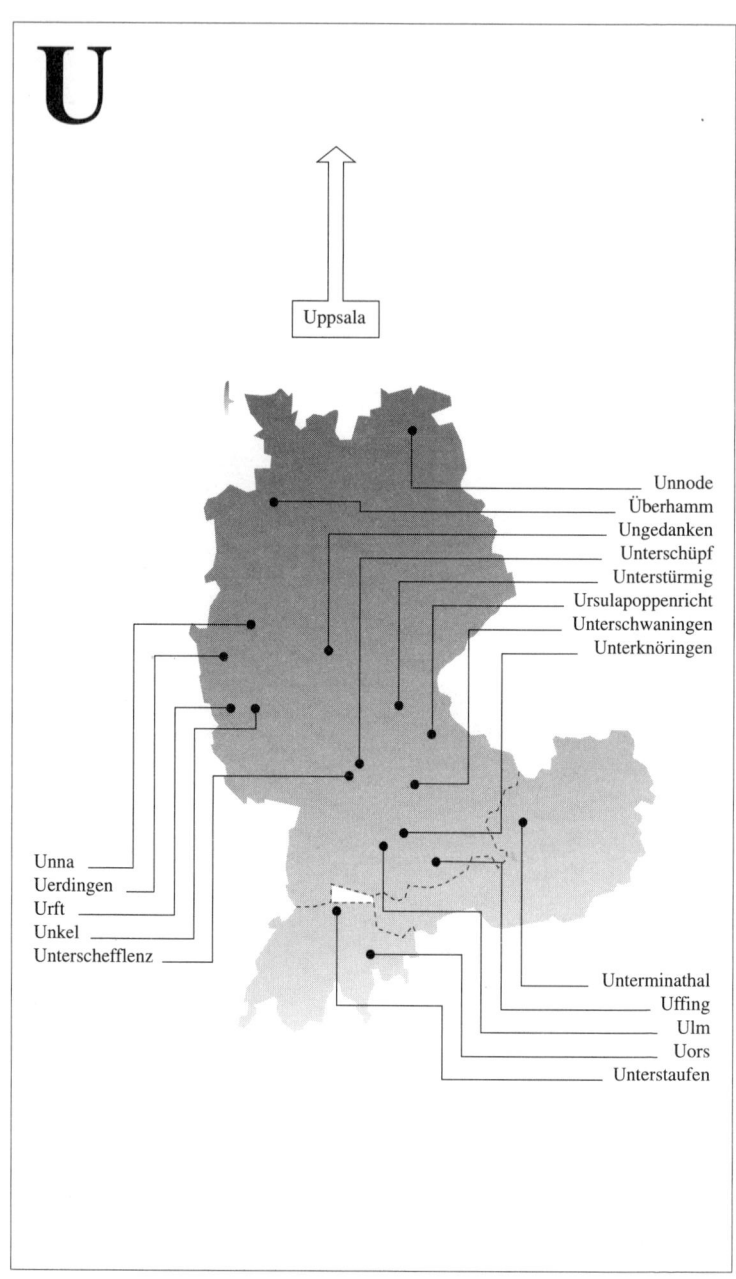

Uppsala

Unnode
Überhamm
Ungedanken
Unterschüpf
Unterstürmig
Ursulapoppenricht
Unterschwaningen
Unterknöringen

Unna
Uerdingen
Urft
Unkel
Unterschefflenz

Unterminathal
Uffing
Ulm
Uors
Unterstaufen

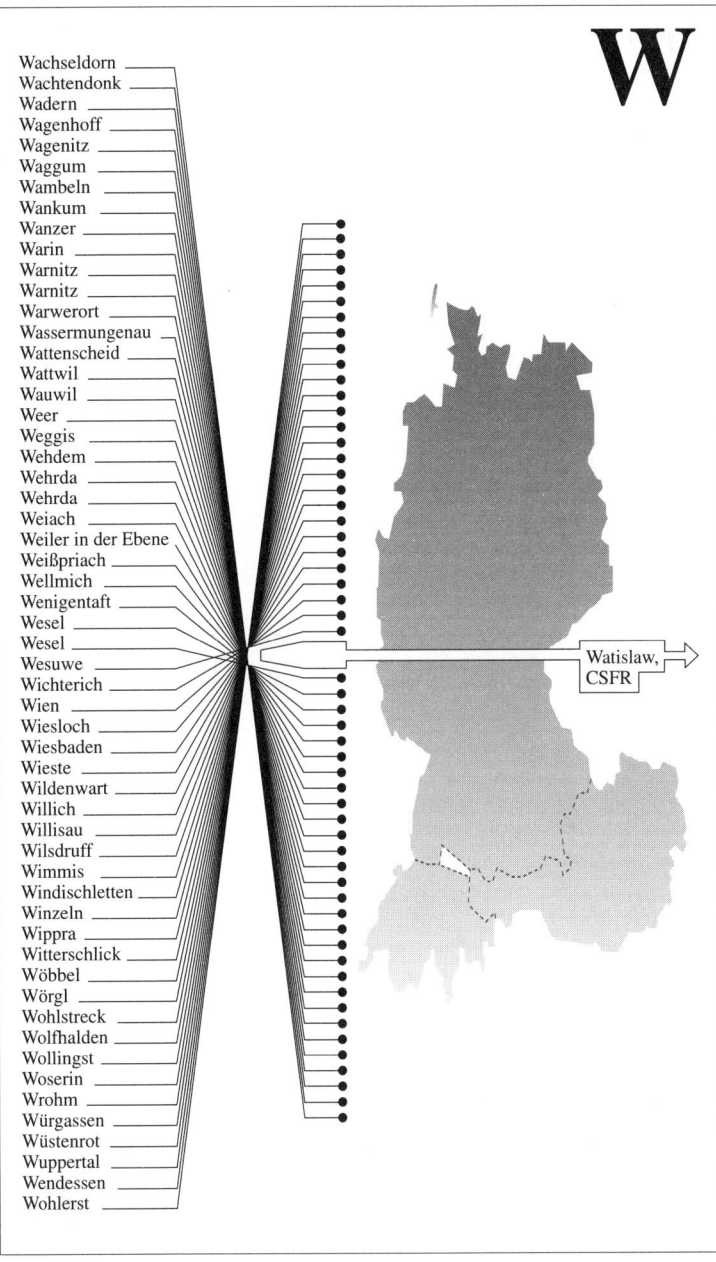

W

Wachseldorn
Wachtendonk
Wadern
Wagenhoff
Wagenitz
Waggum
Wambeln
Wankum
Wanzer
Warin
Warnitz
Warnitz
Warwerort
Wassermungenau
Wattenscheid
Wattwil
Wauwil
Weer
Weggis
Wehdem
Wehrda
Wehrda
Weiach
Weiler in der Ebene
Weißpriach
Wellmich
Wenigentaft
Wesel
Wesel
Wesuwe
Wichterich
Wien
Wiesloch
Wiesbaden
Wieste
Wildenwart
Willich
Willisau
Wilsdruff
Wimmis
Windischletten
Winzeln
Wippra
Witterschlick
Wöbbel
Wörgl
Wohlstreck
Wolfhalden
Wollingst
Woserin
Wrohm
Würgassen
Wüstenrot
Wuppertal
Wendessen
Wohlerst

Watislaw,
CSFR

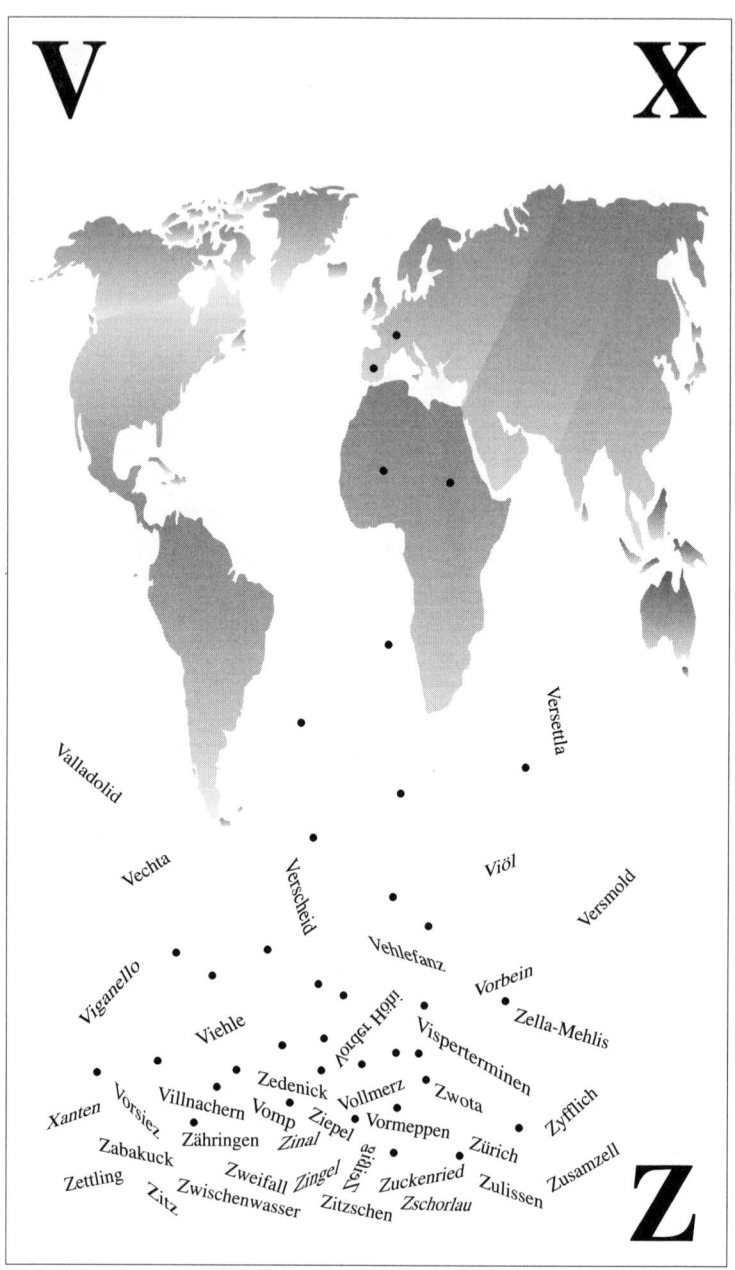

V

X

Z

Valladolid
Versettla
Vechta
Verscheid
Viöl
Versmold
Vehlefanz
Vorbein
Zella-Mehlis
Viganello
Viehle
Vollrat Hopf!
Visperterminen
Zyfflich
Zedenick
Villnachern Vomp Ziepel Vollmerz Zwota
Xanten Vorsiez Vormeppen
Zähringen Zinal Zürich Zusamzell
Zabakuck
Zweifall Zingel Zuckenried Zulissen
Zettling Zitz Zwischenwasser Zitzschen Zschorlau

Der tiefere Sinn des Labenz

A

Aachen (V.)
Seinen Namen ändern, um eher dranzukommen.

Abalemma, das
Die lähmende Situation, in der man nur noch eine einzige
Möglichkeit hat, diese jedoch nicht wahrnehmen kann.

Abbehauserwisch, der
Selbstgeschriebenes Attest, das Schüler von ungünstig gele-
genen Schulveranstaltungen am Nachmittag befreit.

Abfaltern (V.)
Sich beim Anfeuchten von Briefumschlag-Gummierungen in
die Zunge schneiden.

Abfrutt (Adj.)
Beschreibt den Gesichtsausdruck eines Menschen, der sich
gerade ein klebriges Pflaster mit Schwung von der Haut geris-
sen hat, weil er glaubte, auf diese Art und Weise werde es
nicht so weh tun.

Absam, das
(Med:) Eine Samenzelle, die sich mit großer Wahrscheinlich-
keit zu einem Bankkaufmann entwickeln wird.

Abwinkl, der
Ein verloren geglaubter Gegenstand, der unmittelbar nach
der Anschaffung eines Ersatzes überflüssigerweise wieder
auftaucht.

Achern (V.)
Beschreibt das kein bißchen überzeugt oder interessiert klin-
gende Grunzen eines Erwachsenen, dem ein Kind irgendeinen kleinen, stinklangweiligen Gegenstand zum Bewundern
bringt.

Adriach, der
Der langweiligste Mensch, den man während eines Urlaubs kennenlernt. Außerdem ist der Adriach der einzige, der nicht begriffen hat, daß der Adressenaustausch am Ende des Urlaubs lediglich ein gesellschaftliches Ritual darstellt und keineswegs eine Einladung, drei Monate später beim Adressengeber anzurufen oder plötzlich unangemeldet vor dessen Haustür aufzutauchen.

Affalter, der
Ein Mitte Dreißigjähriger, der seine Haare lang trägt, um jünger zu wirken.

Aham, das
(Rhetorisch:) Eine halblaute, beiläufige Bemerkung, die die Antwort: »Ach!? Ist ja hochinteressant« provoziert.

Ahmsen (V.)
(Bei Schauspielern:) Nach der Aufforderung, irgendeinen Ausländer darzustellen, sofort mit italienischem Dialekt zu sprechen beginnen. (Ausnahme: Das Ahmsen von Türken besteht im Annehmen eines hessischen Dialekts.)

Albig (Adj.)
Infolge unklugen Alkoholgebrauchs nicht halb so lustig, wie man von sich selbst glaubt.

Alicante, der
Ein Gastarbeiter, der in Lokalen singt.

Alkofen (Adj.)
Gern bereit, sich zu einem weiteren Drink drängen zu lassen.

Allerhop, der
Das, was passiert, wenn man in einer vollbesetzten U-Bahn »Verdammt, wo ist meine Vogelspinne hin?« ruft.

Allmosen (V.)
Demonstrativ eine große Suchaktion in sämtlichen Taschen veranstalten, wenn man von jemandem mit einer Sammelbüchse angesprochen wird.

Allmus, der
Gigantischer nigerianischer Baum, aus dessen harzigem Saft sämtliche Kantinen-Marmeladen hergestellt werden.

Alpnachstad, der
Die bizarre Sammlung von Gegenständen, die ein Schlafwandler im Laufe einer Nacht zusammenträgt.

Alte Spittel, die (Pl.)
Das, was am Morgen nach Dudelsack-Wettbewerben oder Vampir-Angriffen von den Portalen schottischer Schlösser gewienert werden muß.

Alter Pocher, der
Das, was Frauen anstelle einer → Killiane haben. (s. a. → Gramschatz)

Altranft, der
Geruch leerstehender Wohnungen und Wochenendhäuser.

Altruppin, der
Geruch benutzter Geldstücke.

Altwiedermus, der
Jemand, der sich bei jeder Gelegenheit an herumstehende Klaviere setzt und »Alle meine Entchen« spielt.

Amerang, der
In Fernost hergestelltes Holzstück, das sich nur insofern von einem Bumerang unterscheidet, als es nicht zurückkommt, wenn man es wegwirft.

Anantnag (V.)
(Begriff aus der Eskimosprache:) Sich beim Rudern die Daumen zwischen den Riemenenden klemmen.

Andernach, das
Gegenstand, der sinnvoller zu einem anderen Zweck als zu seinem eigentlich vorgesehenen eingesetzt wird. Ein Fischmesser, mit dem man eine hartnäckige Lackdose aufhebelt, ist ein ziemlich gutes Beispiel für ein Andernach.

Ansprung, der
Die Geschwindigkeit, mit der ein → Wagenitz auseinander-
bricht, nachdem der Polizeiwagen abgebogen ist.

Antananarivo (V.)
Sein Eintreffen ankündigen, indem man über die Mülleimer
in der Einfahrt stolpert.

Anwalting, der
Die Art Mensch, die sich ständig ungefragt in anderer Leute
Angelegenheiten mischt und irgendwann als freiwilliger
Wahlhelfer endet.

Argenschwang, der
Ein Golfschlag mit Todesfolge.

Aschhorn, das
Jeder Gegenstand, an dem ein Raucher gewohnheitsmäßig
seine Pfeife ausklopft.

Asseln (V.)
Sich sehr diskret vordrängeln, indem man sich seitlich an einer Schlange vorbeiarbeitet, ohne dabei bemerkt zu werden.

Attenzell, das
Die Reihe von kleinen, vorsichtigen Schritten, mit deren
Hilfe jemand, der während eines Gesprächs oder Streits ei-
nen schwerwiegenden taktischen Fehler begangen hat, völlige
Ablehnung in rückhaltlose Zustimmung verwandelt.

Aufseß, das
Derjenige Schüler, der einen Klassenlehrer ernsthaft ins Grübeln darüber bringt, ob man nicht die Todesstrafe wieder ein-
führen sollte.

Auma, das
Man befindet sich in einem Auma, wenn man morgens mit
steifen, schmerzenden Gliedern aufwacht und minutenlang
nach einer Erklärung dafür sucht, ohne eine zu finden.

Aurich, der
Jemand, der einen ihm allenfalls flüchtig bekannten Prominenten immer wieder beiläufig als seinen »guten alten Kumpel« bezeichnet, um Eindruck zu schinden.

Außerfragant, der
Jemand, der etwas offensichtlich Wahres entrüstet abstreitet. (s. a. → Rechtis)

Auw, das
Ein aufgeworfenes Linoleum- oder Teppichstück, das jeder mit den Worten kommentiert: »Wenn das nicht befestigt wird, stolpert bestimmt irgend jemand drüber und bricht sich das Bein«, bis nach zwei Jahren jemand darüber stolpert und sich das Bein bricht.

Auwel, das
Ein Strandkiesel, der in feuchtem Zustand wie ein wertvolles Schmuckstück schimmerte, am Abreisetag jedoch nur noch einer jener häßlichen Steinbrocken ist, mit denen Kinder ihre Koffer bis zur Kante vollstopfen.

Axalp, das
Jenes Rad eines Einkaufswagens, das den anderen drei zwar aufs Haar gleicht, den Wagen jedoch vollkommen manövrierunfähig macht.

B

Baak, der
Der von irgendwelchen Unbekannten ausgelutschte Kaugummignubbel, an dem man beim Tasten unter dem eigenen Beifahrersitz unvermittelt hängenbleibt.

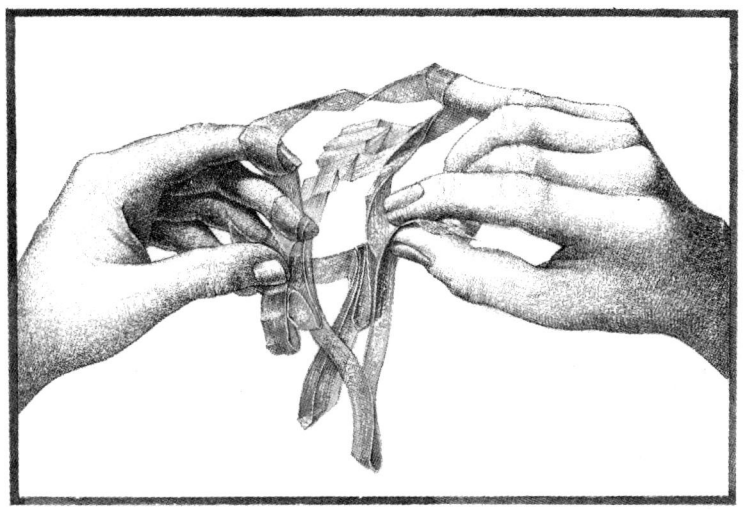

BAGBAND

Baarz, der
Der grauenhafte Gestank, der einem beim Abwaschen von Aschenbechern entgegenschlägt.

Backemoor, der
Jemand, der sich kleidet wie eine ethnische Minderheit, zu der er nicht gehört.

Badenweiler, der
Ein Mann jenseits des vierzigsten Lebensjahres, der mit eingezogener Wampe am Beckenrand eines Freibades steht und jungen Mädchen in den Bikini lächelt.

Bagband, das
Korrekte Bezeichnung für Klebeband in unaufmerksamen Händen.

Baltrum, der
Instinktiver Groll gegen alle Leute, die jünger sind als man selbst. (s. a. → Morschen)

43

Bahro, der
Ein Fußballspieler, der nach einer längeren Behandlungspause mit schmerzverzerrtem Gesicht aufs Spielfeld zurückhinkt, obwohl sogar die im Stadion anwesenden Blinden sehen, daß er simuliert.

Bamme, die
Das unsichtbare Bremspedal im Fußraum vor dem Beifahrersitz.

Bandelin, der
Jener Teil eines Koffers, der dazu konstruiert ist, sich auf Flughäfen in den Transportbändern zu verheddern. Einige der modernen Bandelin-Modelle verfügen zudem über einen speziellen Auswurf-Mechanismus, mit dessen Hilfe der Koffer unmittelbar nach dem Einbandeln aufspringen und die Unterwäsche des Besitzers ins Getriebe des Gepäckbandes schleudern kann.

Bannalp, die
Ein Lattenrost, auf dem sich jede Matratze binnen weniger Tage bis zum Boden durchbiegt.

Barbecke, der
Jemand, der bei Grillparties eine Schürze mit der Aufschrift »Hier kocht der Chef« trägt.

Bardenfleth, das
Melodisches Pfeifen, Singen oder Summen, das man häufig beim Betreten öffentlicher Bedürfnisanstalten hört. Durch das Bardenfleth signalisieren die Zellenbenutzer jedem Neuankömmling, daß sich an ihren Türen keine Schlösser befinden, und bitten ihn, sich etwas zu gedulden.

Bardonnex, der
Ein kleiner Drink, an dem sich jemand stundenlang festhält, um nicht aus der Kneipe geschmissen zu werden.

Barmen (V.)
Beschreibt den Versuch eines Betrunkenen, sich bei jemandem lieb Kind zu machen.

Bartholomä, der
Einer jener schnurrbartlosen Bärte, mit deren Hilfe es religiösen Belgiern und norddeutschen Politikern gelingt, wie die allerletzten Trolle auszusehen.

Basel, die
Jene Gemeinsamkeit zweier Langweiler, die einem bei öden Partygesprächen endlich die Chance eröffnet, ihnen zu entkommen.

Baunatal (Adj.)
Beschreibt die Unsicherheit, die ein Mann beim Betrachten eines komplett eingerichteten Kinderzimmers empfindet, bevor er seine Frau und sein erstes Kind aus der Klinik nach Hause holt.

Bauschlott, der
Jener Teil des jährlichen Müllberges, der aus fernöstlichen High-Tech-Low-Price-Produkten besteht, deren Garantie abgelaufen ist.

Bebra, das
Jemand, der sich den ganzen Tag in der Nähe von Zebrastreifen herumtreibt und dabei ständig aussieht, als wolle er gleich die Straße überqueren.

Becheln, das
Der Gesichtsausdruck, mit dem einem jemand signalisiert, daß er viel zu besoffen ist, um irgend etwas von dem verstanden zu haben, was man in den letzten zwanzig Minuten erzählt hat.

Bedretto, der
Jemand, der alle wertvollen, gefährdeten Gegenstände vor dem Beginn einer Party in Sicherheit bringt.

Beidl, der
Ein Mensch, den man nicht zu einer Feier einladen möchte, aber leider einzuladen verpflichtet ist.

Bekond (Adj.)
Sich auffällig unauffällig verhaltend. Beschreibt das Verhalten von Prominenten, die viel Aufhebens darum machen, unerkannt ein Restaurant zu besuchen.

Benzingerode, das
Der Zeitraum, den man mit sinnlosem Herumkurven auf irgendwelchen Straßen verbringt, bevor man sich an sein eigentliches Fahrtziel erinnert.

Berggießhübel, der
Einer von diesen Druckknöpfen in öffentlichen Toiletten, mit dessen Hilfe der Benutzer seine Hose waschen kann, ohne dazu ins Waschbecken steigen zu müssen. Der kräftigste Berggießhübel der letzten Jahre befand sich im U-Bahnhof Hamburg-Hammerbrook und konnte erst nach einem spannenden Achtundsechzig-Tage-Krieg von Red Adair niedergewrungen werden.

Berlichingen, das
Die aufgesetzte Freundlichkeit von Fernsehquizmoderatoren.

Berlinchen (V.)
(Volkswirtschaftlicher Fachbegriff:) Arbeitsplätze durch Verlegung der Firmenzentrale vernichten.

Beschaunen (V.)
Den Bauch einer Schwangeren vorsichtig berühren.

Beselich (Adj.)
Auf vollkommen unerklärliche, verwirrende Art und Weise wegen allem und jedem verwirrt. (s. a. → Niesgrau)

Beucherling, der
Lösung für das → Prötzel-Problem.

Biebern (V.)
Mühsam beherrscht an der Unterlippe nagen, während man jemanden beobachtet, der sich mit einer Aufgabe abquält, die

46

man selbst innerhalb von Sekunden gelöst hätte. Man beginnt in der Regel zu biebern, weil man a.) besonders höflich ist oder b.) ohnehin nichts unternehmen kann, da sich der Scheiternde in einem Fernsehstudio befindet und man selbst zu Hause auf dem Sofa sitzt.

Bindlach, der
Ein Schluck Bier, der einem versehentlich in den Hemdkragen geraten ist.

Bippen (V.)
Das, was die Brüste von Leichtathletinnen während des 100-Meter-Hürdenlaufes tun.

Bischofswerda, das
Kurzes Aussetzen von Atmung, Herz und Hirn, wenn unverhofft jemand an die Tür klopft. Dem besonders bei jungen, an der Vertiefung ihrer Anatomiekenntnisse interessierten Männern verbreiteten Bischofswerda folgt – falls das Studium hinter unverschlossenen Türen stattfindet – in der Regel ein → Haspelschiedt.

Bistroff, das
Die schleimige, glitschige Masse ganz unten im Mülleimer, d.h. unter der Zeitung, die eigentlich ganz unten sein sollte.

Bleckede, die
Gesichtsausdruck eines Menschen, der sich selbst am Sprechen hindert, indem er hartnäckig mit zusammengebissenen Zähnen grinst.
Die Bleckede sieht man vor allem bei Leuten, die den Anschein erwecken möchten, sie amüsierten sich köstlich über eine Geschichte, die sie schon mindestens sechsmal gehört haben.

Bludenz, das
Das, was von einem Tier übrigbleibt, wenn schließlich auch die Weißwursthersteller mit ihm fertig sind.

Blunk (Adj.)

Beschreibt den Gesichtsausdruck von jemandem, der sich in der Gegenwart eines Menschen befindet, der eindeutig nicht beabsichtigt, innerhalb der nächsten Stunden das Reden einzustellen. (s. a. → Sulzschneid)

Bockheber, der

Jemand, der netterweise versucht, ein → Bockup mit Hilfe einer Serviette aus dem Gesicht eines anderen Menschen zu entfernen und dabei feststellt, daß es sich gar nicht um ein Bockup, sondern um eine Warze oder ähnliche unveränderliche Kennzeichen handelt, muß sich nachsagen lassen, einen Bockheber begangen zu haben. (s. a. → Zuckenriet)

Bockhop, der

Das gewagte Abroll-Manöver, das ein Mädchen im Bett riskieren muß, wenn es *ihn* dazu bringen will, auf dem feuchten Fleck zu schlafen.

Bockup, das

Kleiner, aber ekelhafter Essensrest, der einem Menschen auffällig an der Kleidung oder im Gesicht hängt. (s. a. → Zuckenriet)

Böel, der

Jemand, der aus unerfindlichen Gründen die seltene magische Gabe besitzt, die Lüftungsdüsen über Flugzeugsitzen richtig zu bedienen.

Böhming, der

Jener bestimmte, unweigerlich zu → Götzis führende Gesichtsausdruck, den man nur unter ganz besonderen Rahmenbedingungen zustande bringt, nämlich in einem Paßfoto-Automaten.

Boffzen (V.)

Jemanden, den man nicht kennt, mit irgendeinem Körperteil sanft in die Rippen stoßen.

»Mr. Robert Maxwell boffzte Ihre Königliche Hoheit mehrfach mit seinem → Krümmel« (The Times).

Bohra, der

Jemand, den man immer wieder irgendwelcher Dinge rück-
versichern muß, denen man bereits mehrmals zugestimmt
hat.

Bolzum, das

Wenn man z.B. ein Gespräch mit einem Einbeinigen völlig
normal und unverfänglich zu führen versucht, dabei jedoch
entsetzt feststellen muß, daß die eigenen Ausführungen regel-
recht gespickt sind mit a.) Verweisen auf Long John Silver
und Hopalong Cassidy, b.) Bemerkungen wie »Sich kein Bein
ausreißen« oder »Hand und Fuß haben« und c.) Weisheiten
wie »Auf einem Bein kann man nicht stehen«, muß man sich
den Vorwurf gefallen lassen, ein Bolzum begangen zu haben.

Bommelsen (V.)

Versuchen, etwas an der einen Hand Klebendes mit der anderen Hand zu entfernen, damit erreichen, daß es an der
anderen Hand festklebt, und es schließlich an irgendeinem
x-beliebigen Gegenstand oder Möbelstück hängenlassen.

Bongsiel, der

Jemand, der seinen Begleitern nach einem gemeinsamen Essen vorschlägt, die Kosten zu gleichen Teilen zu berappen, um
anschließend zwei Schachteln Zigaretten zu bestellen und auf
die Rechnung setzen zu lassen.

Bonzel, der

Ein kleinwüchsiger Neureicher.

Borex, das

(Veraltet:) Das Recht eines Königs, Zwerge an deren Geburts-
tagen unsittlich zu belästigen.

Borgeln (V.)

Etwas in dem Bewußtsein ausleihen, daß man es nie im Leben
freiwillig zurückgeben wird.

Bosseborn, der

Jemand, der dank günstiger Erbanlagen über ausreichend

Charakter oder Stimmgewalt verfügt, um ein → Wattwil zu beenden.

Brackel, das
Die Zigarettenkippe, die man auf dem Boden jenes Bierglases entdeckt, dessen kümmerlichen Rest-Inhalt man gerade zum Abschluß einer Party auf Ex weggebechert hat.

Braderup, der
Der erbsengroße Schmutzfleck, den man in einer ansonsten blitzsauberen Pfanne entdeckt.

Brammer, der
Der dunkle Fleck, der auf der Tapete zurückbleibt, nachdem man eine Fliege gegen die Wand gedroschen hat.

Branchewinda, der
Ein Jasager, der abwartet, wem zuzustimmen ihm den größten beruflichen Vorteil verschaffen wird.

Brandis (Adj.)
Außerordentlich geneigt festzustellen, wie weit man bei jemandem gehen kann, bis ihm der Kragen platzt.

Brandösch, das
Der giftige Schaum, der sich an felsigen Klippen und Ufern sammelt.

Braunlage, die
Eine Bemerkung, mit der man bei jeder CDU-Versammlung garantiert einen Höllenapplaus provoziert.

Bregenz, der
Ursprünglich: Ein Wissenschaftler, der alles über sein spezielles Fachgebiet weiß – und sonst nichts. Der Begriff »Bregenz« findet heutzutage allgemein Verwendung, wenn man jemanden charakterisieren will, der alles über ein bestimmtes Thema weiß, ansonsten jedoch nervtötend ahnungslos ist – also zum Beispiel ein Banker, mit dem man nicht mal über Kriminalromane reden kann, oder ein Lektor, der nicht weiß, wer Berti Vogts ist.

Bremen (V.)
Etwas sehr, sehr langsam erfassen. (Auch: Einen Schachzug in
Zeitlupe wiederholen.)

Briescht, das
Das kleine, unhandliche Käsestück, das nach dem Zerschnei-
den eines normal geformten Käsestücks übrigbleibt und einem haufenweise Möglichkeiten eröffnet, sich in die Finger
zu schneiden.

Bröbberow, der
Der unwiderrufliche, kräftige Furz, den man in Anwesenheit
hochrangiger Persönlichkeiten hat fahren lassen und der so
ähnlich klingt wie ein vortuckerndes Moped (allerdings nicht
ähnlich genug, um damit verwechselt zu werden).

Brual, das
Gespräch zwischen zwei mit der Bahn reisenden Hooligans.

Bruchköbel, der
Poröser Korken, der einer Weinflasche im Hals steckenge-
blieben ist.

Bruchmachtersen, das
Der schrille, eindringliche Ruf eines jungen Menschen-
Männchens, das einen seiner Kumpane dazu drängt, am Rand
einer Steilklippe oder auf einer Sondermülldeponie etwas
äußerst Gefährliches anzustellen.

Bruchsal, die
Die besondere Verzweiflung, die man beim Versuch empfindet, sich mit einem eingegipsten rechten Arm die Zähne zu
putzen oder auf die Toilette zu gehen.

Brühl, die (Pl.)
(Med.:) Sämtliche Schürfstellen an Knien und Ellenbogen,
die man sich beim leidenschaftlichen Kopulieren auf einem
billigen Bodenbelag zuzieht.

BRÜSSEL

Brüssel, das
Ein betont witziger Gegenstand (zum Beispiel ein Steingut-
pferd oder ein kleines nacktes Porzellanmännlein), den ulkige
Gastgeber benutzen, um ihren Gästen Wasser in den Scotch
zu pissen.

Brumby, das
Geräusch einer vorbeifliegenden einmotorigen Maschine,
das man auf einer sommerlichen Wiese liegend hört, das die
Ruhe und Zeitlosigkeit auf den Punkt bringt und einen mit gewissen warmen Gefühlen für das eine oder andere zurück-
läßt.

Brunssum, das
Zufriedenes Schweigen nach dem Geschlechtsverkehr. (s. a.
→ Niederkam)

Bschlabs, das
Das, was im Gesicht eines Kindes zurückbleibt, nachdem die
Eistüte ihr Ziel verfehlt hat.

Buchfart, der
Jemand, der vor dem Eintreffen andersgeschlechtlicher Besucher Bücher wie »Das Kapital«, »Ulysses« oder »Die Bud-
denbrooks« mit einem Lesezeichen versieht und auffällig
unauffällig auf dem Sofa drapiert.

Buchillion, die
Größerer Geldbetrag, den man theoretisch schon in der Tasche hat. Exakt jene Summe, die potentielle Lottogewinner
jeweils am Samstagabend gegen 21.30 Uhr verplanen.

Büron, der
Jemand, der sich den Vormittag frei nimmt, um bei einer anderen Firma zu unterschreiben.

Bullau, der
Jemand, der mit offenem Mund dasteht und glotzt, wenn auf
der anderen Straßenseite etwas höchstens halbwegs Interessantes passiert.

Buro, der
Derjenige Arbeitskollege, über den in der Kneipe alle her-
ziehen. Viele große Firmen stellen ganz bewußt für jede Ab-
teilung einen Buro ein. Zum Beispiel ist Birgit Breuel sowohl
Vorstandsvorsitzende als auch Ober-Buro der Treuhand-
Gesellschaft.

Busenwurth, die
Die Hautfalte, die aus dem zu engen Büstenhalter einer Dame
lappt.

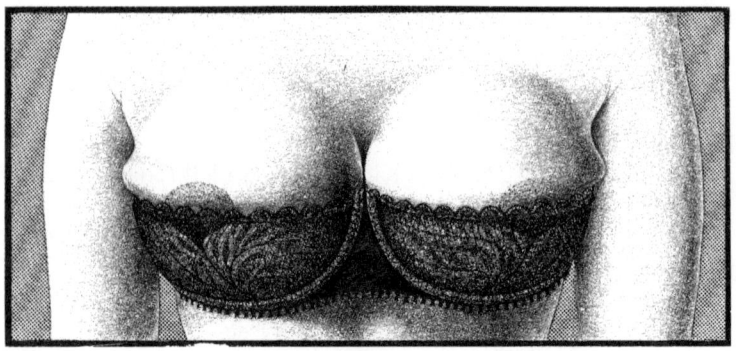

BUSENWURTH

C

Cappeln, das
Geräusch einer auf dem Straßenpflaster langsam zur Ruhe kommenden Radkappe.

Caputh, das
Die einem billigen fernöstlichen Radiowecker beiliegende, angeblich ins Deutsche übersetzte Gebrauchsanweisung.

Castrop-Rauxel, das
Wehmütiges, beim zufälligen Hören eines alten Liedes aufkommendes Gefühl, die falsche Frau resp. den falschen Mann geheiratet zu haben.

Cattenom (Adj.)
Nervlich zerrüttet, weil man sich nicht entscheiden kann, wie man eine durchgebrannte Glühbirne entsorgen soll.

Champatsch, der
Ein kleiner, dicklicher Abteilungsleiter, der bis zur Betriebsfeier wartet, um seinen Kolleginnen betrunken an den Hin-

tern zu fassen, und hofft, daß man ihm wegen kurzfristiger Unzurechnungsfähigkeit keine knallt.

Chemnitz, der
Ein stiller, kleiner, unauffälliger Mann mit dicker Brille, der in seinem Geräteschuppen an einer neuen Atombombe bastelt.

Chieming, der
Ein seit kurzem fürchterlich angesagter exotischer Eintopf, der aller Gourmet-Schwärmerei zum Trotz vorwiegend aus Fischköpfen zu bestehen scheint.

Christnach, das
Alles, was am Jahresende zum halben Preis auf Grabbeltischen landet.

Chrutzi, der
Langer, elastischer Schleimfaden zwischen → Gniebel und Nasenloch.

Chüttlitz, der
Jener letzte Tropfen, der allem Schütteln und Klopfen zum Trotz in die Hose geht. (s. a. → Pillgram, → Platschow)

Columbus, der
Jemand, der hartnäckig falsch abbiegt, ein völlig anderes Ziel als das angepeilte erreicht und »Siehste!« sagt.

Compatsch, das
Halbgares Gerede von zivilisierten Indianerfans, die vor der heimischen Zentralheizung sitzend davon schwärmen, in zugigen Tipis zu hocken und an einem Kalumet zu nuckeln.

Cottbus, der
Fachbegriff für einen dieser großen Laster mit wirbelnden Bürsten an der Unterseite, die man zum Straßenreinigen benutzt.

Cramme, die
Scharfer Gegenstand, der sich beim Abwaschen geschickt un-

ter dem Schaum verbirgt, um einem dann, wenn man ein letztes Mal mit der Hand durch das Waschbecken tastet, wuchtig in die Fingerspitzen zu fahren.

Crimmitschau, der
Der Augenblick, in dem man nach längerem Zuhören schlagartig begreift, daß die beiden vor einem in ein hitziges Streitgespräch verwickelten Personen völligen Schwachsinn zusammenfaseln.

Critzum, das
Unleserlicher Kringel unter Behördenschreiben, über deren Inhalt man gern mit dem zuständigen Sachbearbeiter sprechen würde.

Crostau, der
Der bröcklige Schmutz, der in üblen Kneipen an den Hälsen der Ketchupflaschen klebt.

Cumbels, die (Pl.)
Sammelbegriff für sämtliche peinlichen Spitznamen, die sich Vierzehnjährige zum Entsetzen ihrer Eltern und Lehrer aus heiterem Himmel zulegen, um anschließend auf ihre Taufnamen überhaupt nicht mehr zu reagieren.

Curslack, das
Die schmale, geriffelte Furche, die auf einer frisch gestrichenen Oberfläche zurückbleibt, nachdem man ein Haar herausgerissen hat.

D

Däniken (V.)
(Med.:) In allem, was man nicht versteht, ein Zeichen von höherer Intelligenz sehen. Besonders bei Feuilletonisten und Lehrern verbreitet.

Daleiden (V.)
In höchstem Maße unwillig sein, sich durch irgend etwas oder von irgendwem aus seinem Weltschmerz reißen zu lassen, insbesondere nicht durch Bemerkungen wie »Anderen geht es noch viel schlechter als dir« oder selbstgekochten Vanillepudding.

Damelack, der
Das, was über Nacht von der Frau abblättert, die am Vorabend in der Disco wirklich klasse aussah.

Damp 2000, das
Das wasserdurchlässige Material, aus dem Regenmäntel hergestellt werden.

Dannenbüttel, der
Eine jener dünnen, laut knisternden Plastiktüten, die man in Supermärkten bekommt und denen es – da man sie grundsätzlich am Boden festhalten muß, damit sie nicht reißen – immer gelingt, etwas von ihrem Inhalt auf die Straße zu werfen. (s. a. → Tütschengereuth)

Dapfen (V.)
Die Zehenspitzen des Partners nach einem Streit im Bett zaghaft mit den eigenen Zehenspitzen berühren.

Darbein (Adj.)
Infolge exzessiver Ernährung mit gesunden Dingen entsetzlich hager und ausgemergelt.

Darup (Adv.)
Unmittelbar auf etwas folgend, und zwar ziemlich brutal. Beispiel: »Er sagte heiter, er habe eine Bombe im Handgepäck, und wurde darup festgenommen.« *Frederick Forsyth, Der Schakal von Bullerbü.*

Daumitsch, der
Der kleine Trick, mit dessen Hilfe sich Leute ins Gedächtnis rufen, wo rechts und wo links ist.

Davos (Adj.)
(Med.:) Stark suizidgefährdet, weil man ein wichtiges Ereignis verpaßt hat – zum Beispiel die Quark-Abspaltung, auf die man zwanzig Jahre lang eng in einem unterirdischen Teilchenbeschleuniger gewartet hat.

Deckenpfronn, das
Die kleine, weiße Plastikdose, in der man die aus der Zimmerdecke hängenden Lampenkabel versteckt, wenn man keine Lampen mag.

Dessow, das
Reizwäsche aus dem Ostblock.

Deutzen (V.)
Zögernd mit der Spitze des Zeigefingers gegen eine Glasscheibe klopfen; zu beobachten bei Personen, die sich vergeblich bemühen, entweder einen exotischen Fisch oder einen Postbeamten auf sich aufmerksam zu machen.

Dibbersen (V.)
Das, was man mit den Händen tut, um nach dem Waschen das Wasser abzuschütteln, wenn kein Handtuch in der Nähe ist.

Dickfeitzen (V.)
Sich kaltlächelnd selbst bedienen, wenn man weiß, daß man nicht geschnappt wird. Zu beobachten bei asozialen Charakteren in Supermärkten (ohne Kameras) oder Parlamenten (mit Kameras).

Dieblich (Adj.)
Beschreibt den herrlichen Geruch einer bedauerlicherweise restlos leergefutterten Keksdose.

Diez, das
Ein Gegenstand oder eine Bemerkung, der bzw. die nicht ausreicht, den Partner der Untreue zu bezichtigen, aber allemal für schlaflose Nächte gut ist.

Dirlos, die (Pl.)
Im Bayerischen Wald hergestellte Vibratoren.

Dobbeln (V.)
An Stellen, die man bereits gründlich durchwühlt hat, erneut nach einem verlorenen Gegenstand suchen.

Döbeln (V.)
Fachbegriff aus der Pornofilm-Produktion. Nach der vierten Wiederholung einer Orgasmus-Szene wird der Hauptdarsteller in Nahaufnahmen von einem anderen Darsteller ersetzt, sprich gedöbelt.

Dönges, das
Geräusch eines mitten in der Nacht zufallenden Blechmülleimerdeckels.

Dörrmoschel, die
In Sportlersocken klebende Hornhautschnipsel.

Dösingen, das
Oberbegriff für sämtliche gregorianischen, tibetischen und sonstigen schläfrigen Chöre.

Dötra, die
Mittelalterliches Zeremonien-Blechblasinstrument, mit dem die gelungene Ausführung eines → Schloßvippach von den Burgzinnen posaunt wurde. (s. a. → Rüstorf, → Övelgönne)

Dollart, die
Sammelbegriff für von Sponsoren finanzierte Kunstwerke.

Dommelstadl, der
Ungerechtfertigte, erkennbar primitive Kritik am neuen Freund der eigenen Ex-Freundin.

Dottikon, das
Ein Apostroph, der keiner ist. Besonders verbreitet sind Dottikons in Wortgebilden wie »Dieter's Kneipe«, »Susi's Nähstübchen« und »Mittwoch's geschlossen«.

Dover, der
Jemand, bei dem man sich nur auf eines hundertprozentig

verlassen kann, nämlich daß er sich dümmer anstellt als man selbst.

Drebber, das
Geräusch einer Stahlkugel, die in einer Mulde zur Ruhe kommt.

Dresden, die
Eine Schraube, die sich dreht und dreht und dreht, aber nicht aus dem Gewinde löst.

Drössig, der
Jemand, der sich irrsinnig schnell langweilt.

DRUFFEL

Druffel, die
Die verbeulteste Kartoffel in einem Kartoffelsack.

Dürnast (Adj.)
Besorgt, jemand könne inzwischen dahintergekommen sein, daß man in irgendeiner eher wichtigen Hinsicht geringfügig geprahlt hat.

Düsedau, der
Ein Mensch, der dauernd in irgendwelchen Geschäften

verschwindet, während man neben ihm hergeht und ihm etwas erzählt.

Düssel, der
Jemand, der ein Spezial-Zubehörteil verwendet, um das Sofa zu saugen.

Duttweiler, der
Die Frisur, mit der sich eine junge Frau für einen besonderen Anlaß schmückt und die einen plötzlich ahnen läßt, wie das Mädel in zwanzig Jahren aussehen wird.

E

Echtz, das
Sammelbegriff für all jene lästigen Mängel, die man bei Handarbeiten zusätzlich bezahlen muß – also z.B. rauhe Kanten, Farbflecke, unterschiedlich lange Tischbeine und löchrige Glasuren.

Eischoll, das
Das, was einem aus dem Deckel eines frisch gekochten Hühnereis entgegenfließt.

Eisenspalterei, die
Genauigkeit und Hartnäckigkeit bei Diskussionen, die sich um wirklich wichtige Dinge drehen. Man spricht z.B. von Eisenspalterei, wenn jemand einen Makler so lange wegen seiner abwegigen Courtage-Vorstellungen grün und blau fragt, bis dieser ihm einen Nachlaß gewährt.

Eisenzicken, die (Pl.)
Die hartgekochten, widerwärtigen Stücke, die man vom Geschirr kratzen muß, nachdem man es aus der Spülmaschine gezogen hat.

Eitorf, der
Ein bösartig blutrot gefärbter Eiterklumpen, der üblicherweise in Begleitung von → Gallun und → Krötze auftritt.

Emden (V.)
Andere Leute nicht zu Wort kommen lassen, indem man die
beim eigenen Vortrag entstehenden Sprechpausen durch
ständiges »Em«-Sagen ausfüllt.

Emmering, der
(Techn.:) Eine preiswerte, meist in Fernost hergestellte Mo-
tordichtung, die zu 90 % aus winzigen Löchern zu bestehen
scheint.

Empel, der
Ein Autofahrer, der unmittelbar nach dem Umschalten einer
Ampel von Rot auf Gelb mit beiden Händen auf die Hupe
drischt.

Engstlingenalp, der
Grotesker, fünf Zentimeter hoher Buckel, mit dessen Hilfe
verspätet im Theater eintreffende Besucher hoffen, entweder
weniger peinlich oder wenigstens weniger sichtbar zu wirken.

Entholz, die
(Veraltet:) Von mittelalterlichen Geflügelzüchtern getragene
Hose aus Birkenbrettern.

Erdingen (V.)
Sich auf würdelose Art und Weise unterwürfig verhalten, um
jemand anderen milde zu stimmen. Häufig bei Obrigkeitsfa-
natikern und wegen kleinerer Vergehen vor Gericht stehen-
den Personen zu beobachten.

Erkenschwick, das
Etwas, das einem etwas zu spät an jemand anderem auffällt,
nämlich, wenn er sich zum ersten Mal vor einem auszieht.

Erlau (Adj.)
Eigenschaft von Dingen, die zu stehlen sich nicht lohnt. Man

stiehlt z.B. Autos, Geld und Tafelsilber, aber Streichholz-
briefchen, Seifenstückchen, Plastikmarmeladenbecher und
Erfrischungstücher von Fluggesellschaften sind schlicht und
ergreifend erlau.

Eulo, der
Der Leukoplast-Streifen an der Brille eines extrem kurzsich-
tigen, ungeschickten Kindes.

Euthal (Adj.)
Dumpf und ganz und gar nicht aufregend um die Brüste einer
Frau herumstümpernd.

Eutin, das
Jener Bestandteil von Trockenmilch, der nach ihrer Auflö-
sung an der Kaffee-Oberfläche schwimmt.

Exter, der
Alle kleinen Haushalts- und Elektrogeräte enthalten eine Anzahl betriebsnotwendiger Komponenten sowie zumindest
einen Exter.
Wenn man zum Beispiel gerade erfolgreich eine Sicherung
ausgetauscht, eine Glühbirne ersetzt oder einen Mixer repa-
riert hat, ist der Exter jenes kleine, übrig gebliebene Plastik-
teil, das einem unmißverständlich mitteilt, daß man alles
wieder auseinandernehmen und von vorn beginnen darf.
(s. a. → Wimmis)

F

Fadental (Adj.)
Beschreibt das Verhalten einer betäubten Unterlippe, wenn
man sich beim Zahnarzt den Mund auszuspülen versucht.
Auch: Locker, schlabbrig, unbrauchbar. »In seinen Armen
wurde sie vollkommen fadental.« – *Noel Coward.*

Falera, der
Ein Mensch, der aus jeder Krise oder Enttäuschung wenigstens eine gute Anekdote macht.

Faschina, die
Ein weites, buntes Gewand, das einem irgendwer von einer Reise mitbringt, der dann auch noch allen Ernstes erwartet, daß man es anzieht.

Faulenfürst, der
Jemand, der seinen Kaffee aus Eierbechern trinkt, um den Abwasch noch eine weitere Woche hinauszuzögern.

Faulenrost, der
(Med.:) Ein Sekret, das sich in den Ohren und Gelenken von Postbeamten ablagert und sie schon nach kurzer Berufstätigkeit vollkommen taub und bewegungsunfähig macht.

Fedderwardersiel, das
Das ausgiebige spätvormittägliche Gelage eines Schlankheitskurers, der seinen Diät-Verpflichtungen bereits früh am Morgen mit einem Löffelchen Magerquark Genüge getan hat.

Feffernitz, der
Ein besonders beeindruckender Frisbee-Wurf, nach dem das gute Stück endgültig und unwiederbringlich verloren ist.

Feuchtwangen (Adj.)
Beschreibt den Gesichtszustand nach einem Cunnilingus.

Fiestel, die
Eine undefinierbare schmerzende Pustel, die sowohl ein Pikkel als auch ein Mückenstich sein könnte.

Filisur, die
Jeder Haarschnitt, dessen Anfertigung länger als zwei Stunden dauert.

Filsch, das
Eine am falschen Ende angezündete Filterzigarette.

Filsum, das
Ein dunkles, gegen den Strich gebürstetes Stück Samt.

Filzmoos, das
Der Bodensatz in einer Damenhandtasche.

Finken (V.)
Nach links blinken und nach rechts abbiegen.

Finsterhennen, die (Pl.)
Alleinerziehende Mütter, die ihre Töchter aufgrund eigener schlechter Erfahrungen mit Männern nach 14.30 Uhr nicht mehr auf die Straße lassen und so erreichen, daß die Töchter am achtzehnten Geburtstag mit dem nächstbesten Schlosser abhauen, der sie dann zwei Jahre und zwei Kinder später sitzenläßt.

Fläsch (Adj.)
Infolge eines ernstzunehmenden Katers vorübergehend geistig behindert.

Flatschach, die
Eine Pfütze, die sich unter einer lockeren Gehwegplatte verbirgt. Von ihrer Existenz erfährt man erst, wenn man auf die Platte tritt und sich vier bis sechs Liter Wasser von unten in die Hosenbeine schießt.

Flinten (V.)
Etwas zu früh aufgeben. Wenn man z.B. aus der Dusche stürmt, um ans Telefon zu gehen, auf der Seife ausrutscht, sich im Handtuch verheddert und der Anrufer in genau dem Augenblick auflegt, in dem man den Hörer abnimmt, darf man getrost davon sprechen, daß er geflintet hat.

Flögeln (V.)
Beim Geschlechtsverkehr fernsehen.

Florenz, das
Das eigenartige Jucken, das an irgendwelchen abseitigen Stellen beginnt, sobald man sich irgendwo kratzt.

Flossenbürg, der
Per Handschlag geschlossener Vertrag. Ersetzt ab 1.1.93 den bisherigen hölzernen Titel »Kaufähnliche Verträge« in § 445 BGB.

Fluorn-Winzeln, das
Die eingetrockneten Zahnpastareste zwischen den Borsten einer Zahnbürste.

Fluterschen, der
Bereich zwischen der Schwapphöhe einer Welle und der Krempelhöhe der eigenen Hose.

Foppa, der
Jedes taktische Manövern, das von einem → Laugna ablenken soll, z.B. schrilles, überraschendes Kichern bei gleichzeitigem energischen Aus-dem-Fenster-Deuten.

Frankfurt, die
Die unter der Trennscheibe eines Postschalters eingebaute Mulde oder Schublade, durch die man u.a. Briefe schiebt oder Briefmarken zugeschoben kriegt.

Frauensattling, der
Zustand von Frauenkleidung, nachdem die Besitzerin sich die Nase gepudert, mit ihrer Strumpfhose auch den Rocksaum hochgezogen und damit ihr Hinterteil freigelegt hat und wieder aus dem Waschraum getreten ist, ohne all dies zu bemerken.

Fraulautern, das
Jenes unvermeidliche, peinliche Geräusch, das erklingt, wenn Frauen die von Männern konstruierten Toiletten in hellhörigen Wohnungen benutzen.

Frenz, das
Das hoffnungslos ausgefranste, feuchte Ende eines Baumwollfadens.
»Eher kommt ein reicher Mann ins Himmelsreich, als ein Frenz durch ein Nadelöhr.« – *Evangelium nach Hausfrauenart.*

FLUTERSCHEN

Friedlin, der
Jemand, der beim kleinsten Anzeichen einer interessanten, weil kontroversen Diskussion beschwichtigend eingreift und unverzüglich ein Thema ansteuert, über das vollkommene Einigkeit herrscht.

Friesack, der
Eine gemusterte Reisetasche, die exklusiv für die Lufthansa hergestellt wird und während ihrer gesamten Existenz nie durch die Zollkontrolle kommt.
Wenn man neben dem Koffertransportband eines Flughafens auf sein Gepäck wartet, wird man feststellen, daß auf dem jeweils nächstgelegenen Transportband eine einzelne, einsame Tasche ihre Runden dreht und von niemandem eingesammelt wird. Hierbei handelt es sich um einen Friesack, den jemand vom Verladepersonal auf das Band gestellt hat, um Fluggäste wie Sie davon abzulenken, daß Ihr Gepäck in wenigen Minuten auf dem Flughafen von Murmansk eintreffen wird.

Frille, die
Die unheimliche Stille in einem winterlichen, zugeschneiten Waldgebiet.

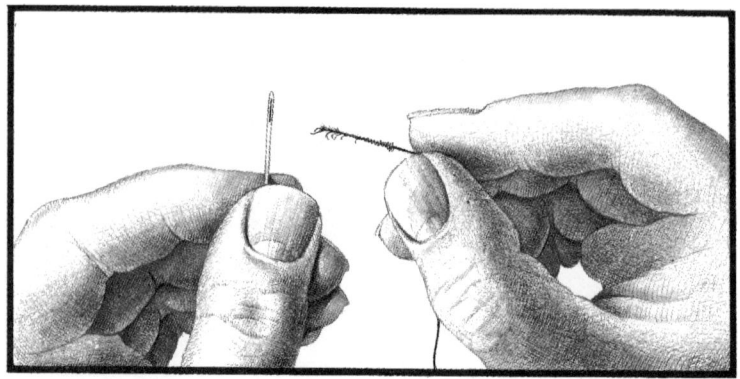

FRENZ

Ftan, das

Geräusch beim erleichterten Ausatmen, nachdem man einige
Sekunden gebannt oder schockiert die Luft angehalten hat.

Fuchs am Buckel, der

Jeder synthetische Fellkragen, den man mit Hilfe eines Reiß-
verschlusses oder von Knöpfen an einem Mantel oder einer
Jacke befestigt.

Fürth, der

Der Augenblick, in dem zwei Menschen, die sich in einem
langen Gang aufeinander zubewegen, einander erkennen und
sofort so tun, als hätten sie einander nicht erkannt. Man tut
dies, um den entsetzlichen Peinlichkeiten der → Passade oder
gar eines verfrühten → Marschalling aus dem Weg zu gehen.
(s. a. → Marschacht, → Marscheid.)

Füssenich, die

Jene oberste Treppenstufe, die verschwindet, wenn man die
Treppe im Dunklen erklimmt. (s. a. → Leerstetten)

Fützen (V.)

Unter Wasser einen fahren lassen.

Fulda (Adj.)

Bemüht, aufgeweckt zu wirken, obwohl man eine schlaflose
Nacht hinter sich hat.

Funnix, der
Jemand, der ständig gegen die ehernen Gesetze des gepflegten Witzes verstößt, indem er mit atemberaubender Sicherheit Pointen verschenkt. Funnixe siedeln bevorzugt in den Chefetagen von Comedy-Fernsehproduktionen.

Furgg, die
Der schmale, dafür um so verdrecktere PVC-Streifen zwischen Kühlschrank und Spüle einer Mietwohnung.

Fuschl, der
Korrekte Bezeichnung für das flauschige Bällchen, das Männer sich abends aus dem Bauchnabel pulen.

Fußgönnheim, das
(Salopp:) Pediküre-Salon.

G

Gablenz, das
Die eingetrocknete gelbliche Substanz zwischen den Zinken von Restaurantgabeln.

Gadaunern (V.)
Ausgelassen auf einem Bett herumhüpfen.

Gallun, das
Ein gelbgrünliches Sekret, das man meist in der Nähe eines → Eitorfs und von → Krötze findet.

Gamidaurspitz, der
Ein Single, der anregende Partygespräche zwischen mehreren Paaren grundsätzlich zu sabotieren versucht, indem er kompromittierende Gesellschaftsspiele vorschlägt und sie so

lange preist, bis alle widerwillig mitmachen und sich wegen irgendwelcher bescheuerten Fragen und Antworten fürchterlich in die Haare geraten.

Gangloff, der
Urbane Fortbewegungsart. Fußgänger, die sich entschlossen haben, direkt vor einem zügig herannahenden Auto die Straße zu überqueren, fuchteln in der Regel kurz und hektisch in der Luft herum, um dann in einen Gangloff zu fallen. Dies erweckt den Eindruck größter Eile, hat jedoch nicht den geringsten Einfluß auf die tatsächliche Marschgeschwindigkeit.

Gasel, der
Jemand, der es fertigbringt, beide Armlehnen seines Kino- oder Flugzeugsitzes zu okkupieren.

Gattern (V.)
Als Ehepaar versuchen, ledige Freunde miteinander zu verkuppeln.

Gehau, das
Autofahrer-Sammmelbezeichnung für sämtliche Fußgänger, die am Rande von Hauptverkehrsstraßen herumstehen und winken, als hätten sie Vorfahrt oder sonst irgendwas zu melden.

Geigant, der
Jener besorgniserregende Mann, der bei einem Konzert aufrecht neben einem sitzt und sich offenbar für den Dirigenten hält.

Genf (Adj.)
Weit vom eigentlich angepeilten Ziel entfernt, weil man felsenfest von der Richtigkeit des eingeschlagenen, falschen Weges überzeugt war.
Obwohl man auch genf ist, wenn man nach längerer Autofahrt feststellt, daß man sich nicht auf dem Weg nach München, sondern nach Kiel befindet, verwendet man den Begriff häufiger im zwischenmenschlichen Bereich. Hier bezeichnet

man sich z.B. als genf, wenn man im festen Glauben, jemand brauche nur noch einen kleinen Anstoß, um sich scheiden zu lassen, wie ein Wilder über dessen Partner hergezogen ist und erst nach einer guten halben Stunde bemerkt hat, daß der oder die Betroffene eigentlich nur nach einem Anlaß zur Versöhnung suchte.

Genua (Adj.)
Etwas um Haaresbreite verfehlend. Wenn man beispielsweise auf seinem Lottoschein die Ziffern 8/14/19/24/38/47 ankreuzt, und gezogen werden die Ziffern 9/13/20/25/37/46, darf man zu Recht von sich behaupten, genua richtig gelegen zu haben – sofern man vor Wut überhaupt noch sprechen kann.

Gera (Adj.)
Ein bißchen verbogen, also gerade krumm genug, um völlig unbrauchbar zu sein. Gerae Schlüssel erhält man bei jedem Billig-Schlüsseldienst.

Gernach, der
Ein der Quadrille entfernt ähnelnder Tanz, den höfliche Männer vor Durchgängen und Türen veranstalten.
Die beiden Tänzer erreichen den Türrahmen gleichzeitig, verbeugen sich kurz und deuten dann abwechselnd auf den vor ihnen liegenden Durchgang. Dies wiederholen sie mehrmals, treten dann gleichzeitig vor und kollidieren oder bleiben in der Tür stecken.

Gesees, das
Jener Teil des eigenen Mantels, auf dem der Busnachbar unweigerlich Platz nimmt.

Gewissenruh, das
(Med.:) Eine winzige Hirnanhangsdrüse, die immer dann die Verbindung zwischen Hand und Haupthirn unterbricht, wenn man angesichts eines Supermarktregals plötzlich *Lust* bekommt, sein Bier aus der Dose zu trinken oder sechs Schoko-Trüffel in einem 2x2 Meter großen Frischesafe aus Plastik zu kaufen.

71

Gipf, das
Eine Brustwarze, die sich durch dünnen oder feuchten Stoff deutlich abzeichnet.

Glienick, der
Jemand, der hofft witzig zu sein, indem er Dinge absichtlich mißversteht.

Glinde, die
Die sanfte Brise, die einem beim Sonnenbaden durch die Achselhöhlen streicht.

Globig, der
Jemand, dessen unumstößliche Überzeugung betreffend das Universum, die Welt, das Leben und den ganzen Rest auf der Lektüre von Zeitungsartikeln basiert.

Gmünd, das
Das kleine Loch am Ende einer Zahnbürste.

Gnetsch, das
Das Schleimnetz, das man zwischen den eigenen Fingern bewundern kann, wenn man das Taschentuch nicht mehr rechtzeitig vor dem Niesen aus der Tasche bekommen hat.

Gniebel, die (Pl.)
Verformbare Nasenexkremente. (s. a. → Chrutzi)

Gnoien (V.)
Mit geschlossenem Mund schmatzen.

Gnutz, das
Ein kleines, seltsam geformtes Plastik- oder Metallstück, das man beim Frühjahrsputz in der untersten Schublade des Küchenschranks findet. Zum Wesen eines Gnutz gehört, daß es a.) irrsinnig nützlich aussieht und man b.) keine Ahnung hat, woher es kommt oder wohin es gehört.

Göttingen, das
Wunderbarer Schauder der Erleichterung, der einen über-

läuft, wenn sich herausstellt, daß der → Panitzsch ein blinder
Alarm war und der → Realp ausbleibt.

Götzis, die (Pl.)
Durch Paßfotos verursachte Heiterkeitsausbrüche. (s. a.
→ Böhming)

Gokels, die (Pl.)
Menschen, die allen Ernstes glauben, ihre zur Schau getrage-
nen Sonnenstudio-Verbrennungen wirkten gesund oder sexy
und nicht wie eine gefährliche Hautkrankheit.

Gondo, der
Ein Ostdeutscher, der die richtige Nase für Geldanlagen hat.

Gorleben (V.)
Mit einer gefüllten Mülltüte zum Mülleimer schlurfen, feststellen, daß dieser bis zum Rand gefüllt ist, umkehren und die
Mülltüte erstmal in einer Küchenecke vor sich hin rotten lassen, bis der Mülleimer wieder voll ist.

Graach, das
Etwas, das einen zünftigen Weinkrampf rechtfertigt.

Gräslikon, das
Intelligente Grasgattung. Das Gräslikon wächst – sehr zum
Verdruß von Hobbygärtnern – als einzelner, langer, fester
Halm inmitten normaler Rasenflächen. Wenn es einen Ra-
senmäher nahen sieht, legt es sich flach auf den Rücken und
richtet sich erst wieder auf, wenn die Gefahr vorüber ist.

Gramschatz, der
All das Zeug, das irgendwie mit einem → Alten Pocher bzw.
einer → Killiane zusammenhängt und in den unmöglichsten
Ecken der Wohnung auftaucht.

Greich, der
Ein alter Millionär.

Grimmelfingen (V.)
Über einen Kinderwagen gebeugt Grimassen schneiden.

Grippel, der
Jemand, der durch eine ständig wiederkehrende Erkältung praktisch zu nichts zu gebrauchen ist.

Groß Gastrose, die
Ein uneingeladener Gast, den man nicht wieder los wird, weil er mittlerweile Herz und Seele der Party ist.

Groß Luja, der
Der Mann, der beim Singen in der Kirche hinter einem steht und mit erschreckender Inbrunst jeden Ton um mindestens einen Dreiviertelton verfehlt.

Großburgwedel, das
Die Bewegungen eines Menschen, der einer unmittelbar hinter dem Eingang eines Supermarktes aufgebauten Pyramide aus Konservendosen auszuweichen versucht.

Großenkneten (V.)
Ein besonders großes Geschäft besonders mühevoll zum Abschluß bringen.

Großmürbisch (Adj.)
Schlecht gelaunt, extrem unruhig und kurz davor, die Füllung aus dem Sofa zu rupfen.

Gründelhardt, das
Maßeinheit. Definiert als die Mindestzeit, die man jedes Bild in einer Kunstausstellung mit gerunzelter Stirn anstarren muß, um nicht von sämtlichen anderen Besuchern für einen kompletten Schwachkopf gehalten zu werden.

Grünenwulsch, der
Ein Mensch, der sämtliche letzten Schreie der Golfzubehör- und Sportbekleidungsbranche besitzt (»Tee-Wärmer«, Frischluft-Schuhe, von Bernhard Langer signierte Windjacke, US-Navy-Schirmmütze, Spiegelsonnenbrille etc.), obwohl er gerade erst seine zweite Golfstunde hinter sich gebracht hat.

Gscheidl, das

Der groteske Haarlappen, den sich eitle, fast kahle Männer lang über eines der Ohren wachsen lassen, um ihn dann quer über den Kopf wie angepappt bis zum anderen Ohr zu kämmen.

Gspon, das

Ein nervtötendes Ehepaar. Im Unterschied zu gewöhnlichen Idiotenpärchen sind allerdings sowohl er als auch sie wunderbare, angenehme Zeitgenossen, solange sie nicht zusammen auftreten.

Gstein-Gabi, die

Das Gegenteil einer → Killiane. Eine unerwiderte Jugendliebe, die einem unerklärlicherweise immer noch Herzstiche verursacht, obwohl sie inzwischen seit Jahren mit einem Fernmeldetechniker verheiratet ist.

Gülze, die

Agrarisches Zubehörteil, das Bauern am Heck von Traktoren befestigen, um ihren Dung über die gesamte Breite einer Landstraße verteilen zu können.

Günz, der

Der Kleingeldbetrag, den man im Futter einer alten Jacke findet und der einem aus der Klemme hilft.

Gumpen (V.)

Beim Küssen Kaugummi kauen.

Gutach, der

Jemand, bei dem man damit rechnen muß, daß er die Frage »Na, geht's gut?« tatsächlich beantwortet.

Gyhum, die

Eine Affäre, von der eigentlich niemand wissen sollte, tatsächlich jedoch jeder weiß.

Gymnich, das

Ein kleines Kind, dessen Aufgabe darin besteht, im Morgengrauen auf Gästezimmer-Bewohnern herumzuhopsen, damit den Gastgebern keine Kosten für Kaffee oder Radiowecker entstehen.

H

Hachtel, die
Eine alte Frau, die in Ihrer Gegenwart immer fürchterlich begeistert und überrascht tut, um anschließend all ihren Freundinnen zu erzählen, was für ein sittenloser, verlotterter Widerling Sie sind.

Hagnau (Adj.)
Exakt und auf äußerst befriedigende Art und Weise passend. Hagnau ist z.B. die Pappschachtel, die ohne anzuecken in einen Freiraum an der Garagenwand gleitet, oder das Buch, das die Lücke im Bücherregal präzise schließt.

Hallau, der
Ein fröhlicher Jemand, der, obwohl man nicht mit ihm befreundet sein möchte, in Dreivierteljahres-Intervallen anruft und vorschlägt, daß man sich bald mal wieder sehen sollte.

Hallein (V.)
Nachts Krach schlagen, um potentielle Einbrecher darüber zu informieren, daß man zu Hause ist.

Halstroff, das
Eine Tipp-Ex-Flasche nach der fünfzigsten Benutzung.

Hameln (V.)
Ein Buch, einen Film oder eine Fernsehserie preisen, weil alle es/ihn/sie preisen, obwohl man nicht sicher ist, ob man es/ihn/sie nicht eigentlich vollkommen schwachsinnig findet.

Hamswehrum, der
Fachbegriff aus der Haustierzubehör-Branche: Ein sündhaft
teurer Mini-Windglider aus Seide, mit dem sich der verwöhnte Hamster die Zeit vertreiben kann, wenn Frauchen
keine Lust hat, mit ihm zu reden.

Happerschoß, das
Das, was kleine Kinder an die Küchenwände schießen, sobald
sie herausgefunden haben, wie man Brei und einen mit dem
Zeigefinger gespannten Plastiklöffel am effektivsten einsetzt.

Harrislee, der
Jemand, dessen Leben sich keinen Deut verändert zu haben
scheint, wenn man ihn nach zehn Jahren wiedertrifft.

Hasenriegl, der
(Med.:) Heftige, mit krampfhaftem Überbiß einhergehende
Gesichtsstarre, die von schockierenden Mitteilungen ausge-
löst wird.

Haspelschiedt, der
Das, was man wie aus der Pistole geschossen stammelt, um
einem unerwartet das Zimmer betretenden Menschen zu erklären, was man gerade tut. (s. a. → Bischofswerda)

Hassum, die
Eine Schmeißfliege, die man vor lauter Müdigkeit nicht an
die Wand klatschen kann, obwohl man andererseits nicht
müde genug ist, trotz der von ihr verursachten Geräuschkulisse einzuschlafen.

Hauerz, der
Der Augenblick, in dem man mit den Plomben kraftvoll auf
Alufolie beißt.

Heblos (Adj.)
Chronisch unfähig, seine Unterhosen aufzusammeln und eigenhändig in die Waschmaschine zu stopfen.

Heddert, das
Ein locker fallendes Kleidungsstück aus Wolle, das bis zu den

Knien reicht, mindestens drei Armlöcher hat und seine Entstehung der ebenso wohlmeinenden wie inkompetenten
Tante des Trägers verdankt.

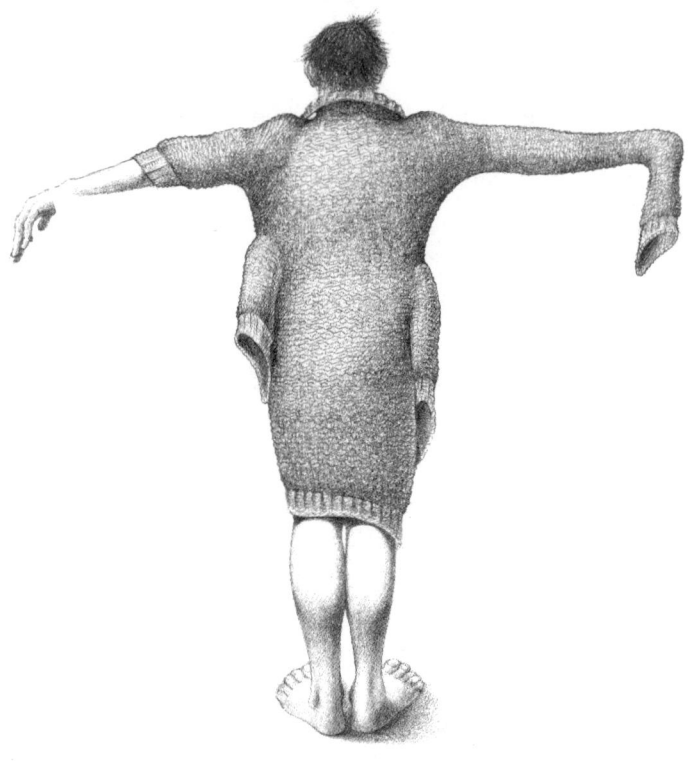

HEDDERT

Heersum, das
Das eigentümlich unmelodische Summen und Pfeifen extrem
wütender Menschen.

Heftrich, der
Ein Gast, der einfach nicht wieder geht.

Heimicke, die (Pl.)
Die lüsternen Blicke, die Sechzehnjährige auf einer Familien-
feier austauschen.

Heitel, der
Jemand, der ihm vollkommen unbekannten Personen unbe-
kümmert »Kopf hoch, wird schon gutgehen« zuruft.

Heldrungen (Adj.)
Sich in freier, einsamer Natur rundum wohl und erhaben
fühlend. Beschreibt das angenehme Gefühl, das sich bei einer
langen Moorwanderung mit Gummistiefeln und kalten Ohren einstellt.

Helmern (V.)
Aufmerksam nicken, während jemand einem Dutzende kom-
plizierter Hinweise gibt, die man sowieso gleich wieder vergessen haben wird.

Helsinki (Adj.)
Sich nach einer → heldrungenen Phase angesichts einer frü-
hestens in zwei Stunden öffnenden Kneipe kein bißchen wohl
oder erhaben mehr fühlend.

Hemme, die
Die Art Mensch, die nach Hause gehen muß, bevor sich eine
Gruppe entspannt amüsieren kann.

Hengelo, der
(Poet.:) Ein Schutzengel, auf den man sich lieber nicht verlassen sollte.
Auch: Situationen wie z.B. die, in der man sich befindet, nachdem man eine größere Gruppe unfreundlicher Afrikaner
spaßeshalber gefragt hat, ob sie mal ein bißchen schwarzen
Humor zum besten geben könnten.

Hennef (Adj.)
Etwas mit seitlich geneigtem Kopf und auf dem Rücken ver-
schränkten Armen betrachtend. Beschreibt die Körperhal-
tung, die man beim Inspizieren der Bücherregale anderer
Leute einnimmt.

Hentern (V.)
Jemandem, der einen zu Recht kritisieren will, den Wind aus

den Segeln nehmen, indem man ihn sofort dermaßen üppig mit Komplimenten überschüttet, daß er schon nach wenigen Sekunden nicht mehr weiß, was er eigentlich sagen hatte wollen.

Hermentingen, das
Geräusch in einem Aufzug voller Menschen, die alle versuchen, durch die Nase zu atmen.

Heroldingen (V.)
Vorgeben, man habe das Buch, über das gerade angeregt diskutiert wird, gelesen, obwohl man nur die Verfilmung kennt.

Herpf, der
Der Drehknopf an einem Herd, den man ständig auf »Null« zu stellen vergißt.

Herzogenweiler, der
Jemand, der seinen Gesprächspartner nicht merken läßt, wie sehr ihn dessen taktlose oder beleidigende Bemerkung verletzt hat.

Hetzlos (Adj.)
Gleichzeitig äußerlich ruhig und innerlich hektisch. Hetzlosigkeit stellt sich ein, wenn man auf einer überfüllten Rolltreppe zu einem Bahngleis hinunterrollt, auf dem die U-Bahn, die man unbedingt erwischen muß, schon seit geraumer Zeit mit offenen Türen wartet.

Hexenagger, der
Ein eingeklemmter Nerv im Nacken, der einen wirksam daran hindert, anderen Leuten ins Gesicht zu sehen.

Hilfikon, die
Eine alljährlich in Timmendorf stattfindende Konferenz für Leute, die zu keiner anderen Konferenz eingeladen wurden.

Hilter, der
Ein politischer Agitator, der bei den Massen nicht ankommt, weil er sich ständig verspricht.

Hindelang, der
Ein Unbekannter, der einem plötzlich in den Intimbereich grabscht und dann behauptet, er habe lediglich einen Sturz vermeiden wollen.

Hindersten Hütten, die (Pl.)
Sammelbegriff für alle Dörfer und Ortschaften, die weiter als einen Kilometer von einer Autobahnauffahrt entfernt liegen.

Hintergern, der
Jemand, der seine Hilfe immer erst anbietet, nachdem alles erledigt ist.

Hinterglemm, die
Die Tasche am unteren Ende von Sessellehnen, in der man bevorzugt 10-Pfennig-Stücke und Legosteine aufbewahrt.

Hinterhub, der
Man gerät in einen Hinterhub, indem man sich ausgiebig und endgültig von einer größeren Gruppe anderer Partygäste verabschiedet und dann auf der Straße bemerkt, daß man seinen Schal vergessen hat.

Hinterzarten (V.)
(Rhetorisch:) Jemanden durch geschicktes, sanftes Fragen dazu bewegen, etwas zu tun, was er andernfalls nicht tun würde.

Hippach, der
Ein vierzigjähriger, hundert Kilo schwerer Mann, der sich im Zuge einer vorübergehend durch den Blätterwald schwappenden Schlankheitswelle entschlossen hat, durch intensives Joggen Selbstmord zu begehen.

Hittfeld, das
Ein gräßlicher blauer Fleck, von dem man nicht weiß, wo und wie man ihn sich zugezogen hat.

Hochfilzen (V.)
Jemandem mit beiden Händen an die Fußknöchel fassen und

81

sich dann langsam an Innen- und Außenseite des Beines in Richtung Schritt vortasten. Leider nur bei Flughafenpersonal verbreitet.

Hochgurgl, der
Das kleine Ding, von dem man immer glaubt, es stecke einem im Hals, nachdem man sich übergeben hat.

Hockeln (V.)
Den Stuhl, auf dem man sitzt, so kippen, daß er nur noch auf den Hinterbeinen steht, sich an der Tischplatte festhalten und fröhlich vor Porzellansammlungen oder spitzen Gegenständen herumwippen.

Hockenheim, das
Ein Auto, das von → Hüttengesäßen mit Lebensmittel- und Flüssigkeitsvorräten für zwei Wochen beladen wird, um anschließend zwischen Millionen anderer Hockenheime in endlosen Staus zu glänzen.

Hodenhagen, der
Ein Mann, der ziemlich eigenartige Vorstellungen von Romantik hat.

Högel, das
Verschieben des Riemens einer schweren Tasche oder des Schultergurtes eines vollen Rucksacks. Man wendet das Högel an, um sich zumindest die Illusion einer Erleichterung zu verschaffen.
Auch: Das falsche, herzliche Auflachen nach einer unkomischen Bemerkung. »Jasmin ließ ihn ein lautes Högel hören und erlaubte ihm einen Blick in die Abgründe ihres Selbst.« *Virginia Woolf.*

Höngg, der
Ein weltweit unbekannter Mensch, der unerklärlicherweise vom Verfassen kritischer Nachworte leben kann.

Hörnitz, das
Kleines, im Innenohr verborgenes Ventil, das taube Omas in

die Lage versetzt, sich bei entsprechender Laune ganz normal zu unterhalten, aber alles, was entfernt nach einer Aufforderung zum Tischdecken klingt, rigoros unterdrückt.

Hörste, das
Ein Geräusch, das man (meistens nachts) in einem fremden Haus hört, wegen seiner Kürze und seines unregelmäßigen Erklingens jedoch weder identifizieren noch räumlich zuordnen kann.

Höwisch, das
Grotesk geformtes Staubtuch, das einem die eigene Mutter in die Hand gedrückt hat und das sich bei näherer Betrachtung als halbierte Unterhose entpuppt.

Hohenaverbergen (V.)
Sich im ersten Stock verstecken und so tun, als sei man nicht zu Hause, wenn die Jungs von der Kriegsgräberfürsorge oder die Zeugen Jehova ihre Runde machen.

Hohenbucko, der
Aufwärts-Hocke. Zu beobachten bei sitzenden Leuten, die ihre Beine und Füße anheben, um einem Staubsauger Platz zu machen.

Hohenmocker, der
Seitenblick, den feine Leute in Richtung eines Menschen abfeuern, der zu irgendeinem Anlaß die verkehrten Schuhe trägt.

Holewang, die
Die Stelle, an der man Essen hamstern kann, nachdem einem ein Zahn gezogen wurde. Gewisse Beduinen sind in der Lage, sich bis zu sechs Wochen aus einer gut gefüllten Holewang zu ernähren.

Hollern, das
Lautes, unerklärliches Rumpeln in den Heizungsrohren alter Hotels, das man bevorzugt ab fünf Uhr morgens zu hören kriegt.

83

Holnis, die
(Soziologischer Fachbegriff:) Zwang, sich ständig irgendwelchen Ramsch (CD-Player, Mikrowellengeräte etc.) zu kaufen, um den Arbeitsstreß und -frust zu kompensieren, den man auf sich nehmen muß, um genug Geld zu verdienen, seiner Holnis zu fröhnen.

Holzappel, das
Mit hektischen Zuckungen einhergehende Nervosität, die einen an → Holnis Erkrankten überkommt, wenn er sich längere Zeit keinen neuen Ramsch zugelegt hat.

Holzbalge, die
Ein kleines, tückisches Kind, das sehr, sehr sanft stolpert und umfällt, sich vergewissert, daß jemand in der Nähe ist, und dann losbrüllt, was das Zeug hält.

Holzolling, der
Ein scheußliches Spanplatten-Furnier-Möbelstück, das man in einem vorörtlichen Ausfallstraßen-Möbeldiscount gekauft hat und das wie geschaffen ist, einen kompletten Jahrgang Wochenendbeilagen in sich aufzunehmen.

Horka, das
Ein Lachen, das einem die Haare aus dem Gesicht oder die Perücke vom Kopf weht.

Hornbostel, die (Pl.)
Finger- und Fußnagelreste auf dem Teppich.

Hosenruck, der
Die Art Furz, nach dessen Abfeuerung man nur hoffen kann, daß die Leute um einen herum weiterreden.

Hotteln, das
Das aggressive Verhalten von Verkäufern, die einem High-Tech-Produkte andrehen wollen, von denen sie selbst nichts verstehen.

Huchem-Stammeln, das
Sammelbegriff für all die undefinierbaren, verlegenen Geräusche, die man ausstößt, wenn jemand den Hörer am anderen
Ende der Leitung abnimmt und man feststellt, daß einem
vollkommen schleierhaft ist, wen man da eigentlich gerade
angerufen hat.

Huckelriede, die
Eines jener braunen, genoppten Plastikdinger, die verkehrt
herum in Pralinenschachteln liegen und einem vorgaukeln, es
gäbe noch eine zweite Lage.

Hüttengesäß, das
Als Hüttengesäße bezeichnet man alle Mitglieder von Fami-
lien, die an die See fahren, um dort den ganzen Tag hinter
hochgekurbelten Scheiben in ihren → Hockenheimen zu sitzen, → Templine aufzusetzen und in Boulevardzeitungen zu
blättern.

Hullern (V.)
(Nur bei Männern:) Aufgrund völlig verkehrter Vorstellungen von Männlichkeit auch nach Abschluß der Pubertät im
Stehen Wasser lassen und sämtliche Badezimmerwände mit
neckischen Flecken verzieren. (s. a. → Kloschwitz)

Humptrup, der
Ansammlung gelangweilter, entnervter, einigermaßen peinlich berührter Männer, die darauf warten, daß ihre Frauen
wieder aus den Umkleidekabinen in einem Kaufhaus auftau-
chen.

Hundsgrün, das
Jener Gelbgrünton, der eine behagliche Atmosphäre in Kran-
kenhäusern, eine anregende Atmosphäre in Schulen und eine
bedrohliche Atmosphäre in Polizeiwachen erzeugen soll.

Hunswinkel, der
Jene Küchenecke, in der die dilettantischen Schmierereien
hängen, die kleine Kinder vom Malunterricht nach Hause
schleppen.

Husum, der

(Med.:) Das leise, schnarrende Pfeifen, das ein Kettenraucher allmorgendlich beim ersten tiefen Atemzug von seinen Bronchien zu hören kriegt.

I

Ibm, der

Kurzform für »Informatiker bei Muttern«. Ibm sind diese scharf gescheitelten, knapp zwei Meter langen Burschen in karierten Hemden und Grobcordhosen, die starren Blickes an allen Versuchungen des Wohnungsmarktes vorbeischreiten.

Indemini, die

Eine Entscheidung, die zu fällen schwerfällt, weil so wenig von ihr abhängt – zum Beispiel die, ob man einen Spaziergang unternehmen sollte.

Innsbruck, das

Ein nicht besonders schmackhafter Knorpelknoten, der sich in einem Happen Eintopf oder Kuchen verbirgt.

Zuweilen sind Innsbrucks bloß das Ergebnis mangelnder Kochkünste, aber wesentlich häufiger werden sie einem absichtlich von Freimaurern eingebrockt – die sie beim Freimaurer-Metzger ihres Vertrauens bekommen, wenn sie ihre dubiose Freimaurer-Handtasche hochhalten. Einer der Innsbrucks wird dann in die Portion des Gastes geschmuggelt, um zu testen, ob er auf korrekte Freimaurerart damit umgehen kann.

Was folgendermaßen aussieht: Man entfernt den Innsbruck vorsichtig, am besten mit einer Zuckerzange. Anschließend durchquert man, auf einem Bein hüpfend, den Raum, und rammt seinem Gastgeber den Innsbruck mit den Worten

»Nimm das, du schmieriger Freimaurer-Arsch« wuchtig ins
Nasenloch.

Insul, der
Jemand, der während einer Unterhaltung abwesend in Zuk-
kerdosen starrt und deren Inhalt dabei mit einem Kaffeelöffel
in eigenwillige Landschaften verwandelt.

Interlaken (Adj.)
Unfähig, eine bequeme Liegeposition im Bett zu finden.

Intschi, das
Ein Tröpfchen, das sich nicht entscheiden kann, ob es einem
nun aus der Nase rinnen will oder nicht.

Irlahüll, die
In jeder »After Eight«-Schachtel befinden sich grundsätzlich
große Mengen leerer Tütchen sowie vier oder fünf Schoko-
minz-Täfelchen. Die Irlahüll beschreibt das Herausziehen des
Großteils der leeren Tütchen, bevor man ein gefülltes er-
wischt. Dabei ist es völlig egal, an welcher Stelle der Schachtel
man beginnt.
Die Irlahüll läßt sich auch bei Leuten beobachten, die abgebrannte Streichhölzer grundsätzlich in die Schachtel zurück-
stecken und sich dann bei Partys lächerlich machen, indem sie
Zigaretten mit zwei Zentimeter langen Holzkohlestümpfen
anzuzünden versuchen.
Darüber hinaus findet der Begriff im Rechtswesen Verwendung, wo er den fruchtlosen Versuch beschreibt, Werbeagen-
turen gerichtlich zu belangen, die einen mit praktisch leeren
Schokominz-Schachteln an der Nase herumführen.

Irlich, das
Ein aufrichtiger Gesprächsbeitrag, der für das gerade behan-
delte Thema allerdings vollkommen irrelevant ist.

Irnkofen (V.)
Einen Gegenstand in einem Geschäft entdecken und denken,
daß man ihn anderswo vielleicht billiger bekommt, anschließend stundenlang durch die Stadt laufen und herausfinden,

daß dies nicht der Fall ist, um schließlich in das ursprüngliche Geschäft zurückzukehren und festzustellen, daß der Gegenstand inzwischen verkauft worden ist.

Irsch, der
Ein peinlicher Vollidiot, der sich für charmant hält.

Irslingen (V.)
Versuchen, einen französischen BH an der Rückseite der Trägerin zu öffnen.

Isny, der
Maßeinheit. Definiert als die Zeit, die vergeht, bis man in der Fotoabteilung eines Kaufhauses bedient wird. Auch: Zeitraum bis zur Abschaffung der Einkommensteuer oder zur Wiederkunft Christi.

Issum, das
Jemand, der zuerst die Brotrinde abknabbert und dann den Rest ißt.

J

Jachenau, der
Ein Politiker, dessen ganzer Beitrag zur Politik darin besteht, im Bundestag gelegentlich »Hört! Hört!« zu rufen.

Jahna (Adj.)
Gleichzeitig glücklich und traurig darüber, daß alles so ist, wie es ist.

Jameln (V.)
Dem Vorgesetzten oder Ehepartner in allem sofort bedingungslos Recht geben und sich anschließend bei Freunden darüber beschweren, daß man ständig unterdrückt wird.

Jena, das
Ein »Ja, mal sehen«, das »Nein« bedeutet.

Jerusalem, der
Jemand, der auch in äußerst kritischen Situationen enormes
Gottvertrauen beweist, beruhigend »Wird schon gutgehen«
sagt und damit grundsätzlich recht hat.

Jiggel, der
Gekünstelter Kiekser des Off-Sprechers am Ende eines angeblich witzigen Werbespots.

Jork, der
Sammelbegriff für alle Joghurt-&-Exotische-Früchte-Zube-
reitungen, die Lebensmittelchemiker ohne Geschmacksner-
ven nachts in die Kühlfächer von Supermärkten schmuggeln.
Jorks sind also z.B. »Mango-Kiwi«, »Maracuja-Banane« oder
»Kokosnuß-Kugelfisch«.

Juchhöh, das
Erste frühmorgendliche Bewegungen des Penis.

Jülich (Adj.)
Schon am frühen Morgen verwirrend fröhlich.

Justingen (V.)
(Selten:) Das Duschwasser mittels Heiß- und Kaltwasserhahn
so temperieren, wie man möchte.

K

Kaaks, der
Ein Keks, nachdem er einem in die Kaffeetasse gefallen ist.

Kaköhl, der
Jemand, dem es Freude bereitet, andere Leute laut und ausgiebig über seinen Stuhlgang zu informieren.

Kalami, die
Die alte fernöstliche Kunst, Straßenkarten vernünftig zusammenzufalten.

Kalkar, das
(Med.:) Mysteriöses Unwohlsein, das ausschließlich vor kurzem pensionierte Staatsvertreter befällt und ihre Vernehmung vor einem ordentlichen Gericht unmöglich macht.

Kalte Kuchl, das
Das eine, letzte, unappetitliche Brötchen, das in der Bäckerei nach 16 Uhr sein trauriges Dasein fristet.

Kammlach, das
Ein widerspenstiger Haarwirbel, der sich weder durch Bürsten noch durch Kämme noch durch Wasser bändigen läßt und gewährleistet, daß man beim unmittelbar bevorstehenden Termin ungefähr so seriös aussehen wird wie eine Vogelscheuche.

Kamschlacken, das
Schlingerndes Gefühl in der Magengegend, das sich während des Hotelfrühstücks in genau dem Augenblick einstellt, in dem einen die Erkenntnis trifft, daß das Zimmermädchen den peinlichen Fleck auf dem Laken gerade entdeckt haben dürfte.

Kanin (Adj.)
Diverse Leute mitschleppend, um in den Genuß von Gruppenermäßigungen zu kommen.

Kantow, der
Extrem verworrene Knotenform, die ursprünglich beim Befestigen der Bramsegel an Hanse-Schiffen Verwendung fand, heutzutage jedoch nur noch an alten Drachen vorkommt, die man aus dem Kellerschrank zu ziehen versucht.

Karnap (Adj.)
Besorgt, weil man plötzlich befürchtet, nicht genügend Kartoffeln geschält zu haben.

Kartitsch, das
Der gestauchte Blechklumpen, der am Fuße eines Baumes zurückbleibt, wenn ein junger Fahrer seinen sportlichen Wagen unterschätzt.

Kasel, das
Eine braune Käseblase, die gasartige Substanzen enthält und bevorzugt aus Hawaii-Toasts wuchert.

Kasparzell, das
Sammelbegriff für alle geselligen Veranstaltungen in Schrebergarten-Kolonien.

Kassel, das
Die in Fächer unterteilte Hartplastikeinlage in Registrierkassen, unter der Kundenschecks und Knöpfe gesammelt werden.

Katmandu, der
Der überhebliche Gesichtsausdruck von »Diesel«-Fahrern, die mit Besitzern normaler Autos über Umweltfragen diskutieren.

Kehrig, der
Hartnäckiger Fleck auf einer Fensterscheibe, den man zwanzig Minuten lang wegzurubbeln versucht, bevor man feststellt, daß er auf der anderen Seite ist.

Kehrsatz, der
Absatz, an dem man beim Lesen eines Buches hängenbleibt. Je öfter man einen Kehrsatz liest, desto sinnloser wird er.

Kellinghusen, das
Bronchitisches Husten, mit dem irgend jemand den entscheidenden Teil der eigenen, ziemlich lustigen Bemerkung wirksam übertönt. (s. a. → Wieste)

Kessebüren, die
(Volkswirtschaftlicher Fachbegriff:) Das, was Banken ihren wehrlosen Kunden ohne jegliches Wimpernzucken als angemessene Unkostenerstattung für die Führung eines Girokontos berechnen.

Kesseling, der
Jemand, der es beim besten Willen nicht schafft, in Gesellschaft anderer Leute zu pinkeln.

Kestrich, der
Eine zähe, von Ihrem Nachbarn eigenhändig hergestellte Pampe, die Sie seiner Auffassung nach unbedingt auf Ihre Würstchen schmieren sollten.

Kettig (Adj.)
Ohne vernünftigen Grund anhänglich. Beschreibt den Geisteszustand von Menschen, die in Spanien Urlaub machen, weil da alle Urlaub machen, oder freiwillig an einer Polonäse teilnehmen.

Keula, die
Jene Haltung, die ein drittklassiger Komödiant einnimmt, wenn die sogenannte Pointe unmittelbar bevorsteht.

Kieck, die
Zuschauerin einer Unterhaltungsshow, die man schrill aufkreischen hört, wenn auf der Bühne jemand »Hintern« sagt.

Kiefersfelden (V.)
Den Mund nach einem Zahnarztbesuch wie ein Karpfen öffnen und schließen und gleichzeitig mit den Fingern auf den Wangen herumdrücken. Ursache des Kiefersfeldens ist in der Regel die bange Frage, ob der behandelnde Arzt einem die Zähne wieder richtig herum in den Kiefer gesteckt hat.

Kiesbert, der
Jemand, der ununterbrochen von Pfandbriefen und Kommunalobligationen spricht.

Killiane, die
Die fast-völlig-vergessene Freundin aus der fernen Vergangenheit, die von der eigenen Frau auf restlos irrationale Art und Weise gehaßt wird und sie zu folgenschweren Eifersuchtsausbrüchen treibt. (s. a. → Gramschatz)

Kink, das
Das leise, metallische, fiese Geräusch aus einem Motor, Computer oder E-Herd, mit dem einem das gute Stück mitteilt, daß es demnächst alle Viere von sich strecken wird.

Kippel, der
Ein Schalter, der in beiden Positionen aus ist.

Kitzbühel, die (Pl.)
Sämtliche Flecken an der Außenseite der Brusttasche eines Krämerkittels, die aus gescheiterten Versuchen resultieren, einen Kugelschreiber wegzustecken.

Klaffer, der
Die affektierte, scheinheilig-artige Bewegung, mit der sich eine gefährlich tief dekolletierte Frau den Rocksaum übers Knie zieht.

Klais, das
Glückwunschkarten-Version irgendeines klassischen Musikstücks, die man sich anhören muß, wenn man bei großen Firmen in der Telefonleitung klebt.

Klanxbüll, das
Sammelbegriff für alle Anfahr- und Bremsgeräusche von Diskettenlaufwerken und Videorecordern.

Klein Bademeusel, das
Der verräterische kleine Gnubbel am oberen Rand der eigenen Badehose, der einem unmißverständlich klarmacht, daß man vor dem Schwimmen zunächst eine halbe Stunde damit wird zubringen müssen, das Zugband mit Hilfe einer Sicherheitsnadel wieder ans Tageslicht zu befördern.

Klein Pampau, das
Etwas von einem Kleinkind Gebasteltes, Gemaltes oder Modelliertes, das man eigentlich erkennen sollte.

Klein Wanzleben, das
Die unzähligen winzigen Löcher in einem Brotlaib, die sehr danach aussehen, als seien sie bewohnt.

Kleinbautzen, das
Ein Kinderzimmer, das dessen Bewohner wegen kritischer Worte oder Taten wider die Tyrannen, sprich Eltern, für einige Zeit nicht verlassen darf.

Kleingurmels, die (Pl.)
Unzerkaubare Wurstbestandteile.

Klement, der
Der verkleisterte Klumpen in alten, fast leeren Hustenbonbontüten.

Kletzin, das
Ein Haftlappen, mit dem Babykleidung zusammengehalten wird. Tausende kleiner Marmelade-Partikel verhaken sich mit Tausenden kleiner Sabber-Partikel und sorgen so dafür, daß der Lappen ausreichend backsig bleibt.

Klixbüll, das
Das Ding, das in einer Lackspraydose herumklötert.

Kloschwitz, der
Die kleinen, eingetrockneten Urinflecken unter der Klobrille. (s. a. → Hullern)

Kluftern (V.)
Sich nachts in einem fremden, dunklen Haus behutsam in Richtung Badezimmer bewegen.

Knallhof, der
(Salopp:) Abgeschlossenes Freiluftareal einer Irrenanstalt.

Knoll, das
Etwas, das infolge eines gewaltigen Niesens gegen die Fensterscheibe knallt.

Kobande, die
Das unerwartet starke Band, das sich zwischen zwei Personen
bildet, wenn man sie einander vorstellt und sie bemerken, daß
sie einander wesentlich netter finden als den Vorstellenden.

Koblenz, das
Aus diversen Scheinwerfern zusammengesetzte Lichtbatterie
am Kühler gewisser City-Jeeps, mit der man zwar kein Fuß-
ballstadion ausleuchten, aber immerhin alle entgegenkom-
menden Autofahrer erblinden lassen kann, sofern sie nicht so
clever sind, nachts mit Sonnenbrille zu fahren.

Kölliken, die
(Med.:) Die Schweißausbrüche und Magenkrämpfe, die ein
untrainierter Zuschauer beim Verfolgen einer Karnevalsver-
anstaltung erleidet.

Köln, das
Das Klopfen und Röcheln, das ein Automotor zuweilen von
sich gibt – und zwar nicht, weil er raus will, sondern weil das
Öl alle ist.

Körbecke, die
Jener Bereich einer Discothek, in dem sämtliche männlichen
Singles herumlungern und auszusehen versuchen, als fänden
sie es wirklich klasse, daß sie nicht den Mut finden, eines der
Mädchen zum Tanzen aufzufordern.

Köterende, das
(Vulg.:) Pferdeschwanz am Hinterkopf eines Mannes in den
besten Jahren.

Köthel (Adj.)
(Nur bei Hundebesitzern:) Alle Verantwortung für die vom
eigenen Hund verursachten Verunreinigungen wortlos von
sich weisend.

Kollegg, der
Ein Arbeitskollege, der nie ein Wort mit einem gewechselt hat und einem auf der Abschiedskarte »Alles Gute« wünscht.

Komodo, das
Hoffnungslos unkomisches, übertrieben sorgloses Bummeln, das deutsche Komiker an den Tag legen, bevor sie zum allgemeinen Erstaunen in einen offenen Kanalschacht fallen.

Kosel, das
Jene Stelle am Körper eines Menschen, die dessen Partner oder Partnerin besonders gern hat.

Kotitz, die
Ein Tagebucheintrag (wie z.B. ein Datum oder irgendwelche Initialen) oder ein Name mit dazugehöriger Adresse in einem Adreßbuch, dessen Bedeutung einem völlig schleierhaft ist.

Kradolf, der
Zustimmendes lautes Murmeln und Auf-den-Tisch-hauen einer heillos besoffenen Stammtischrunde, nachdem der Wortführer eine vollkommen haltlose These aufgestellt hat.

Krampfer, das
Das Geflecht aus Kielwasser-Adern, das Schiffe bei leichtem Wind auf einem vielbefahrenen Fluß zurücklassen.

Krautheim, das
Fest in deutscher Hand befindliches Hotel in Äquatornähe.

Kreitz, der
Unbändiger Wunsch, in U-Bahnen johlend um die Haltestangen zu kreiseln.

Kreuzebra, das
Eine Mischung aus Zebra und allem möglichen anderen, das auf Zebras steht.

Kriftel, der
Das formlose Gekritzel, das der eigenen Unterschrift kein

bißchen ähnelt, aber leider das einzige ist, was man zustande bringt, wenn man einen wichtigen Scheck unterschreiben muß. Moslems verwenden Kriftels zum Verzieren ihrer Handtücher, Pyjamas und Speisekarten.

Krötze, die
Ein grellgrüner Strauch, der zermahlen, mit dünnen Zweigen und Gelatine vermischt und anschließend zusammen mit → Eitorf und → Gallun aus unerfindlichen Gründen als »Gourmet-Teller« serviert wird.

Krümmel, der
Halb-Erektion, die für eine gut sichtbare, peinliche Beule in der Hose groß genug ist, aber nicht ausreicht, um irgend jemandem zu nützen. (s. a. → Boffzen)

Krün (Adj.)
(Poet.:) Von der Farbe verwitterten Kupfers.

Kruft, die
Aufgrund niedriger Außentemperaturen kondensierende Atemluft.

KREUZEBRA

97

Kuchelmiß, die
Die schönste Bäckerei-Fachverkäuferin des Jahres. Die Wahl zur deutschen Kuchelmiß findet alljährlich im Brösumer »Sporthotel Garni« statt und erfreut sich wegen der in den Betten zurückbleibenden Krümel bei der Bevölkerung allenfalls mäßiger Beliebtheit.

Kühnicht (Adj.)
Beinahe mutig genug, an einem stürmischen Tag in einen eiskalten Pool zu springen.

Külte, die
Lose sitzendes, oft reichverziertes Kleidungsstück, das von Menschen getragen wird, die in ihm wie Einheimische zu wirken glauben und ganz und gar nicht wie Touristen. Fette Blankeneser Makler, die während ihres Malaysia-Urlaubs im Sarong durch die Hotelhalle stolzieren, wissen ziemlich genau, was wir meinen.

KUHSCHNAPPEL

Kümmernitz, der
Jemand, der sich rühmt, nicht mal zu wissen, welcher Wochentag gerade ist.

Kümper (Adj.)
Sich außergewöhnlich freundschaftlich verhaltend, um jemandem etwas besonders Unangenehmes mitzuteilen. Beschreibt die vertrauliche Von-Mann-zu-Mann-Art, derer sich ein Arbeitgeber bedient, um einen Angestellten darauf vorzubereiten, daß er ihn leider mangels Leistung nicht weiterbeschäftigen kann.

Kuhschnappel, das
In dunklen Ecken von Werkzeugschuppen vorkommendes Gartengerät, dessen genauen oder wenigstens ungefähren Verwendungszweck leider niemand kennt.

Kupferberg, der
Eines der kleinen Häufchen aus ausländischen Münzen, die man auf Kommoden oder Nachttischen findet. Da Kupferberge nie benutzt, aber auch nie weggeschmissen werden, leisten sie einen wertvollen Beitrag zur weltweiten Geldverknappung.

L

Laaber, der
Jemand, der um drei Uhr morgens unverdrossen weiterredet, obwohl alle anderen mittlerweile ins Bett gegangen sind. Der wichtigste Lebensraum für Laaber ist das Nachtprogramm des Deutschlandfunks.

Laax, das
Geräusch, das beim Lösen eines sonnenverbrannten Oberschenkels von einem Plastikliegestuhl erklingt.

Labenz, das
Ein allgemein bekannter Gegenstand oder eine vertraute Erfahrung, für den oder die bisher noch keine Bezeichnung existiert.

Laberweinting, der
Person, die nur an einem Korken riechen muß, um in einen endlosen Vortrag über die Ungerechtigkeit des Lebens auszubrechen.

Lally, das
Das freundschaftliche, ziellose Gespräch mit dem Barkeeper der Eck-Kneipe.

Lamboing, das
Geräusch, mit dem eine Glühbirne den Geist aufgibt.

Lampenricht (Adj.)
Absolut unfähig, einen Schlips vernünftig zu binden, weil man dringend zu einer lebenswichtigen Verabredung aufbrechen muß.

Lamscheid, der
Das Faltblatt auf Hotelzimmer-Nachttischen, das Unmengen verblüffend uninteressanter Informationen enthält.

Landersum, das
Eine dick mit Marmelade oder Honig bestrichene Brotscheibe oder Brötchenhälfte, die runterfällt und auf der klebrigen Seite landet.

Landl, das
Das niedliche Summgeräusch, das man von sich gibt, wenn man jemanden zur Begrüßung auf die Wange küßt.

Langel, der
Jemand, der die Lage seines Geschlechtsteils ständig in aller Öffentlichkeit korrigiert. (Merke: Das Bestehen einer Langel-Prüfung wird bei allen Kandidaten für die US-Baseball-Liga vorausgesetzt.)

Langendreer, der

Das Geräusch am anderen Ende der Telefonleitung, aus dem man schließen kann, daß die automatische Vermittlung nicht die Absicht hat, einen zu verbinden, sondern lediglich wissen zu lassen, wie kompliziert sowas ist.

Lanzenhaar, das

Einzelnes, verblüffend langes Haar, das irgendwo auf ansonsten völlig unbehaartem Terrain sprießt.

Lasel, der

Jemand, der praktisch alles gelesen hat und noch immer nichts Sinnvolles zu sagen weiß.

Lauerz, das

Lauerz ist eine auf dem europäischen Festland ausgesprochen verbreitete Fels- bzw. Kiesart.

Jeder einzelne Stein verfügt (aufgrund einer wissenschaftlich bisher noch nicht eindeutig bestimmten gravitätischen Ursache) über eine starke »negative Antriebskraft« resp. »Leichtkraft«, was bedeutet, daß die in einem Garten befindliche Lauerz-Menge immer konstant bleibt, unabhängig davon, wieviel man entfernt.

Die kommerzielle Nutzung von Lauerz steckt noch in den Kinderschuhen; bisher verwendet man es lediglich zur Herstellung von Aschenbechern und Briefbeschwerern für die U-Boote der deutschen Marine.

Laugna, der

Ein widerspenstiger Brocken Essen.

Laugnas, die in der Regel kochend heiß und extrem klebrig sind, fallen vom eigenen Löffel bevorzugt auf die Oberfläche des auf Hochglanz polierten Rosenholztisches des Gastgebers. Falls dies von der am Tisch versammelten Gesellschaft nicht bemerkt wurde (oder wenigstens die Möglichkeit besteht, daß es nicht bemerkt wurde), ist es ratsam, sich mit einem → Foppa aus der Affäre zu ziehen.

Lausitz, das

Unbestimmtes, unbehagliches Gefühl, das sich einstellt,

wenn man auf einem Stuhl oder einer Klobrille Platz nimmt, der bzw. die noch ein bißchen warm vom Hintern desjenigen ist, der vor einem darauf gesessen hat.

Lauterecken (V.)
Einen Vorfall auf vollkommen unaufrichtige, gewundene und unglaubwürdige Art und Weise erklären, obwohl die reine Wahrheit vollkommen akzeptabel wäre.

Lavant, der
Hauchfeiner Spülwassernachgeschmack im Tee.

Leerstetten (V.)
Auf eine → Füssenich treten.

Lehnin, der
Jemand, der beim Beobachten einer Verfolgungs-Szene auf seinem Kinositz hin und her pendelt.

Leinenfirst, der
Störender Knick im Bettlaken, zu dessen Beseitigung man aufstehen und das Bett praktisch neu beziehen muß.

Leitzkau, der
Jemand, der seit fünfzehn Jahren am gleichen Schreibtisch im gleichen Büro sitzt und sehr eigenwillige Vorstellungen darüber entwickelt hat, weshalb er bei Beförderungen kontinuierlich übergangen wird.

Libbenichen (Adj.)
Unschlüssig, ob man sich von jemandem körperlich angezogen fühlt oder nicht.

Liesing, der
Jener Angestellte eines Buchhändlers, dessen Aufgabe darin besteht, den ganzen Tag vor dem Zeitschriftenregal zu stehen und in Illustrierten zu blättern.

Limassol, der
Richtige Bezeichnung für eines jener kleinen Papierschirm-

chen, die schon Hemingway in seinen Cocktails nicht ausste-
hen konnte.

Lindig (Adj.)
Einen zahlenden Gast verbindlich, aber trotzdem entnervt
angrinsend. Beschreibt das Lächeln einer Stewardeß.

Linz, der
Versuch, durch die im Kino vor einem sitzende Person hin-
durchzusehen.

Lipperode, die
Eine dieser Damen in den besten Jahren, deren üppig wu-
chernder Schnurrbartschatten kaum zu übersehen ist.

Lippitsch, das
Das angenehm kühle Wasser, das die Gummistiefelspitzen
überspült, wenn man durch eine Pfütze watet.

Lockwisch, der
Eine Wurfsendung, derzufolge es irgendwo tolle Dinge zu
»sagenhaft niedrigen Schnäppchenpreisen« zu erstehen gibt.
Zu einem richtigen Lockwisch gehört die nur mit einem Mi-
kroskop zu entziffernde Fußzeile »Solange Vorrat reicht«.
Dieser Zeitraum wird von Experten auf circa 48 Minuten
(nach Absendung des Lockwisch) geschätzt.

Löf (Adj.)
Auf wohlige Art und Weise erschöpft, da man gerade den
letzten Teelöffel aus einem gigantischen Geschirrberg abwäscht.

Lösnich (Adj.)
Unfähig, sich im richtigen Augenblick zu verabschieden.

Logabirum, das
Eine absolut vernünftige Erklärung. (Wie zum Beispiel die
von Kettenrauchern hervorgerasselte, ihr gurgelnder Husten
habe definitiv *nichts* damit zu tun, daß sie täglich fünfzig Zigaretten konsumieren.)

Lugano, das

Jener Gegenstand, den der Sitznachbar in der U-Bahn in den Händen hält und der sich nur in einer Hinsicht von der Zeitung unterscheidet, die man selbst gerade liest – nämlich darin, daß er sich in den Händen des Sitznachbarn befindet.

Lumpzig, der

Der läppische Geldbetrag, um den der Preis eines Artikels von einer vernünftigen Zahl abweicht, damit wenigstens ein paar Knalldeppen auf die Idee kommen, das Angebotene sei günstig. Bei einem Paar Schuhe, das 59,90 DM kostet, beträgt der Lumpzig also 10 Pfennige.

Lutheran, der

Jemand, der gütig lächelt, nachdem er gerülpst oder gefurzt hat.

M

Malente (Adj.)

Hundertprozentig überzeugt, schwer krank zu sein, obwohl das Thermometer das Gegenteil behauptet.

Malix, der

Der ausgetrocknete Filzstift, der mit einem Band am Pinboard in der Küche befestigt ist, seit Menschengedenken nicht funktioniert hat und trotzdem von niemandem weggeschmissen wird.

Mamming, das

Eine dicke, fiese, häßliche, behaarte Frau, die einen dicken, fiesen, häßlichen, nackten Hund spazieren führt.

Manno (Adj.)
Erstaunt darüber, was einem andere gerade mal wieder haben durchgehen lassen.

Mantscha, der
Jener Teil eines Mantels, der nach dem Schließen einer Autotür auf der Straße hängt.

Marschacht, der
Das Loch ohne Boden, in das man während einer Begegnung in einem langen Flur fällt, wenn den beiden Beteiligten bewußt wird, daß sie sich viel zu früh, nämlich gut dreißig Meter voneinander entfernt, zum → Marschalling entschlossen haben – und zwar, weil beiden der bevorstehende → Marscheid entschieden zu blöd war. Da ihnen nun jedoch nur noch die → Passade bleibt, um aus dem Marschacht herauszukommen, werden sie ihre Entscheidung mit Sicherheit bereuen.

Marschalling, der
Der kritische Moment des vorgeblichen Erkennens nach einem → Fürth. Obwohl beide Personen sich der Tatsache vollkommen bewußt sind, daß sich jemand Bekanntes nähert, müssen sie irgendwann plötzliches Erkennen heucheln. In diesem Augenblick setzen beide ein glasiges Lächeln auf, als hätten sie einander eben gerade erst bemerkt, und rufen freudig überrascht »Halllloooo!«, als wollten sie sagen: »Meine Güte! Sie! Hier! Ausgerechnet! Das hätte ich ja nie. Mönsch! Da wird ja der Hund in der Pfanne! Usw. usf.

Marscheid, der
Um den Schrecken der → Passade zu entgehen, besinnt man sich üblicherweise auf den Marscheid. Hierbei handelt es sich um ein feiges, indes großes Können voraussetzendes Vorgehen, bei dem die beiden Beteiligten während der Annäherung weiterhin beharrlich so tun, als hätten sie den jeweils anderen nicht erkannt – und zwar, indem sie verbissen auf ihre Schuhe starren, mit verzerrtem Gesicht in einem Notizbuch blättern oder eingehend die Wände betrachten, als seien sie vorübergehend schwer verhaltensgestört. (s. a. → Fürth, → Marschacht, → Marschalling, → Passade.)

Matschiedl, die (Pl.)
Jene Gegenstände und Partikel, nach denen Leute, die sich gerade die Nase geputzt haben, in ihren Taschentüchern Ausschau halten.

Mauloff, das
Ein schlecht unterdrücktes Gähnen.

Meckel, der
Ein unter dem Verschluß eines Marmeladenglases auf den Rand geschweißtes Stück Alufolie.

Meinern (V.)
Wiederholt wahnsinnig aufgeregt darauf hinweisen, daß die eigene Idee besser war als jene, die jemand anders unmittelbar zuvor kundgetan hat.

Meineweh, der
Jemand, der nie eigene Vorschläge macht, sondern eigentlich immer genau das machen möchte, was man selbst gerade machen möchte.

Melano (Adj.)
Beschreibt die Stimmung, die Cartoonisten ausdrücken, indem sie den Mund einer Figur als Wellenlinie zeichnen.

Memmingen (V.)
Das Selbstwertgefühl eines Mannes mit der Behauptung stärken, man sei außerstande, den Schraubverschluß eines Marmeladen- oder Gurkenglases zu öffnen.

Merkenich, der
Jemand, der jemand anderem eine äußerst amüsante Geschichte erzählt, ohne sich daran zu erinnern, daß er sie ursprünglich von genau diesem Jemand gehört hat.

Merklin, der
Ein Mesch, der es auf wundersame Art und Weise immer wieder fertigbringt, aus → Überhamm ein fürstliches Mahl zu zaubern oder anderen Leuten mit preiswerten, aber äußerst passenden Geschenken eine Riesenfreude zu bereiten.

Merzig (Adj.)
Beschreibt das Gesamtgebaren eines Partygastes, der gleichzeitig der versammelten Gesellschaft zu verstehen gibt, wie *toll* er sich amüsiert, und seiner Begleiterin oder seinem Begleiter signalisiert, daß er sofort nach Hause will. Dieses merzige Verhalten mündet häufig in einen äußerst unerfreulichen → Stauchitz.

Mettmann, der
Jemand, der ein indisches Restaurant besucht und Currywurst mit Pommes bestellt.

Metzels, die (Pl.)
Sämtliche Bestandteile von Fleischgerichten, die anatomisch problemlos zuzuordnen sind.

Mietraching, der
Militante Gegenbewegung zum Ring Deutscher Makler, hervorgegangen aus dem Mieterschutzbund. Die Mitglieder des Mietrachings halten sich nicht mehr mit → Eisenspaltereien auf, sondern greifen sofort zu Teer und Federn. (s. a. → Schwand)

Mitlödi (Adj.)
Gleichgültigkeit heuchelnd. Beschreibt das Verhalten von jemandem, der sich zu etwas überreden läßt und dabei so tut, als sei es ihm vollkommen egal.

Mödesse (Adj.)
(Frz.:) Die Anordnung der Möbel in der eigenen Wohnung (oder die Möbel selbst) satt habend. (s. a. → Niesgrau)

Mönchsdeggingen, das
Das Haarbüschel, das ein Novize nach dem Tonsurschnitt behält und – nachdem er es mit einem Gummiband zusammengebunden hat – zum Verscheuchen von Ameisen benutzt.

Mörel, das
Das grüne Endstück einer Karotte.

Moers, der
Ein Bauarbeiter, der seine Position ausnutzt, indem er von einer hochgelegenen Gerüstplattform aus Mörtelklumpen auf die Köpfe achtlos vorbeischlendernder Passanten fallen läßt.

Mörse, die
Die komische versteckte Tasche, die immer die Zugfahrkarten auffrißt.

Mörtschach, der
(Fachbegriff aus dem Hochbau:) Eines jener Rohre aus gelben Plastikmülleimern, das Bauarbeiter benutzen, um Steine, Schutt, Mörtel und notfalls ehemalige Bewohner aus dem obersten Stockwerk eines Hauses nach unten zu befördern.

Mösern (V.)
Ständig ungefragt behaupten, alle Männer wollten 24 Stunden täglich nur das eine, weil man noch nie einen getroffen hat, der es wenigstens eine Minute lang von einem gewollt hätte.

Molln (V.)
Ein Klavier bewegen.

Mondada, der
Jeder Siebzehnjährige, der sich mit nichts anderem als Lego und Computern auskennt.

Moorausmoor, das
Chemisch-ökonomische Variable, definiert als Np (Nutzen einer Produktentwicklung) minus Kp (Kosten einer Produktentwicklung incl. gehäuteter, vergaster und totgeschminkter Tiere sowie verkrüppelter Kinder); bei sämtlichen nach 1950 eingeführten Chemieerzeugnissen im Ergebnis bestenfalls Null.

Moosen (V.)
Sich so unsäglich langweilen, daß man nur noch reglos und resigniert auf dem Sofa sitzen und deprimiert die Tapete anglotzen kann.

Morschen, das
Das unendlich traurige Gefühl, das sich beim Durchqueren einer Ansammlung von glücklichen Menschen einstellt, die durch die Bank fünfzehn Jahre jünger sind als man selbst. Bei allzu häufiger Wiederholung führt dies unweigerlich zu einem ernstzunehmenden → Baltrum-Anfall.

Morsum, das
Eine Telefonnummer, die man unbedingt braucht, aber gerade nirgendwo finden kann, weil man sich vor zwei Jahren hoch und heilig geschworen hat, mit der dazugehörigen Person nie wieder zu reden.

Morteratsch (Adj.)
Besorgt, einen fatalen, nie wieder korrigierbaren Fehler am eigenen Leibe begangen zu haben. Beschreibt die seelische Verfassung eines Mannes, der den Reißverschluß seiner Hose gerade allzu achtlos hochgezogen hat.

Moskau, der
Jemand, der sich unmittelbar nach dem Platznehmen an einem Restauranttisch erwartungsvoll die Hände reibt und eine Serviette um den Hals knotet.

Müllrose, die
(Poet.:) Ein Mensch, der einem den letzten Nerv tötet, indem er ständig übernächtigt (und – falls maskulin – unrasiert) zu gesellschaftlichen Anlässen erscheint und trotzdem hundertmal hinreißender aussieht als alle anderen.

München (V.)
Batterien mit der Zungenspitze testen.

Mützel (Adj.)
Bemüht, sich von den Auffassungen eines Menschen, mit dem man sich keinen Streit erlauben kann, nicht auf die Palme bringen zu lassen.

Mummelgum, das
Eine gesundheitsgefährdende Substanz, die sich an die Finger erfolgreicher Grabplünderer heftet.

109

Mumpf, das
Ein Speisewagen-Sandwich, das durch regelmäßiges Waschen und anschließendes Versiegeln in frischer Klarsichtfolie weich gehalten wird.

Mutlangen (V.)
Eine unfertige Arbeit abgeben oder einreichen und hoffen, daß es niemand merkt.

N

Naabdemenreuth (Interj.)
Ungefährer Wortlaut dessen, was einen die Münchener Polizei bei einer Alkoholkontrolle zu sagen auffordert, wenn in der Revierkasse noch Geld für die Weihnachtsfeier fehlt.

Nabern (V.)
Den Namen eines Babys im allerletzten Moment ändern.

Nackel, der
Jemand, der am FKK-Strand oder in der Sauna eine sündhaft teure Uhr trägt.

Nagold, der
Ein mit Shampoo, Spachtelmasse oder ähnlichem Kleister gefülltes Plastikbeutelchen, das man nur öffnen kann, indem man die Ecken abbeißt.

Namlos (Adj.)
(Selten:) Eigenschaft eines nach 1970 gedrehten US-Spiel- oder Fernsehfilms, der ohne Vietnam-Bezüge auskommt.

Negast, der
Ein gräßliches Holzornament, das sich Leute über den Kamin hängen, um zu beweisen, daß sie in Afrika waren.

Netzkater, der
Zustand unbeschwerter Selbsterkenntnis, der nur durch Alkoholmißbrauch zu erreichen ist.

Neuenknick, der
Die heftige Depression, die sich einstellt, wenn man einen teuren technischen Gegenstand nach langem Grübeln endlich anschafft und dieser Gegenstand dann absolut nicht hält, was man sich von ihm versprochen hat, also z.B. das Fernsehprogramm durch den stolz erworbenen Videorecorder nicht die Bohne besser wird.

Neuscharrel, das
(Fachbegriff aus dem Bankwesen:) Die Stelle auf Überweisungs- und Scheckformularen, an der man während des gesamten Januars die falsche Jahreszahl durchstreicht und die richtige einsetzt.

NEGAST

Neuss (Adj.)
Nicht wirklich neu. Beschreibt den Zustand von Produkten, die lautstark als »Jetzt mit verbessertem Geschmack/Wirkungsgrad« oder einfach nur »Neu« angepriesen werden, obwohl sich weder ihre Zusammensetzung noch sonst etwas geändert hat.

Neuwürschnitz, das
Das kleine, gezwirbelte Darmstück, das eine Wurst von der anderen trennt.

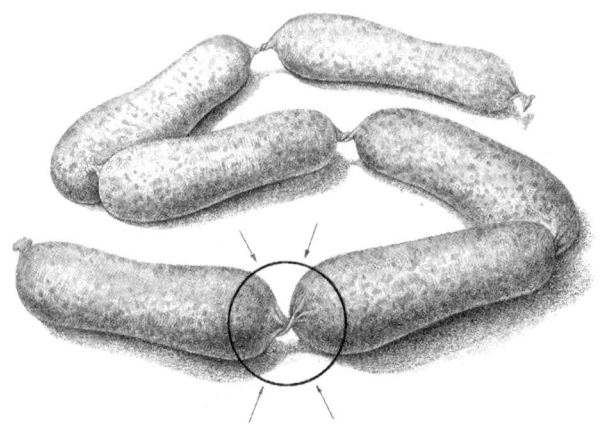

NEUWÜRSCHNITZ

Nickenich, der
Jemand, der es für eine sinnvolle Freizeitbeschäftigung hält, hinter seiner Gartenhecke zu stehen und ihm unbekannten Passanten mürrisch zuzunicken.

Nieby, das
Das kleine Herz, das junge Mädchen beim Schreiben ihrer Namen anstelle des i-Punktes malen.

Niederjossa, der
Der heitere Schrei, mit dem ein lebhafter Achtjähriger durch das Eis eines zugefrorenen Sees bricht, wenn er am Weihnachtsabend unfreiwillig baden geht.

Niederkam, das
Zeitlicher Abstand zwischen dem Orgasmus eines Mannes
und dem einer Frau. Die – Legenden zufolge – von Casanova
aufgestellte Rekordmarke von 7 Sekunden wird für den
durchschnittlichen Bewerber ein unerreichbares Ziel bleiben.
»T. träumt davon, ihr Niederkam von derzeit 24 auf wenigstens 4 Minuten verkürzen zu können, glaubt aber nicht, daß
ihr Mann das überhaupt bemerken würde. Der ›gefühllose →
Wohlerst‹ gleite nach einem einminütigem → Brunssum
wortlos in einen hartnäckigen Tiefschlaf.« – *Nancy Friday,*
»Die sexuellen Hoffnungen der Frauen«, Band 36, S. 8005.

Niederkleen (V.)
Einen Experten in einem Spiel, das Können voraussetzt, be-
siegen, indem man so grauenhaft schlecht spielt, daß ihm all
seine ausgeklügelten Strategien und Taktiken nichts nützen.

Niedersachswerfen, das
(Veraltet:) Ein Verbrechen aus dem siebzehnten Jahrhundert,
das darin bestand, vorbereitende Fürsten aus den Sätteln
ihrer Pferde zu holen, indem man Exkremente aus den Erd-
geschoßfenstern schleuderte.

Niederschlochtern (V.)
Elegant über Zäune, Geländer oder Tennisnetze flanken und
fürchterlich auf die Schnauze fallen.

Niederursel, die
Eine Frau, die artig nickt, wenn ihr Mann einen → Prag hält,
über Rationalisierungsmaßnahmen im Haushalt doziert oder
ihr erklärt, was man bei einer Schwangerschaft empfindet.

Niedervorschütz, der
Jemand, der sich einer äußerst unangenehmen Aufgabe ent-
zieht, indem er hartnäckig behauptet, er sei unwert, sie zu
übernehmen.

Niederwetz, der
Die staubige Senke unter einer Schaukel.

Niegripp, die
Eine zum siebenten Mal wiederholte Erklärung, von der der Angesprochene behauptet, er habe sie ganz genau verstanden, obwohl er ganz offensichtlich nicht den blassesten Schimmer hat, wovon man redet.

Niemerlang, der
Die Kaffeemenge auf dem Boden der Kaffeedose, die nicht mehr ganz ausreicht, um einen Löffel zu füllen.

Niesgrau (Adj.)
Regnerisch, verhangen und unwahrscheinlich deprimierend. Beschreibt das übliche Wetter in Städten wie Hamburg oder London, und ist in vielen Fällen die Ursache dafür, daß man sich entsetzlich → beselich, → mödesse oder → stübig fühlt und zu → moosen beginnt.

Nöda, der
Der arrogante Tonfall einer Sekretärin, die leugnet, daß ihr Chef da ist, obwohl man weiß, daß er da ist, und sie weiß, daß man es weiß.

Nörvenich, das
Nützliches Notfall-Wort für jede Gelegenheit. Wenn ein Kind z.B. fragt: »Papa, was hat der Onkel da für einen Vogel/eine Blume/ein komisches Ding?«, antwortet man einfach: »Das ist ein Nörvenich, Schatz.«

Noreia, die
(Med.:) Unfähigkeit, sich im entscheidenden Augenblick zu erinnern, über welche Reling eines Schiffes man die Fische füttern sollte.

Nursch, das
Gefühl eines Menschen, der barfuß über Kies läuft.

Nuttlar, der
Jemand, der schrill auflacht oder vergnügt gluckst, wenn Vorgesetzte schlechte Witze erzählen.

114

Oberammergau, der
Die schreckliche Situation, in der man sich befindet, wenn
man unverschuldet ans eigene Sofa gefesselt ist, keinen Lese-
stoff mehr hat und sämtliche erreichbaren Fernsehsender
volkstümliche Hitparaden oder Mundart-Theaterstücke zei-
gen.

Oberdamüls, der
Jemand, der ständig mahnend darauf hinweist, daß früher
alles besser war.

Oberjoch, der
Meist mit einer → Niederursel verheirateter Mann, der seine
Umwelt durch → Prage und ähnliche Schwachsinnigkeiten
zur Weißglut treibt, bis ihn endlich jemand erwürgt.

Obernüst, der
Der überhebliche Blick, der einem während der Theater-
pause von all jenen Leuten zugeworfen wird, die ihre Drinks
bereits ergattert haben.

Oberpöring, der
Jener Bereich eines Herrenschuhs, der aus völlig unerfindlichen Gründen von kleinen Löchern nur so wimmelt.

Oberursel, die
Das Mädchen, das immer freiwillig die Getränke holt.

Obgrün, das
Ein Grünton, der den starken Wunsch in einem weckt, den
von ihm befallenen Gegenstand auf der Stelle umzustreichen.

Ocholt, der
Laut aus dem Munde eines gerade über den grünen Klee
Geschmeichelten, der halbherzig versucht, die ganze Angele-
genheit zu bagatellisieren.

Oederquart, der
Korrekte städtebauliche Bezeichnung für eines dieser eigenartigen Hochhäuser, die während der siebziger Jahre in den Grüngürteln aller deutschen Großstädte hochgezogen wurden, um sozial Schwächeren eine ästhetische Bleibe und Graffiti-Malern ein Großatelier zu verschaffen.

Oestrich, das
(Veraltet:) Fachbegriff für die geschlechtslosen, kaputtgedopten Dinger, die früher immer die olympischen Lauf- und Schwimmwettbewerbe der Frauen gewannen.

Övelgönne, die
(Veraltet:) Eine frivole, rauhe und ziemlich schadenfrohe Ballade, die nach einem besonders spektakulären → Schloßvippach angestimmt wird. (s. a. → Dötra, → Rüstorf, → Wippra)

Ohu (Adj.)
Beschreibt den Gesichtsausdruck von jemandem, dessen eben erzählter Witz eher gründlich daneben gegangen ist.

Oldeholtwolde, die
Das Material, aus dem sämtliche Woolworth-Klamotten hergestellt werden.

Olk, der
Einer von diesen Witzen, die neu waren, als Frauen noch aus Männerrippen hergestellt wurden. Olks werden heutzutage nur noch von → Funnixen gesammelt, bearbeitet und anschließend als sogenannte Sketche im Fernsehen gezeigt.

Onans, das
(Salopp:) Ein durch künstliche Befruchtung entstandenes Baby.

Onex, der
Ein kleiner, dafür um so komplexerer elektronischer Prozessor, der quasi das »Gehirn« von modernen Kaffeemaschinen und Anrufbeantwortern darstellt und es diesen ermöglicht, vollkommen selbständig Entscheidungen zu treffen.

116

Opfersei, der

Die Person, die den Kopf hinhält, während sich der Geschäftsführer, den man zu sprechen verlangt hat, in seinem Büro versteckt.

Oppum, das

Weiß der Himmel. Könnte aber durchaus irgendein komisches, fieses Nagetier sein.

Orbis (Adj.)

Ziemlich lange, aber nicht endlos.

»Die Herrschaft der Vernunft wird vermutlich orbis auf sich warten lassen.« – *Egon Friedell, Kulturgeschichte der Neuzeit, Teil 6.*

Oschätzchen, das

Ein von Eheleuten als Mittel zur Rüge oder zum Vorwurf gebrauchtes Kosewort.

Ossig (Adj.)

Menschlich, mitfühlend und kein bißchen profitorientiert. Genaues Gegenteil von → Zürich.

Ostro, der

Jemand, der seinen Tagesablauf nach dem Horoskop in der Morgenzeitung richtet.

Overath, der

Die irritierenden Hinterlassenschaften der Vorbesitzer, die man im Keller eines gerade frisch bezogenen Hauses findet.

P

Pähl (Adj.)

Beschreibt die Hautfarbe an jenen Stellen, wo die schnell erzwungene Urlaubsbräune wieder abgeblättert ist.

Pakein (Adj.)

In der Lage, einen zweiwöchigen Urlaub praktisch unvorbereitet anzutreten.

Panitzsch, das

Die erste schwache, dunkle Vorahnung, daß irgend etwas irgendwo fürchterlich schiefgegangen ist.

Panschwitz, der

Die feinen Rückstände, die man am Morgen nach einer Party in den Weingläsern findet.

Pasching, der

Jemand, der seinen Würfelbecher stundenlang schüttelt, und zwar in der irrigen Annahme, dies werde a.) das Ergebnis des Wurfes günstig beeinflussen und b.) keinem der Mitspieler auf die Nerven gehen.

Passade, die

Die Flur-Etikette verlangt, daß nach einem erkennbaren → Marschalling die Passade folgen muß. Hierbei schmücken die beiden Beteiligten die gegenseitige Annäherung mit einer Mischung aus Winken, Grinsen, idiotischem Grimassieren, Überraschtsein und Kopfwackeln aus und behalten dabei das langsam gefrierende Lächeln des jeweils anderen im Auge, bis sie schließlich stumm und erleichtert aneinander vorbeigegangen sind. (s. a. → Fürth, → Marschacht, → Marscheid)

Passau, die

Eine zu spät ausgesprochene oder gerufene Warnung.

Paternion, das
Zeitmaß. Definiert als der geräuschlose Zeitraum zwischen dem Schließen von Fahrstuhltüren und dem Beginn der Fahrstuhlbewegung. Wissenschaftler vermuten, daß Paternione ein gutes Fünftel unserer Lebenszeit ausmachen.

Pattern (V.)
Trommel-Soli auf den Knien veranstalten.

Peine, die
Die mit einer knapp zehn Meter langen, aufgewickelten Hundeleine gefüllte Plastikdose, die manche Hundebesitzer verwenden, um ihre Lieblinge durch die Gegend zu zerren.

Pellworm (Adj.)
Warm und ein ganz klein bißchen klamm.
Beschreibt die Beschaffenheit von Händen, die man gerade unter einem Heißluft-Handtrockner zu trocknen versucht hat.

Pelzerhaken, der
Ein halb gelutschtes Bonbon, das man beim Frühjahrsputz unter dem Sofa findet.

Perlach, die
Die letzte Träne vor dem Aufheitern.

Pfatter, die
Eine Schlange, die sich zu fein ist, jemanden zu beißen.

Pflach (Adj.)
Unangenehm still und bedrückt. Beschreibt die Geräuschkulisse in einem Raum, in dem gerade jemand einen wirklich schauderhaft schlechten Witz erzählt hat.

Pflummern (V.)
Im Bett liegen, darauf warten, daß der Wecker klingelt, und urplötzlich von der Erkenntnis getroffen werden, daß er das eigentlich schon vor mindestens einer Stunde hätte tun müssen.

Pfronten (V.)
(Begriff aus dem Reitsport:) Beim Galoppieren in Waldgebie-

ten nicht aufpassen und mit dem Kopf gegen einen Ast prallen.

Pfyn (V.)
Den Mund leicht öffnen und eine Portion Luft scharf einatmen, so daß ein unterdrücktes Zischen zu hören ist. Man pfyt normalerweise, wenn man von schrecklichen, schmerzhaften Mißgeschicken hört, die man sich spontan lebhaft vorstellen kann (also z.b., wenn jemand von seiner Frontalkollision mit einem Laternenpfahl, abgerissenen Fingernägeln oder ähnlichem berichtet).

Pichl, die
Die Pfütze auf der Theke, in die der Barkeeper das Wechselgeld legt.

Piesport, der
Ein männlicher Gast, der sich in Ihrem Badezimmer damit vergnügt, die Spülung schon während des Wasserlassens zu betätigen und auszuprobieren, ob er vor ihr fertig wird.

Pillgram, der
Von einem → Chüttlitz verursachter Fleck auf der Hose eines Mannes. Nicht zu verwechseln mit einem → Platschow.

Pillig (Adj.)
Man bezeichnet einen Gegenstand als pillig, wenn man ihn a.) absolut nicht gebrauchen kann und b.) kauft, weil er so unwahrscheinlich günstig ist.

Pinnegg, das
Eine Korktafel, die von → Pinswangs mit → Pinnows, Karten mit der Aufschrift »Man muß nicht verrückt sein, um hier zu arbeiten, aber es hilft!!!« und schweinischen Ibiza-Ansichten verziert wird.

Pinnow, der
Einer jener ganz und gar unkomischen Zeitungsausschnitte, die von → Pinswangs an Bürowände oder → Pinneggs gehängt werden, weil die Schlagzeile einen Namen enthält, der mit dem eines der Büroangestellten identisch ist.

Pinswang, der
Jemand, der ständig → Pinnows aufhängt.

Pisciadello, der
(Fachbegriff aus dem Sanitärwesen:) Der in den Modefarben
Bleu, Mauve, Lileu, Rosé und Eierschale-Erbrochen erhält-
liche, hufeisenförmige Flauschteppich, der sich um den Sok-
kel gewisser Toiletten schmiegt.

Plastau, das
Die klebrige Substanz zwischen feuchten Zehen.

Platschow, der
Der auffällige Fleck im Schritt eines Mannes, der von der
Toilette zurückkommt. Ein echter Platschow entsteht aufgrund eines Mißgeschicks beim Händewaschen und ist nicht
mit irgendwelchen Flecken zu verwechseln, die durch nach-
lässiges oder ungeschicktes Abschütteln entstehen (s. a.
→ Pillgram)

Plön (Adj.)
Körperlich am Ende, aber trotzdem hochzufrieden, weil etwas wie geplant verlaufen ist; zum Beispiel nach sportlicher
oder sexueller Betätigung oder nach stundenlanger Gartenarbeit, die man dem Garten ausnahmsweise ansieht.

Plötzin, die
Jene Art von Verpflichtung, die man völlig vergessen hatte,
bis sie einem mit dem Hervorziehen eines alten Briefes aus
dem Flurschrank wieder lautstark ins Bewußtsein donnert.

Pocking, der
Eine → Fiestel, die so widerwärtig und riesig ist, daß man sie
unter einem Pflaster verbergen und behaupten muß, man
habe sich beim Rasieren geschnitten.

Pömbsen (V.)
(Vorwiegend bei Frauen zu beobachten:) Sich wegen eines ab-
gebrochenen Absatzes grotesk humpelnd fortbewegen.

Pogum, der

Ein ausgelassener Partytanz, in dessen Verlauf man alles umwirft, was sich in Höhe des eigenen Hinterns befindet und nicht festgenagelt ist.

Polsingen, das

Der langgezogene Seufzer, der aus einem mit Kunstleder bezogenen Sessel dringt, wenn man sich hineinsetzt.

Poppenbüll, das

Trocken schlucken oder die Kiefer knacken lassen, um sich von einem → Putschall zu befreien.

Porst (Adj.)

Beschreibt die Struktur der von kleinen Kratern übersäten Seite einer Knäckebrotscheibe.

PORST

Potsdam, der

Das Küchenregal, auf dem sämtliche überflüssigen Karaffen und Krüge stehen.

Prag, der

Lautstarker, sehr bestimmter Vortrag über ein Thema, von dem keiner der Zuhörer so wenig versteht wie der Redner.

Pratteln, das
Geräusch, mit dem Kaffeebohnen zu Pulver zermahlen werden.

Prebberede, die
Eine Unterhaltung, die einem von Portiers oder Zimmermädchen aufgezwungen wird, die so der Fortsetzung ihrer eigentlichen Arbeit zu entgehen suchen. Der Eröffnungszug zielt in der Regel darauf ab, ein Höchstmaß an Verwirrung zu stiften und somit eine möglichst lange Prebberede einzuleiten. Um nicht in einen → Zingel zu geraten, ist es äußerst wichtig, sich nach der Prebberede-Eröffnung unverzüglich → schröck zu verhalten. Wenn man beispielsweise mit einer Eröffnung wie »Ach, Herr Reinicke, ich wußte ja gar nicht, daß sie ein Bein verloren haben« konfrontiert wird, lautete die zu einem Zingel führende Erwiderung: »Hab ich doch gar nicht«. Die korrekte schröcke Antwort wäre hingegen »Gut«.

Priorau, das
Zeitraum, den man mit dem fahrigen Auftippen einer Zigarette zubringt, bevor man sie endlich anzündet.

Privelack, das
Das nur auf den ersten Blick antik wirkende Plastiksiegel am Hals einer protzigen Whiskyflasche.

Prösen (V.)
Etwas zerbrechen, während man überprüft, ob man es richtig zusammengeklebt hat.

Prötzel, der
Eine Erektion, die sich partout nicht legen will, wenn ein Mann von Welt während des Schäkerns mit der Dame seiner Wahl kurz im Badezimmer verschwindet. (s. a. → Beucherling)

Promastgel, das
Ein Aphrodisiakum für kurz vor der Schlachtung stehende Eber.

Prüm, das
Die zähe Pampe, die aus einer Glaskaffeekanne kleckert, nachdem sie drei Stunden auf der Warmhalteplatte einer Kaffeemaschine gestanden hat.

Püttlingen (V.)
Als Angehöriger der Mittel- oder Oberschicht mit gekünsteltem Arbeiterklassen-Tonfall sprechen.

Pulgar, der
Der exakt richtige Augenblick, um Pellkartoffeln aus kochendem Wasser zu nehmen.

Pulling, der
Eines jener zierlichen Milchdöschen aus Wellplastik und Aluminiumfolie, die man in Zügen ausgehändigt bekommt, damit man sie sicher in sein Abteil zurücktragen und sich ihren Inhalt dort in aller Ruhe über die Klamotten spritzen kann, wenn man die verfluchten Dinger zu öffnen versucht.

Pulow, der
Alles, was man anstelle eines Zahnstochers benutzt.

Pupping, das
Jenes Mädchen, das man früher in der Schule wegen seiner Plastikbrille, seiner Zahnspange und der entsetzlichen Blümchenkleider mitleidig belächelt oder weniger mitleidig geärgert hat und das sich jetzt, wenn man es nach zwanzig Jahren zufällig wiedertrifft, zur schönsten Frau entwickelt hat, die man je gesehen hat. Sich unverzüglich zu verlieben ist absolut sinnlos, da Puppings nicht nur toll aussehen, sondern grundsätzlich auch ein tolles Gedächtnis haben.

Putschall, der
Die vorübergehende Taubheit, die einen beim Steig- oder Landeanflug eines Flugzeuges plötzlich befällt. (s. a. → Poppenbüll)

Puttgarden, der
Ein unfreiwilliger Pflanzenfeind, also jemand, der jeder ihm

anvertrauten Pflanze binnen weniger Tage mühelos den Garaus macht, indem er sie entweder vertrocknen läßt, totwässert oder abbricht.

Puzzatsch, die
Das, was man anstelle einer Pizza ins Haus geliefert kriegt, wenn man sich einen der langsameren Pizza-Dienste ausgesucht hat.

Q

Quentel, das
So gut wie nichts; eine unbedeutende Nebensache, ein vernachlässigenswerter Betrag. Ein Quentel wird häufig definiert als die Preisdifferenz zwischen einer regulär erworbenen und einer im Duty-Free-Shop gekauften Flasche Gin.

Quetzen (V.)
(Bei Comicfiguren:) Eine Vollbremsung hinlegen, sich umdrehen und in entgegengesetzter Richtung wieder davonwetzen.

QUETZEN

R

Radbruch, das

(Nur bei Touristen:) Ein Menü, das man nicht bestellen wollte, aber offenbar bestellt hat, weil man seiner Begleiterin beweisen mußte, wie gut man die Landessprache beherrscht, also z.B. gedünsteter Traktor.

Raddusch, die

Horizontale Cassettenlawine, die beim schnellen Durchfahren einer scharfen Kurve durch den Innenraum eines Autos poltert.

Radevormwald (Adj.)

Nicht wissend, was man als nächstes tun soll, nachdem man gerade aus irgendeinem Raum oder Gebäude gestürmt ist.

Radis, der

Der kurze Rundgang durch den Garten oder Park, in dessen Verlauf ein Vater seinem Sohn einen Vortrag über Die Wichtigen Dinge im Leben hält.

Raffelding, das

Jenes Teil im Staubsaugerinneren, das für das Zurückziehen des Kabels zuständig ist.

Raguhn, das

Ein störend aus etwas wesentlich größerem ragender Klumpen.
Unter anderem:
– Ein Tropfen Zement, der stolz auf dem Mauerwerk hockt.
– Ein Farbklecks auf einer Fensterscheibe.
– Der an einer Toastscheibe abgestreifte Butterklumpen.
– Arnold Schwarzeneggers Kopf.

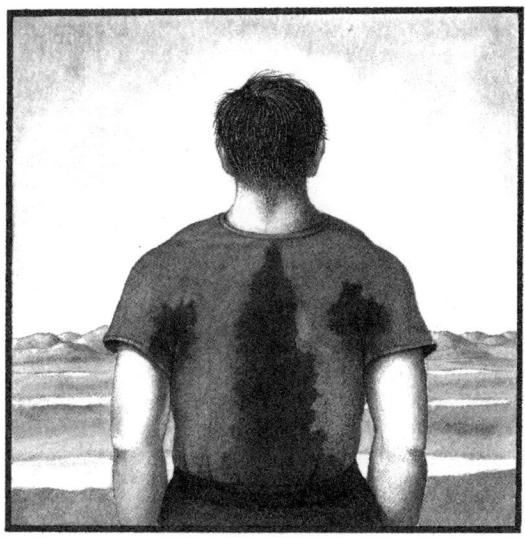

RANNUNGEN

Rammeldange (Adj.)
(Nur bei Frauen:) Aufgrund diverser ernüchternder Erleb-
nisse mit unsensiblen Männern sexuell desinteressiert. (s. a.
→ Wohlerst, → Niederkam)

Rannungen, die (Pl.)
Die ausgedehnten Schweißflecken auf der Rückseite des
T-Shirts eines arbeitenden Menschen.

Rantum, das
Maßeinheit. Entspricht 0,0000176 Milligramm.
Ein Rantum ist definiert als die Buttermenge, mit der man
einhundert Scheiben Brot bis zu einer Tiefe von exakt einem
Molekül bestreichen kann. Hierbei handelt es sich um die
gesetzlich genehmigte Maximalmenge in norddeutschen
Schnellimbissen.

Raschau, der
Sehr kurzer, verschmitzter Seitenblick, den man in größerer
Runde jemandem zuwirft, mit dem man ein Geheimnis teilt.

Realp, der
Der gräßliche Augenblick, in dem einem klar wird, daß die Katastrophe tatsächlich eingetreten ist, die sich durch den → Panitzsch angekündigt hatte.

Rechtis, die
(Med.:) Zwanghafte Unfähigkeit, sich selbst oder anderen einzugestehen, daß man sich geirrt hat oder im Unrecht ist. Normalerweise das, woran ein → Außerfragant leidet – oder besser gesagt, seine Umwelt.

Reckahn, der
Ein Vorfahr, dessen Karriere einem bei der Erreichung der eigenen bescheidenen Ziele ständig im Weg ist, weil alle Welt einem permanent vorhält, wie wenig man – verglichen mit dem Reckahn – bisher erreicht hat. Reckahnen sind in der Regel die Ursache dafür, daß Musikersöhne Klempner, Schriftstellertöchter Schauspielerinnen und Klempnersöhne Politiker werden.

Rednitzhembach, der
Jemand, dem man unter dem Siegel der Verschwiegenheit Informationen zukommen läßt, die man gern verbreitet wüßte.

Reiherholz, das
Jedes buntbezogene oder schrill furnierte Möbelstück, das die »Schöner-Jünger-Schneller-Wohnen-Möbelprospekte« als »letzten Schrei der Wohnkultur« preisen.

Reinach, der
Jemand, der vor dem Verlassen seines Arbeitsplatzes den Locher und den Hefter parallel zur Schreibtischunterlage ausrichtet und alle Stifte an ihren Platz zurücksteckt.
Wenn Reinachs in den Urlaub fahren, polieren sie ihre Wohnungen vorher auf Hochglanz, damit sie sich im Falle eines Unfalls mit Todesfolge nicht zu Tode schämen müssen.

Reinfeld, das
Eine Wiese, die im Vorbeifahren als idealer Ort zum Picknikken auserkoren wird und sich nach dem Hinsetzen als stoppe-

liger, staubiger, kuhfladiger Acker erweist, auf dem man sich unmöglich wohlfühlen kann.

Reit im Winkl, das
Zum Leidwesen von Orthopäden nicht mehr praktizierte Stellung aus dem Kamasutra.

Rigolet, das
Soviel von einer Oper, wie die meisten Leute ertragen können.

Rindern (V.)
(Bei Nachrichtensprechern:) Unbeeindruckt weiter in die Kamera starren, obwohl die Regie schon seit einiger Zeit zur Kollegin vom Sport umgeschaltet haben müßte.

Rockolding, der
Das alte, struppige Jackett eines Lehrers, das mittlerweile von Kreidestaub, Tinte, Ei und den Rückständen chemischer Experimente stark verfärbt ist.

Röhrenfurth, der
Übelriechender, einer U-Bahn durch den Schacht vorauswehender Luftzug.

Römershag, der
Ein Zigaretten- oder Pfeifentabak, der im Falle seiner Entzündung die gleiche Wirkung auf in der Nähe befindliche Personen hat wie eine Pferdemist-Kampfgas-Mischung.

Rönsahl, das
Die gurgelnden Hintergrundgeräusche in einem Fast-Food-Restaurant, verursacht von Leuten, die durch heftiges Strohhalmsaugen die letzten Milkshake-Tröpfchen aus ihren Bechern zu holen versuchen.

Roetgen (V.)
Erröten, weil man ganz genau weiß, daß derjenige, den man gerade belogen hat, einen sofort durchschaut hat, obwohl er einfach nur dasitzt und lächelnd nickt.

Rommerz, der
(Fachbegriff aus dem Verlagswesen:) Ein belletristischer Stapeltitel.

Romrod, der
Eines der sechs bis acht halbgelesenen Bücher, die irgendwo im Bett herumflattern.

Rosien (Adj.)
Gleichzeitig feucht und verschrumpelt wirkend. Beschreibt das trockenobstartige Aussehen von Händen und Füßen nach einem zu langen Badewannenaufenthalt.

Rostock, der
Gegenstand, den man zum Umrühren von Farbe benutzt hat und der nun nutzlos in irgendeiner Ecke des Geräteschuppens schlummert.

Rottevalle, die (Pl.)
Mehrfach aufsteigender und wieder abflauender Brechreiz, der einen normalerweise bei der Entdeckung überkommt, daß aus einem der Plastikfächer des Kühlschrankes eigenartige Dinge wachsen, und zwar auf einer soliden Grundlage aus → Rottweil.

Rottweil, der
Drei Wochen alter → Überhamm.

Rübenach, der
Jemand, der sich grundsätzlich auf seine rationalen Fähigkeiten und nie auf die Stimme seines Herzens verläßt.

Rüdlingen, das
Teil des traditionellen Paarungszeremoniells.
Am ersten heißen Frühlingstag erheben sich alle männlichen U-Bahn-Fahrgäste und greifen nach den Halteschlaufen. Was für den unerfahrenen Betrachter nach Höflichkeit aussieht, dient den Männchen tatsächlich nur dazu, durch die Zurschaustellung ihrer feuchten Unterarmflecken Paarungsbereitschaft zu signalisieren.

130

Rühle, die
Die angenehm kalte Rückseite des Kopfkissens.

Rühme, die
Der erste Absatz des Klappentextes im Schutzumschlag eines Buches, in dem berühmte Autoren mit all den Sklavendiensten prahlen, die sie in ihrer Jugend angeblich abgeleistet haben.

Rümpel, das
Sammelbegriff für alle scheinbar überflüssigen Dinge, deren Nutzen man unmittelbar nach dem Wegwerfen erkennt. Rümpel sind zum Beispiel die Pappkartons und Bindfadenreste, die man jahrelang im Gartenhäuschen auftürmt, bis man endlich beschließt aufzuräumen und das ganze Zeug zu verbrennen. Spätestens vierundzwanzig Stunden später wird man dann dringend ein großes Paket schnüren müssen und sich daran erinnern, daß man im Gartenhäuschen zum Glück haufenweise Pappkart...

Rüppurr, das
Ein Katzenrülpser.

Rüspel, das
Durch die Nase ausgestoßener, verächtlicher Laut.

Rüsselsheim, das
Die Extratasche an der Vorderseite gewisser Herrenslips.

Rüstorf, der
(Veraltet:) Die unappetitlichen Bestandteile eines Burggrabens, die sich ein Ritter aus der Rüstung schütteln muß, nachdem er Opfer eines → Schloßvippach geworden ist. Eine aus Rüstorf zubereitete Suppe gehörte im mittelalterlichen Flandern zu den mit Abstand am wenigsten gefragten Delikatessen.

Rüttenen, das
Das Geräusch, das man zu hören bekommt, wenn man über einen mit Spazierstöcken vollgestopften Schirmständer stolpert.

Ruhpolding, das
Etwas, das man eine Treppe herunterpoltern hört und das dann irritierenderweise keinen Laut mehr von sich gibt; also z.B. ein Fernseher, ein Blumentopf oder ein kleines, neugieriges Kind.

Rumohr, der
Jemand, der Ausländer anbrüllt, weil er glaubt, so verstünden sie ihn besser.

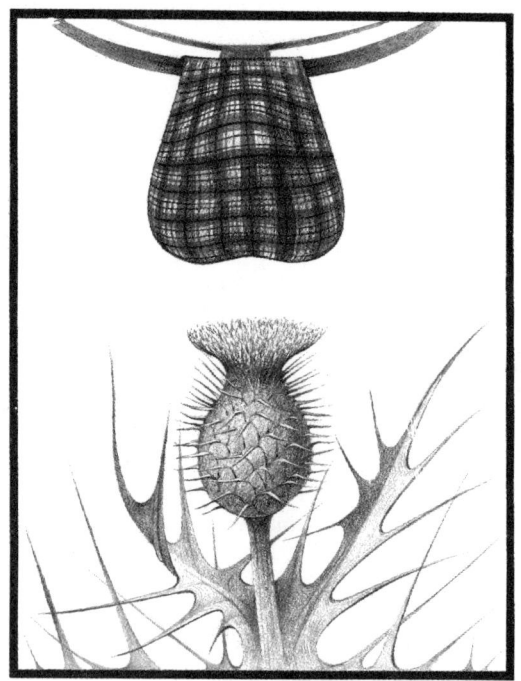

SACRAMENTO

S

Sacramento, der
(Schottisch:) Ein kleiner Schottenkaro-Beutel, den man während der Distel-Saison unter dem Kilt trägt.

Sagschneider, der
Jemand, der Leute auf die Palme bringt, indem er ihnen ins Wort fällt, ihre Sätze für sie beendet und ihnen anschließend erklärt, was sie eigentlich hatten sagen wollen. (s. a. → Sulzschneid)

Saint Boingt, das
Aufprallgeräusch eines gefallenen Engels.

Salbke, der
Ein Mensch, den man gern um sich hat, weil er einem ständig hinreißende → Viöle macht.

Salfsch, die
Die Situation, in der man sich befindet, nachdem man eine falsche Entscheidung getroffen hat.

Salzderhelden, das
Das, was die Putzfrau nach einem Fußballspiel vom Kabinenboden der siegreichen Mannschaft wischt.

Sandwig, das
Herzzerreißend bleiche Brotscheibe, die während einer → Tostedt-Sitzung ständig lasch aus dem Toaster lugt. (s. a. → Tosterglope, → Schwarzkollm)

Sankt Pankraz, der
Genau der Augenblick, in dem Rühreier fertig sind.

Sankt Urban, das
Jedes scheinbar entvölkerte vorstädtische Gebiet, in dem

man a.) eine unerhebliche Menge Hundedreck auf den Geh-
wegen findet und b.) fünfundvierzig Tonnen verbogenen
Stahl oder einen durchlöcherten Betonklotz auf einer öffentlichen Rasenfläche.

Sappl, die
Die neckische Rasensprengerimitation, die man beim Sprechen zuweilen ohne ersichtlichen Grund zum besten gibt.

Sarchem, das
Jene letzte Seite eines Dokuments, die man grundsätzlich im
Fotokopierer liegen läßt.

Satteins, das
Der rote Stoff, aus dem die geschmacklosen Kleider und Jak-
ketts gewisser Fernsehmoderatorinnen und -moderatoren
hergestellt werden.

Saubraz, der
Jemand, der Kaugummireste oder Obstkerne gegen eine
Auto-Seitenscheibe spuckt, weil er nicht wußte, daß man
Fenster sooo sauber putzen kann.

Schaala
Albanisches Weinanbaugebiet, aus dem der Großteil des
weltweit vorhandenen → Zschorlau stammt.

Schalchen, der
Der niedliche, scheinbar selbsttätige Tanz, den ein Bierglas in
seiner eigenen Lache vollführt.

Scharbeutz, der
Der kritische Blick, den ein Mann seiner Frau zuwirft, wenn
sie den Telefonhörer zum dritten Mal innerhalb einer Woche
mit den Worten »Hat sich verwählt« auflegt.

Schaufling, der
Jemand, der sich während einer Unterhaltung ständig nach
interessanteren Gesprächspartnern umsieht.

Schauinsland (Adj.)
Restlos zufrieden damit, fröhlich ins Leere zu lächeln

Scheibelsgrub (Adj.)
Aufgrund einer musikalischen Entdeckung desillusioniert. Beschreibt die geistige Verfassung eines Menschen, der eine fremde Plattensammlung durchstöbert und dort eine Platte gefunden hat, die ausschließt, daß er je eine Nacht mit dem Besitzer oder der Besitzerin verbringen wird.

Scherbartl, die (Pl.)
Die winzigen Bartschnipsel, die die Innenseite eines Waschbeckens bedecken, nachdem man sich rasiert hat.

Scheutz, das
Ein Niesen, das einem in der Nase steckenbleibt.

Schierling, der
Der Typ Mann, der schrille, grobkarierte Jacketts trägt, seinen eigenen Humpen hinter der Bar stehen hat und grundsätzlich vor einem bedient wird.

Schiffmühle, die
Die Situation, in der man sich befindet, wenn man fürchterlich dringend auf die Toilette muß und sich beim besten Willen nicht entscheiden kann, welches Buch oder welche Illustrierte man mitnehmen soll.

Schilda, das
Das Prinzip, nach dem sämtliche deutschen Wegweiser aufgestellt werden.

Schinkel, der
Jemand, der alle anderen Gäste eines Restaurants darüber informiert, zu welchem Menschenschlag er gehört, indem er den Koch vom Eingang aus laut mit dem Vornamen ruft.

Schladern, die (Pl.)
Die Falten in einer nicht eng genug sitzenden Strumpfhose.

Schlappin, der
Das Lederstück, das einem von der Schuhunterseite herunterbaumelt, bis man es schafft, die Schuhe zum Schuster zu bringen.

Schlatt (Adj.)
Schlau, aber träge.

Schleiden (V.)
Gebeugt seitwärts gehen, dabei einen Arm schlaff herabhängen lassen und eines der Beine nachziehen.
Das Schleiden ist gewöhnlich bei Amateur-Aufführungen von Shakespeares Richard III. und bei Leuten zu beobachten, die einen schweren Koffer mit einer Hand tragen.

Schlepzig, der
Jeder Gegenstand, mit dessen Hilfe man einer Wellblechwand oder einem Bauzaun im Vorübergehen Geräusche entlockt.
»Sorgfältig wählte Mr. Bennett einen handlichen Schlepzig aus und verließ das Haus.« – *Alexandra Ripley, Mehr Stolz und Vorurteile.*

Schlieben (V.)
Die Hochzeit mit einem langjährigen Lebensgefährten immer wieder hinauszögern, weil man sich die Illusion von Freiheit erhalten möchte.

Schloßvippach, der
(Veraltet:) Grober mittelalterlicher Streich, den die jungen Knappen einem angehenden Ritter am Nachmittag vor dem Dienstantritt spielen. Wenn der Ritter die Burg erreicht, versuchen die Knappen, die Zugbrücke in genau dem Moment hochzuziehen, in dem der Ritter und sein Gefolge sie betreten. (s. a. → Dötra, → Rüstorf, → Wippra)

Schlüchtern (V.)
Um einen Tisch herumschleichen, weil man sich nicht traut, neben der Person Platz zu nehmen, neben der man eigentlich sitzen möchte.

Schluft, die
Das betörende, entfernt luftähnliche Gemisch, das jemandem ins Gesicht schlägt, der ein Schlafzimmer betritt, um
jemand anderen zu wecken.

Schlunzig (Adj.)
Nachlässig, aber nur in unbedeutenden Dingen.

Schmalwasser, das
Ein Schweißtropfen, der einem zwischen die Pobacken rinnt.

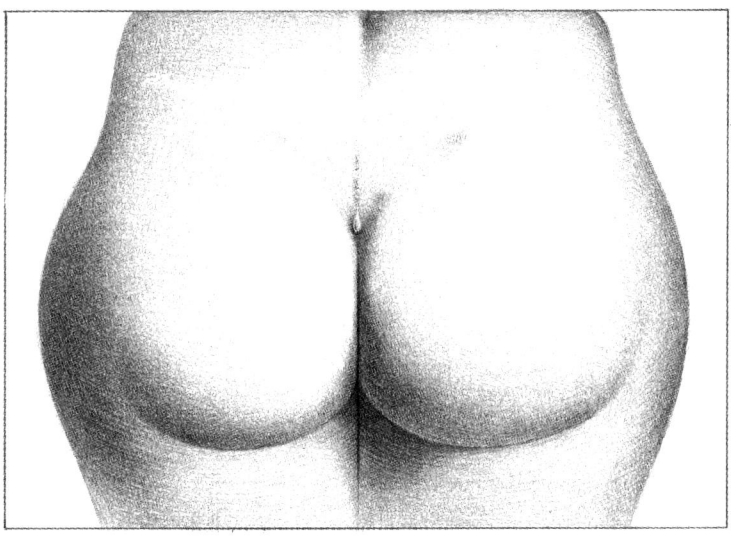

SCHMALWASSER

Schmersau, die
Jemand, der Zigarettenasche auf einen nagelneuen Teppich
fallen läßt und das »kleine Malheur« anschließend unauffällig zu einem gigantischen Fleck verreibt.

Schmie, der
Oberbegriff für eine der beiden Schmutzarten, in die sich aller Schmutz unterteilen läßt (s. a. → Schmölz). Schmie ist die
dunkle Sorte, die grundsätzlich auf helle Dinge gerät, also

zum Beispiel Schokoladenflecken auf einem weißen Frack-
hemd.

Schmölz, der

Gegenstück zu → Schmie. Oberbegriff für alle hellen
Schmutzflecken auf dunklem Untergrund, zum Beispiel Mö-
wenscheiße auf Smokingjacken. Wer beide Beispiele kennt,
weiß a.) alles über Schmie und Schmölz und nimmt b.) an
ausgesprochen merkwürdigen Feiern teil.

Schmolde (Adj.)

In der Lage, »Nein, das ist überhaupt kein Problem, wo soll
denn das bitte ein Problem sein? Und außerdem habe ich
keine Lust, mich darüber zu unterhalten« zu sagen, ohne die
Lippen zu bewegen.

Schnappenhammer, der

Jener Teil einer Schere, mit dem man Bilderhaken einschlägt.

Schnarup-Thumby, der

Ein Mensch, der sich allen Ernstes darauf freut, die Weih-
nachtsdekorationen an den Bürowänden befestigen zu dürfen.

Schnega, der

Jemand, der sich Walnußöl ins Gesicht schmiert, um nach
Mekka reisen zu können oder in einer deutschen Sketch-Sen-
dung aufzutreten.

Schnepfau, der

(Fachbegriff aus dem Ski-Breitensport:) Als Schnepfau bezeichnet man jemanden, der die ersten drei Viertel eines Ber-
ges mit einem Heidenbammel hinunterschlottert, um dann,
am Ende des sanften Schlußhanges vor dem Restaurant,
schneespritzend wie ein Weltmeister in den Stand zu wedeln.

Schnett (Adj.)

Unverschämt freundlich. Zu beobachten z.B. bei Polizisten,
die gerade einen Autofahrer angehalten haben.

Schnifis (Adj.)
Auf kongeniale Art und Weise unfähig, jemals ein Taschentuch bei sich zu haben.

Schöffelding, das
Ein merkwürdig geformtes Metallutensil, das man in der hintersten Ecke des Topfschrankes findet. Viele Fachleute sind der Ansicht, Schöffeldinger seien der schlüssige Beweis für die Existenz eines mittlerweile ausgerotteten Schalengemüses, das in der viktorianischen Zeit gnadenlos niedergesotten wurde.

SCHÖFFELDING

Schönmünz, das
Fachbegriff für die ausgesprochen lahme, kleingedruckte Entschuldigung auf Lebens- oder Waschmittelverpackungen, die erklären soll, weshalb die Packung praktisch nichts von dem enthält, weswegen man sie gekauft hat. Zu den Schönmünzen gehören z.B.: »Inhalt möglicherweise transportbedingt gesenkt« oder »Um die Kekse in dieser Packung frischzuhalten, wurden sie einzeln in Silberpapier und Zellophan gewickelt und durch Wellpappe, eine Plastikklappe und Mähdrescherreifen voneinander getrennt.«

Schonach, der
Jemand, der grundsätzlich eine halbe Stunde verspätet zu Verabredungen erscheint und, wenn er dann endlich kommt, alle Vorwürfe, die einem auf der Zunge liegen, schon von weitem mit entwaffnend unschuldigen Armbewegungen pulverisiert.

Schoppernau, das
Das Kribbeln, das einem über den Rücken kriecht, wenn man zum ersten Mal auf einem brandneuen Motorrad sitzt.

Schottikon, der
Die Person, die nach dem Bekanntwerden des → Zusamzell grundsätzlich sagt: »...aber ich hatte doch nur eine Tomatensuppe.«

Schrampe, die
Eine jener tiefen Hängekartei-Schreibtischschubladen in Schienbeinhöhe, über die man wunderbar stolpern und sich alles mögliche brechen kann.

Schrick, das
Vertrocknete Reste eines mindestens zwei Tage alten Nudelauflaufs, die man morgens um zwei in sturztrunkenem Zustand zu sich nimmt.

Schröck (Adj.)
Höflich grob. Entschieden mehrdeutig. Nachdrücklich nichtssagend. (s. a. → Prebberede)

Schülp, die
Die blaue, dünne, knitterige Not-Badekappe, die man in Freibädern kaufen muß, wenn der Bademeister schlechte Laune hat.

Schümm, der
Einer dieser Menschen, die sich allwöchentlich die schrecklichen wahren Schicksalsgeschichten für alle möglichen Illustrierten ausdenken.

Schupf, der
Das durchweichte Haarbüschel oder -bällchen, das man im Badewannenabfluß findet.

Schutschnur, die
Wenn man es gründlich satt hat, immer neue abenteuerliche Meldungen aus dem wilden Kurdistan oder anderen Balkan-

gegenden zu hören und zu lesen, darf man mit Fug und Recht behaupten, das Ganze ginge einem über die Schutschnur.

Schuttern (V.)
Ununterbrochen auf jemanden einreden, der ein Buch zu lesen versucht.

Schwäbisch Hall, die
Eine dieser Flughafenansagen, von denen man nur die Hälfte versteht. (s. a. → Ulm)

Schwallungen, die (Pl.)
Sammelbegriff für alles, was herausschießt, obwohl man sich alle erdenkliche Mühe gibt, es behutsam austreten zu lassen; z.B. Mehl in helle Soße, Tomatenketchup auf Fischstäbchen oder Milch aus einer Plastiktüte in Müsli.

Schwand, die
Eine große Platte aus Rigips, Wolle und Wasser. Wird im sozialen Wohnungsbau anstelle von Wänden eingesetzt. »Hören Sie mich?« – »Ja.« – »Sehen Sie mich?« – »Nein.« – »Tja, das sind Schwände!« – *Arthur Miller, Tod eines Maklers.*

Schwarze Pumpe, die
Sammelbegriff für alle Organe, die Menschen aus der dritten Welt sich aus dem Körper schnitzen lassen, um a.) vom Gewinn ein Bündel Kochbananen für die an Skorbut erkrankte Familie zu kaufen und b.) einem verfetteten Bewohner der Nordhalbkugel eine Chance zu geben, zukünftig etwas bewußter zu schlemmen.

Schwarzenstein, das
Ein Wort, das irgendwie unheimlich schweinisch klingt, aber beim besten Willen nicht schweinisch ist.

Schwarzkollm, der
Das, was aus einem → Sandwig wird, wenn man die → Tostedt lange genug durchgehalten hat, um den → Tosterglope herbeizurufen.

Schwastrum, das
Bezeichnung für den eigenen Bruder, nachdem er eine Geschlechtsumwandlung hinter sich hat.

Schwei (V.)
Mitten im Satz verstummen, weil man plötzlich nicht mehr weiter weiß oder das eigene Gehirn plötzlich ganz dringend an etwas vollkommen anderes denken muß.

Schweich, das
Das besondere, ganz und gar nicht unangenehme Schweigen zwischen Verliebten.

Schweigern (V.)
Sich weigern zu sagen, weswegen man so verflucht sehnsüchtig ins Leere starrt.

Schwenderöd, das
Die zaghaften Bewegungen von Fingerkuppen und Augenbrauen, mit deren Hilfe es einem vollständig mißlingt, die Aufmerksamkeit von Kellnern auf sich zu ziehen.

Schwendi (Adj.)
Vollkommen gleichgültig; absolut egal; infinite Steigerung des volkstümlichen »Wurscht«; exakt die Bedeutung, die ein Kellner einem → Schwenderöd beimißt.
Es ist weitgehend unbekannt, daß Clark Gables Schlußsatz in der ersten Version von *Vom Winde verweht* lautete: »Offen gesagt, ist mir das schwendi«; er wurde nur geändert, weil man befürchtete, mit einem solchen Ende werde erstens der Film noch unverständlicher und zweitens eine spätere Fortsetzung der Liebesgeschichte ausgeschlossen.

Schwerfen (V.)
Jemandem gründlich mißtrauen. Verdankt seine Entstehung vermutlich der Formulierung: »Dir traue ich genau so weit, wie ich ... (den Mond/einen Bus/ein Klavier/sonstige Immobilien) werfen kann.«

Schwerin, das
Sammelbegriff für alle Arten von außerordentlich unvorteil-

haften und sonderbaren Kleidungsstücken, deren Träger steif und fest behaupten, das Zeug sei der allerletzte Schrei.

Schwerz, der
Ein Witz, den der Erzähler wundervoll und vielversprechend einleitet, dann jedoch derartig ausschmückt, daß man beide nach spätestens einer halben Stunde gründlich satt hat.

Schwichteler, der
Jemand, der bei der Schilderung seiner Lebens- und Karriereumstände das Blaue vom Himmel herunterlügt, um seine Eltern aufzuheitern.

Schwollen (V.)
Sich nostalgisch nach etwas sehnen, wobei das Sehnen angenehmer ist als der ersehnte Zustand selbst.

Sellerich, der
Der grüne Kunstrasen, auf dem Gemüsehändler ihre Waren auslegen.

Sensau, der
Der scharfe Blick, der einem sagt: »Hör sofort auf, diese Frau anzuquatschen.«

Sensine, die
Als Sensine bezeichnet man das fahrige Ausführen von Schneidebewegungen mit leeren Händen, das man in der stillen Hoffnung, es möge etwas nützen, an den Tag legt, wenn man auf der Suche nach einem Dosenöffner oder einer Schere durch die Wohnung irrt.

Seppensen (V.)
Als Nicht-Bayer ohne jegliche Aussicht auf Erfolg versuchen, mit Hilfe von Gamsbarthüten, Lederhosen und komischen Strümpfen wenigstens einen Hauch weniger preußisch zu wirken.

Sichtigvor (Adj.)
Auf äußerst tückische Art und Weise unvorsichtig. Als sich-

tigvor bezeichnet man z.B. einen Menschen, der andere Leute durch die geschönte Darstellung von Sachverhalten (»Absolut null Risiko, Mann«) dazu bringt, idiotische Geldanlagen zu tätigen oder sich in gefährliche Situationen zu begeben, um dann selbst im letzten Moment den Kopf einzuziehen und die armen Schweine, die ihm vertraut haben, ihrem schrecklichen Schicksal zu überlassen.

Siegelsum, die
Eine besondere Fliegenart, die ausschließlich in doppelt verglasten Fenstern lebt.

Sieversen, das
Ein meist mehrtägiger, äußerst frustrierender kreativer Prozeß, in dessen Verlauf ein Angestellter zahllose Versuche unternimmt, ein Julklapp-Gedicht für seinen Chef zu verfassen, das weder beleidigend noch allzu kriecherisch ist – um im Falle der späteren Entlarvung nicht entweder gefeuert oder von seinen Kollegen geschnitten zu werden.

Silixen, das
Eine Krankheit, die ausschließlich künstliche Pflanzen befällt.

Sillium, das
Konversationsmaß.
Ein Sillium ist definiert als die Summe aus Länge, Lautstärke und Peinlichkeit einer Behauptung, die man in genau jenem Augenblick aufstellt, da sämtliche anderen im Raum befindlichen Personen ohne ersichtlichen Grund gleichzeitig verstummen.

Simplon, der
Die Art Mensch, die einen Brief mit der Aufschrift »Vielleicht haben Sie schon jetzt eine Million gewonnen!« aufgeregt öffnet.

Sindelfingen (V.)
In der Küche stehen und sich fragen, weshalb man sie eigentlich betreten hat.

Skaup, die
Eine seit längerem nicht benutzte Perücke.

Solingen (V.)
Vorgeben, man sei stolz, ein Single zu sein.

Solothurn, der
Post-masturbative Depression.

Someo, der
Jemand, der für die Beerdigung seines Hundes mehr ausgibt als für die seines Ehepartners.

Sontra (Adj.)
Verständnisvoll, ruhig, absolut beherrscht und gleichzeitig unglaublich fies. Beschreibt den Tonfall, zu dem besonders geschickte Menschen greifen, wenn Sie jemandem durch die Blume mitteilen, daß sie all das, was er in der letzten Viertelstunde so vehement vorgetragen hat, für kompletten Schwachsinn und ihn selbst bestenfalls für einen zurückgebliebenen Affen halten.

Spandowerhagen, der
Jemand, der sich einen Fernsehsessel ans Fenster zieht, sich behaglich hineinkuschelt und dann den Leuten von gegenüber beim Ausziehen zusieht.

Spasskoje, die
Versuch, eine französische Matratze über eine Wendeltreppe abwärts zu manövrieren.

Spay, das
Eins von diesen Sprühdingern, mit denen man Bügelbretter befeuchtet.

Spornitz, das
Kombination aus kurzen, hilfreichen Grunzlauten, Kopfnikken, aufmunterndem Lächeln, Hochziehen der Augenbrauen und interessierten Pausen. Zu beobachten bei Leuten, die einen wirklich schlimmen Stotterer bewegen wollen, seinen letzten Satz zuende auszuspucken.

Sportgastein (Adj.)
Abenteuerlustig genug, bei einer Party nicht den gesamten
Abend in der Küche zuzubringen.

Sprakel, das
Der spitze Holzkamm, der nach dem Umknicken eines noch
nicht vollständig durchgesägten Baumstammes aus dem
Stumpf ragt.

Spratzern (V.)
Anderen Leuten beim Sprechen halbzerkaute Brotkrümel
oder kleine Fischstückchen ins Gesicht prusten.

Sprötze, die
Mischung aus Zahnpasta und Speichel in einem Waschbek-
ken.

Stadtprozelten (V.)
Einen mit aufgenähten Städtewappen verzierten Anorak in
der Hoffnung tragen, dadurch weltoffener zu wirken.

Staffelstein, der
a.) (Veraltet:) Mittelalterliches Sportgerät. Der Staffelstein
wurde bei Staffelläufen anstelle des heute gebräuchlichen Sta-
bes weitergereicht. Da der wegen seines hohen Gewichtes
(38,5 Kilo) etwas unhandliche Stein nach 1494 keine Verbes-
serung der 4 × 100-Meter-Weltrekordzeit (27,08 Minuten)
mehr erlaubte, kam es zu Unruhen in der Bevölkerung (Läu-
ferkrieg von 1502), die allerdings von Funktionären blutig
niedergeworfen wurden.
b.) Bezeichnung für einen Sportfunktionär, der all seinen
Einfluß geltend macht, um Frauensport zu verhindern oder
die Abseitsregel aufrechtzuerhalten.

Stampa, das
Geräusch eines Radiergummis, das in einem sehr stillen Zim-
mer vom Schreibtisch gefallen ist und auf einem Parkett- oder
Linoleumboden langsam zur Ruhe kommt.

Stanzach, der
Jemand, der a.) kräftig und b.) nicht besonders geschickt im Umgang mit Schreibmaschinen ist, so daß seine vollgetippten Seiten aussehen, als habe sie jemand mit einer Schrotflinte bearbeitet.

Staubing, der
Einer der zahlreichen funktionsuntüchtigen Kugelschreiber in der Schreibschale.

Stauchitz, der
Ein hitziger Streit, der zwischen einem Pärchen auf der Rückfahrt von einer Party ausbricht, bei der beide wegen der anderen Gäste entsetzlich nett zueinander sein mußten. (s. a. → Merzig)

Stausacker, der
Jene Person, die vor einem an der Supermarktkasse steht, gerade den Inhalt eines durchhängenden Einkaufswagens auf das Laufband entladen hat und sich nun verzweifelt zu erinnern versucht, in welcher Tasche beziehungsweise Hose sie ihr Scheckheft gelassen hat.

Steinbild, die
Unsicherheit, nachdem man mit stechenden Nierenschmerzen beim Arzt war und sich den heiter-unbesorgten Rat abgeholt hat, man solle sich deswegen nicht naßmachen.

Steinwedel, der
Der kleine Untersetzer auf einer Kneipentheke, der angeblich saugfähiger ist seine Unterlage, aber nicht als jeder beliebige Jackettärmel.

Stempeda, die
Eine Herde Arbeitslose, die sich aus unerfindlichen Gründen in die gleiche Richtung bewegt, und zwar meistens zur Hauptverkehrszeit. In Großstädten tragen Stempeden allmorgendlich dazu bei, daß 50% der Beschäftigten durchschnittlich fünf Minuten zu spät kommen. Die hierdurch verursachten wirtschaftlichen Verluste entsprechen nach Schätzungen der BfA annähernd der jährlich ausgezahlten Arbeitslosenhilfe.

Stobra, die
Populäres osteuropäisches Freiluftspiel. Gewinner ist, wer lange genug aufrecht steht, um die Spitze der Schlange vor der Schlachterei zu erreichen, während die Verlierer ihre Spielsteine (Badewannenstöpsel) auf dem Schwarzmarkt verpfänden müssen.

Stockum (Adj.)
Unfähig, selbst kleinste Entfernungen auf natürliche Art und Weise zurückzulegen. Beschreibt die geistige Verfassung eines Menschen, der mit dem Fahrstuhl in den ersten Stock fährt.

Stöbritz (Adj.)
Verdutzt, verschlagen und ein bißchen verlegen. Beschreibt den Gesichtsausdruck eines Menschen, der sich ganz offensichtlich nicht an den Namen desjenigen erinnern kann, der ihn gerade wie einen uralten Freund angesprochen hat.

Stölpchen, das
Eine mit Rüschen verzierte Häkelmütze für Ersatz-Toilettpapierrollen.

Störnstein, der
Ein kleiner Kiesel, der sich unter der Einlage eines Schuhs festgesetzt hat und einem bei jedem Schritt Schmerzen verursacht, sich jedoch weder mit den Fingern ertasten noch herausschütteln läßt.

Stötten (V.)
Theaterbesucher zur Weißglut treiben, indem man als Besitzer einer Karte für einen Platz in der Reihenmitte nicht bloß zu spät kommt, sondern sich auch noch bei jedem der betroffenen Zuschauer lautstark entschuldigt und ihr oder ihm freundschaftlich auf die Schulter klopft.

Stolk (Adj.)
In der richtigen Stimmung, mit einem Stock lustig durch irgendwelche Büsche zu dreschen.

148

STÖLPCHEN

Stommeln (V.)
Ein Lineal mit dem einen Ende auf eine Tischplatte pressen und dem anderen Ende ein lautes Bbddbbddbbrrbrrrddrr entlocken.

Stoob, das
Ein besonders schwerer, nasser Schneeklumpen, der unsicher auf einer Vordachecke balanciert und auf den richtigen Augenblick zum Abstürzen wartet. (Aus der altsibirischen Sage »Das Damokles-Stoob«.)

Stopperich, der
Das fünfte Rad am Wagen.

Stotel, das
Ein eingeschlafenes Bein, das man hinter sich herschleifen muß.

149

Stotzard, der
Linkischer Watschelgang, der bei Personen zu beobachten ist, die es furchtbar eilig haben und versehentlich zu zweit oder zu dritt in den gleichen Abschnitt einer Drehtür geraten.

Straßgräbchen, das
Poetische Umschreibung für die Furche, die am Hinterteil eines Arbeiters über den Hosenbund lugt.

Striefen (V.)
Nasse Haare kämmen.

Stripfing, der
Eine der kleinen Rattanflocken, die ein nervöser Gast von einem Rohrstuhl pult und auf den Teppich darunter fallen läßt, um so dem Gastgeber zu signalisieren, daß genau dieses Möbelstück binnen kürzester Zeit nur noch an eine gigantische Bleistift-Anspitz-Aktion erinnern wird.

Strittmatt, das
Der Augenblick, in dem zwei verbissen miteinander diskutierenden Menschen auffällt, daß sie von nun an nur noch entweder a.) ihre bereits vorgebrachten Argumente wiederholen, b.) auseinandergehen oder c.) handgreiflich werden können.

Strobl, der
Wissenschaftliche Maßeinheit für Lichtstärke: 1 Schimmer = 100.000 Strobl.
Die Taschenlampen von Platzanweiserinnen verfügen ab Werk über eine Lichtstärke von 2,5 bis 4 Strobl und versetzen die Damen so in die Lage, einem entweder dabei behilflich zu sein, eine Treppe hinunterzustürzen, auf andere Leute zu treten oder den Wandbehang abzureißen.

Strübbel, der
Ein kleiner Hund, der an eine Fußmatte erinnert und auf den ersten Blick einen ziemlich toten Eindruck macht.

Strümp, das
Die Hautfläche, die beim Hinsetzen zwischen Sockenober-
kante und Hosensaum freigelegt wird.
»Der Herzog von Ilford warf sich auf das Sofa und entblößte
vor den Augen der verwitweten Lady Ingatestone schamlos
seine Strümpe.« – *Barbara Cartland, Komme bald, fremder Reiter.*

Struppen (V.)
In einer Illustrierten herumfummeln, um all die hineinge-
klebten Werbe-Antwortkärtchen herauszureißen, die einen
an der ungestörten Lektüre hindern.

Stuckenborstel, die (Pl.)
All die flachen, eigenartig geformten Teigpfropfen, die nach
dem Ausstechen von Weihnachtskeksen auf dem Tisch zurückbleiben.

Stübig (Adj.)
Vorübergehend unfähig, etwas anderes zu tun, als zu Hause
vor dem Fernseher zu hocken und den Nachmittag zu ver-
schenken, indem man sich einen alten Spielfilm ansieht. (s. a.
→ Niesgrau)

Stulln (Adj.)
Das Gegenteil von »durstig«.

Stumpertenrod (Adj.)
Beschreibt den Gesichtsausdruck und die Gesichtsfarbe wäh-
rend der peinlichen Stille nach einer absolut unpassenden
Bemerkung am Telefon.

STRÜBBEL

Sülzenbrücken (V.)
Einen Gastredner oder Stargast mit einer endlosen Reihe von haarsträubend schleimigen Komplimenten abkündigen.

Süsel (Adj.)
Beschreibt die Gemütsverfassung, in der man das, was man gerade versucht, genauso gut sein lassen kann, weil man es sowieso nicht hinkriegen wird.

Suhl, der
Jemand, der mit Ausnahme der Bratpfanne, der Käsereibe und des Topfes, in dem die Schokoladensoße zubereitet wurde, alles abwäscht.

Sulzschneid, der
Ein Mensch, der eine Frage stellt und dabei aussieht, als interessiere ihn die Antwort, sich dann jedoch schon nach den ersten Worten mit der Bemerkung: »Ich sag Ihnen auch gern, weshalb ich das frage« vorbeugt und anschließend eine geschlagene Stunde ohne Punkt und Komma redet. (s. a. → Blunk)

T

Tanger, der
Faserige Algenart, die im → Fluterschen in Hosenaufschlägen gedeiht.

Tauberzell, das
Gespräch, bei dem beide Beteiligten nur darauf warten, daß der andere den Mund hält, damit sie selbst weitererzählen können.

Taxöldern, das
Geruch eines Taxis, aus dem gerade Fahrgäste ausgestiegen sind.

Templin, der
Kopfbedeckung aus verknoteten Taschentüchern. (s. a. → Hüttengesäß)

Tetenbüllspieker, der
Fachbegriff für einen jener Lautsprecher, die auf den Dächern von zuplakatierten Autos hocken und einen endlosen Kauderwelsch-Schwall auf wehrlose Passanten herabschütten.

Teuschnitz, der
Ein besonders ärgerlicher Fehler. Man begeht einen Teuschnitz, indem man jemandem höflicherweise etwas anbietet, das man selbst gern behalten möchte, weil man davon ausgeht, daß er es ohnehin nicht mag und dankend zurückweisen wird. Was er dann jedoch nicht tut.

Tobel, der
(Med.:) Gaumen-Verformung infolge übermäßigen Toblerone-Genusses.

Todtglüsingen, das
Ein bestimmter Gesichtsausdruck, dessen Beherrschung Schauspieler unter Beweis stellen müssen, bevor sie den Macbeth spielen dürfen.

Töplitsch, der
Ein improvisierter Regenschirm.

Tokio, der
(Med.:) Tod durch Überarbeitung, zu wenig Muße und viel zu volle U-Bahnen.

Tomatin, das
Die Chemikalie, aus der Tomatensuppe besteht.

Toppel, die (Pl.)
Die komischen Plastikgnubbel an der Unterseite von Klobrillen.

Tostedt, die
Als Tostedt bezeichnet man das ausdauernde Betätigen eines Toasterhebels in der stillen Hoffnung, daß der Toaster so irgendwann begreifen möge, was er tun soll. (s. a. → Sandwig, → Schwarzkollm)

Tosterglope, der
Seele eines verblichenen Geisteskranken. Wird normalerweise als Toastermechanismus wiedergeboren.

Triebl, der
Die eine Borste, die bei einer billigen Zahnbürste seitlich absteht.

Trieplatz, die
(Med.:) Angewohnheit, das eigene Kopfkissen ständig unfreiwillig vollzusabbern.

Trier, der
Einer dieser kleinen Hunde, die einem das Hosenbein durchnässen, während man am Tisch sitzt und Kaffee trinkt.

Tripolis, das
Fachbegriff aus der Schallplattenproduktion: Eins von diesen komischen, dreiarmigen Dingern, die früher immer in den Singles steckten.

Triptis, die
(Med.:) Zwang, sein sauer verdientes Geld mindestens zweimal jährlich ins Ausland zu schaffen und dort für lausige Hotelzimmer, ungenießbares Essen und miese Bedienung auszugeben.

Trittau, der
Auf dem Boden liegender, annähernd fingerhutförmiger Gegenstand aus Metall. Sobald man einen Trittau mit dem Fuß

wegzuschießen versucht, stellt man allerdings fest, daß er nur die Spitze eines anderen, ungefähr einen Meter tief im Boden vergrabenen Gegenstandes ist.

Trögern (V.)
In einer öffentlichen Toilette verzweifelt auf der Suche nach einer Kabine herumirren, die einen Riegel an der Tür, eine Brille auf der Schüssel und keine braunen Streifen auf der Brille hat.

Tschafein, der
Jemand, der Gesprächspausen füllt, indem er seine jeweiligen Partner anstarrt und dauernd versonnen »Ja, ja, ja, ist aber doch schön, daß wir uns mal wieder sehen« sagt.

Tschamut (Adj.)
In der beneidenswerten Lage, Rückschläge gelassen wegzustecken und auch den schlimmsten persönlichen Katastrophen noch eine positive Seite abzugewinnen.

Tschirn, das
Der laute Applaus, der dem Fallenlassen eines Tellers in der Kantine folgt.

Tschuggen (V.)
Die gleichen Geräusche von sich geben wie eine abfahrende Dampflok.

Tübingen (V.)
Eine Zahnpastatube zusammenrollen, um den Rest herauszuquetschen.

Tümlauer Koog, der
Eines jener holzgetäfelten Restaurants, die mit dem Versprechen »Nur drei Minuten von diesem Kino entfernt« werben und von den wenigen Menschen, die einen Besuch vielleicht in Erwägung gezogen hatten, nach der Werbung erst recht gemieden werden.

Türnich, der
Als Türnich bezeichnet man jenen besonderen Portierstyp, der einen täglich sieht und fröhlich duzt und eines Tages plötzlich nicht mehr durchläßt, weil man seinen Passierschein vergessen hat.

Tütschengereuth, das
Das ungemütliche Gefühl, daß die Plastikgriffe der überladenen Supermarkt-Tüte, die man gerade durch die Gegend trägt, länger und länger werden. (s. a. → Dannenbüttel)

Tujetsch, das
Gefühl, das einen gegen 16 Uhr beschleicht, wenn man vorher nicht genug von seinem Tagespensum erledigt hat.

Tumpen (V.)
Sich beim Versuch, einen Maßkrug auf echt bayerische Art anzusetzen, bekleckern, verletzten oder sonstwie blamieren. (s. a. → Seppensen)

Tunis, der
Der Angestellte im schmutzigen Overall, der pfeifend durch die Flure einer großen Firma läuft, damit es so aussieht, als stelle die Firmenleitung irgend etwas auf die Beine.

Turtig (Adj.)
Die Öffentlichkeit mit dem eigenen Schwulsein derart hektisch penetrierend, daß es weh tut.

Tutow, der
Ein Tourist, der am Strand von Bali »It's better in the Bahamas«- oder Trinidad-T-Shirts trägt, damit niemand auf die Idee kommt, er habe die Reise bei einem Preisausschreiben gewonnen.

Twann, der
Ein Badewannenstöpsel, der aus unerfindlichen Gründen offenbar nicht in den Abfluß passen soll, sondern dazu gedacht ist, ständig wieder herauszufluppen und es sich auf den verchromten Rändern bequem zu machen.

156

U

Überhamm, der
Essens- oder Kochreste, die man im Kühlschrank verstaut, obwohl man ganz genau weiß, daß man sie nie im Leben verbrauchen wird. (s. a. → Rottevalle, → Rottweil)

Uerdingen, das
Beim Ausdrücken eines Mitessers gegen den Spiegel fliegende Substanzen.

UERDINGEN

Uffing, das
Triumphierendes Zuschlagen eines Buches nach Beendigung der Lektüre.

Ulm, das
Die von einem → Schwäbisch Hall verursachte Panik.

Ungedanken, die (Pl.)
Sammelbegriff für all die verwerflichen Ideen, die sich zuweilen abrupt ins Bewußtsein drängeln und die man aufgrund seiner guten Kinderstube sofort entrüstet verwirft, ohne sie auf diese Weise vollständig vertreiben zu können. Ungedanken sind also zum Beispiel die Überlegungen, daß man alle Makler, Hersteller von feuchtem Toilettpapier und Politiker standrechtlich verbrennen und Mittelstürmern das Wahlrecht entziehen sollte.

Unkel, das
Unkenntnis oder starke Zweifel signalisierendes, froschartiges Vorstülpen der Unterlippe.

Unna, das
Als Abstand zwischen dem ausgestreckten Arm eines Autofahrers und einer Parkhaus-Ticketmaschine definierte Maßeinheit. 1 Unna = 18,4 cm.

Unnode, die
Alles, was für jedermann und -frau anziehend wirken soll und gerade deswegen konturlos und stinklangweilig ist, z.B. deutsche Fernsehunterhaltung für die ganze Familie.

Unterknöringen, das
Geräusch, das einem verrät, daß sich die gesuchte Kontaktlinse jetzt unter dem eigenen Knie befindet.

Unterminathal (Adj.)
(Med.:) Auf angenehme Art und Weise unruhig. Umschreibt das plötzliche wohlige Ganzkörperkribbeln, das sich einstellt, wenn einem ein wirklich wunderbar übles Gerücht einfällt, das man unbedingt jemandem erzählen möchte.

Unterschefflenz, der
Jemand, der einem mit dem Wechselgeld ausländische Münzen unterjubelt.

UNTERSTAUFEN

Unterschüpf, der
Ein Klumpen Zeitungspapier, eine zusammengefaltete Papierserviette oder einige Pappschnipsel, die zur Stabilisierung unter eines der Beine eines wackelnden Tisches geschoben werden.

Unterschwaningen, das
Beim Einwerfen eines besonders wichtigen Briefes aufkommende Sorge, der Briefkasten könne ein toter sein.

Unterstaufen (V.)
(Modeerscheinung, vorübergehend veraltet, also in ungefähr zehn Jahren wieder der letzte Schrei:) Krawatten so binden, daß das lange, schmale Ende unter dem kurzen, dicken Ende hervorbaumelt.

Unterstürmig (Adj.)
Leise drängend. Beschreibt den Tonfall, in dem man auf einem Taxirücksitz verführerische Bemerkungen ausspricht.

Uors, die (Pl.)
Sammelbegriff für alle begeisterten, erregten oder beeindruckten Grunzlaute (z. B. wegen toller Autos, toller Frauen oder toller Autounfälle auf K-Tel-Videocassetten).

Uppsala, das
Jeder Gegenstand, über den man nüchtern nie und nimmer gestolpert wäre.

Urft, der
Ein Schwelbrand im Aschenbecher.

Ursulapoppenricht, der
Jemand, der Phalli auf Frauenplakate in U-Bahnhöfen malt.

Valladolid, das
(Med.:) Die Substanz, aus der die unappetitlichen kleinen gelben Kügelchen in den Augenwinkeln verschlafener Personen bestehen.

Vechta, die
(Fachbegriff aus der Produktion von »Mantel- und Degen«-Filmen:) Man spricht von einer Vechta, wenn der Hauptdarsteller im Laufe eines Gefechtes einen Säbel von der Wand reißt und sich wild fuchtelnd gegen eine Übermacht von Schurken zum Ausgang oder einem Fenster durchkämpft.

Vehlefanz, der

Sammelbegriff für jene Teile eines Autos, deren gänzlich unerwartete, aber notwendige Auswechslung die Werkstattrechnung viermal so hoch ausfallen läßt wie den Kostenvoranschlag.

Verscheid, der

Jemand, der einem auf die Nerven fällt, indem er sich ununterbrochen dafür entschuldigt, daß er einem auf die Nerven fällt.

Versettla, der

Jener Teil eines Songtextes, bei dem einem plötzlich auffällt, daß man ihn seit Jahren falsch gehört und mitgesungen hat.

Versmold, der

Ein alter Literat oder Dichter, der keine Bücher mehr verfaßt, sondern nur noch Artikel, in denen er sich fast unverhohlen darüber beschwert, daß man ihn im Verlauf seiner Karriere entweder zu selten oder zu kritisch besprochen hat.

Viehle, das

Das Fabeltier – teils Vogel, teils Schlange, teils Marmeladenklecks, mit dem Kinder der Altersgruppe 5–7 grundsätzlich den Malwettbewerb gewinnen.

Viganello, der

Jemand, der im Eros-Center nach Gummibärchen fragt.

Villnachern (V.)

Eine Strafarbeit schneller erledigen, indem man sechs Kugelschreiber mit Tesafilm zusammenklebt.

Viöl, das

Ein Kompliment, das hoffnungslos übertrieben oder vollkommen ungerechtfertigt sein mag, aber so aufrichtig klingt, daß man es gern unwidersprochen hinnimmt. (s. a. → Salbke)

Visperterminen (V.)
(Begriff aus dem Wettbewerbsrecht:) Mittels Gedankenüber-
tragung im gleichen Augenblick widerrechtlich identische
Preise für ein Produkt festsetzen. Mineralölkonzerne visperterminen zum großen Verdruß von Kartellamtsmitarbeitern
ununterbrochen.

Vollmerz, der
Ein entbehrlicher, weil ständig patzender Mitarbeiter. Die
Deutsche Bundespost beschäftigt derzeit 200.000 Vollmerze.

Vomp, der
Eine Frau, die nicht in der Lage ist, ihren Lippenstift vernünftig aufzutragen.

Vorbein, das
Irgendein schrecklicher Gegenstand aus Knochen und Leder,
den man in Nairobi gekauft hat und der zu Hause plötzlich
völlig bescheuert aussieht.

Vorder Höhi, das
Eine Erektion, die man mangels Jackett nicht verbergen kann.

Vormeppen (V.)
Ein Zimmer aufräumen, bevor die Putzfrau kommt.

Vorsiez, der
Erster, überschwenglich freundlicher Satz oder Absatz einer
anschließend vernichtenden Kritik.

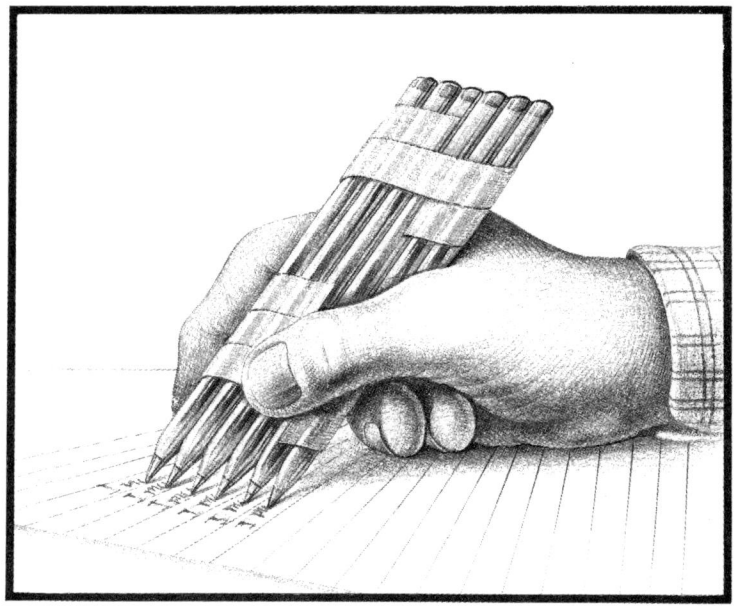

VILLNACHERN

Wachseldorn, der
Die klebrige, unerbittlich länger werdende, tropfende
Wachsnase an der Seite einer brennenden Billig-Kerze.

Wachtendonk (Adj.)
Nach dem nächtlichen Einschalten einer Lampe vorübergehend erblindet.

163

Wadern (V.)

Mit zunehmender Frequenz das Standbein wechseln, weil man dringend auf die Toilette muß, während der Person, mit der man gerade spricht, immer wieder etwas einfällt, was sie abschließend noch loswerden muß.

Wagenhoff, der

Jemand, der tollkühn bis zum allerletzten Augenblick auf eine bessere Silvestereinladung spekuliert.

Wagenitz, der

Kolonne von Autos, die mit exakt gleicher Geschwindigkeit über eine Landstraße schleichen, weil eines von ihnen ein Polizeiwagen ist. (s. a. → Ansprung)

Waggum, das

Gefühl völliger Leere, das sich unmittelbar nach der Erkenntnis ausbreitet, daß man in dem Zug, dem man gerade geduldig beim Verlassen des Bahnhofs zugesehen hat, eigentlich sitzen müßte.

Wambeln (V.)

Das unfreiwillige Magenblubbern, mit dem man die Stille ausfüllt, die dem vertraulichen Geständnis eines Gesprächspartners folgt.

Wankum, der

Der Mann in der Eck-Kneipe, der ständig irgendwelchen Leuten auf die Schulter haut, als seien sie seine ältesten Saufkumpane, in Wirklichkeit jedoch weder Saufkumpane noch andere Freunde hat, und zwar in erster Linie wegen seines oben erwähnten Verhaltens.

Wanzer, der

Ein Volkstanz. Die beiden Partner nähern sich einander auf einem Gehweg und versuchen höflich, auszuweichen. Sie machen einige kleine Schritte nach rechts, dann einige Schritte nach links, entschuldigen sich, machen erneut einige Ausfallschritte nach links, stoßen zusammen und wiederholen das Ganze so oft wie unnötig.

Warin (Adj.)
Bezeichnet jene besondere Art von Antiquiertheit, die ausschließlich Dingen anhaftet, die ursprünglich futuristisch aussehen sollten.

Warnitz, das
Eine Alarmanlage für den täglichen Gebrauch. Warnitze sind dermaßen clever konstruiert, daß sie von morgens bis abends klingeln und schrillen können, ohne irgendwelche Nachbarn zu stören.
Ein anderes Warnitz-Modell findet man häufig an Geschäftsgebäuden in reinen Wohngebieten. Diese Warnitze gehen regelmäßig freitags um 17.30 Uhr los und werden jeweils am Montagmorgen um 9.20 Uhr wieder abgestellt.

Warwerort, der
Sammelbegriff für alle Städtchen und Dörfer, die in Werbebroschüren und durch Gedenktäfelchen an Häuserwänden ausdrücklich darauf hinweisen, daß z.B. Mozart auf der Durchreise genau *hier* aus der Kutsche gestiegen ist, um sich zu strecken.

Wassermungenau, das
Das vorsichtige, einhändige Umverteilen von heißem Wasser in einer Badewanne.

Watislaw, die
(Norddt.:) Eine niemals endende Zusammen-Getrennt-Beziehung.

Wattenscheid (Adj.)
Aufgrund einer mehrstündigen Einkommensteuer-Diskussion mit einem Finanzbeamten oder Steuerberater geistig vollkommen am Boden zerstört.

Wattwil, das
(Lediglich bei Personengruppen zu beobachten, die gerade zusammen im Kino waren:) Planlos auf dem Gehweg herumstehen und halbherzig darüber diskutieren, ob man entweder a.) zum Chinesen gehen soll, der ganz in der Nähe ist, oder b.) zum Inder, der angeblich prima ist, nur daß keiner weiß,

wie man hinkommt, oder c.) einfach nach Hause oder
d.) doch zum Chinesen, der ganz in der Nähe ist – bis man sich
schließlich einigt und feststellt, daß mittlerweile sämtliche
Restaurants geschlossen haben. (s. a. → Bosseborn)

Wauwil, der
Ein kleiner, auf das Schnüffeln im Intimbereich abgerichteter
Jagdhund.

Weer, das
Eine Visitenkarte in der eigenen Brieftasche, an deren Besitzer man sich beim besten Willen nicht erinnern kann.

Weggis, das
Der sichere Platz, an dem man etwas versteckt, um ihn
anschließend zu vergessen.

Wehdem, der
Der Luftzug zwischen zwei Hinterteilen, die einander nicht
berühren wollen.

Wehrda (Adj.)
Aufgrund einer einschneidenden beruflichen Veränderung
nicht mehr zurechnungsfähig. Beschreibt den Geisteszustand
eines in den Ruhestand versetzten Hauptmanns, bevor man
ihn aus seinem Büro transportiert.

Weiach, das
Unnachahmliches, eingefrorenes Grinsen einer Mutter, die
in Gesellschaft von ihrem kleinen Kind »Mammi, was'n das
hier?« gefragt wird und eigentlich antworten müßte: »Äh…
ein Kondom, Tommi-Spatz.«

Weiler in der Ebene, der
(Selten:) Jemand, der bei einem Familienstreit bei der Sache
bleibt.

Weißpriach, der
Einer jener gutgebauten jungen Männer, die bei Hochzeiten
breit grinsend herumstehen und so den Eindruck erwecken,
daß sie die Braut schon ziemlich lange ziemlich gut kennen.

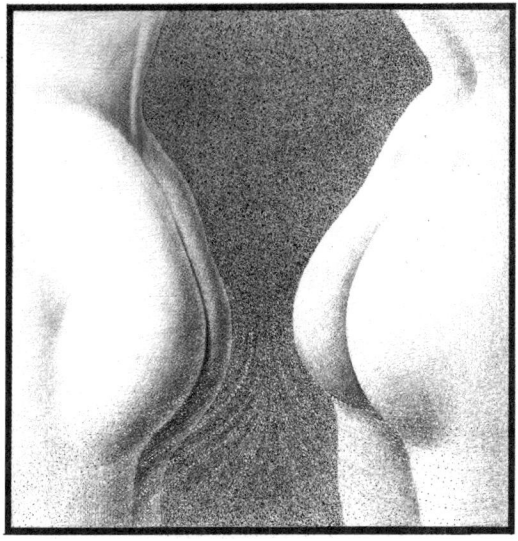

WEHDEM

Wellmich (Adj.)
Nicht naß, aber auch nicht trocken, nachdem man sich mit einem feuchten Handtuch abzutrocknen versucht hat.

Wendessen, das
Das, was von einem Pfannkuchen oder Steak übrigbleibt, wenn während der Zubereitung das Telefon klingelt und man aus irgendwelchen Gründen nicht sofort wieder auflegen kann.

Wenigentaft, das
Sammelbegriff für alle Haarbüschel, -schöpfe, -locken und -fussel, die sich eitle Männer über die Geheimratsecken ins Gesicht fegen.

Wesel, der
Korrekte Bezeichnung für einen Lehrling im Obst- und Gemüsehandel, dessen Hauptaufgabe darin besteht, die Früchte immer so auf dem → Sellerich zu arrangieren, daß die verfaulte Seite unten liegt.

Wesuwe, der

Jemand, der morgens plötzlich und unerwartet aus dem falschen Schlafzimmer hervorbricht.

Wichterich, der

Ein armseliger kleiner Knallkopf, der durch intensives Pfeifennuckeln und verschmitzte Blicke den Eindruck zu erwekken sucht, er sei unendlich weise und einen Meter neunzig groß.

Wien (V.)

Jemanden nuschelnd ansprechen, weil man sich nur an den Anfangsbuchstaben seines Namens erinnern kann.

Wiesbaden (V.)

Schmeichelhafte Umschreibung: Die Genitalien in einem Waschbecken säubern.

Wiesloch (Adj.)

Im Begriff herauszufinden, welcher der beiden Ärmel eines Sweatshirts in sich verdreht ist, wenn man das Sweatshirt schon halb angezogen hat.

Wieste, die

Der schreckliche Augenblick im Anschluß an ein → Kellinghusen, in dem ein Sprecher abwägt, ob er seine amüsante Bemerkung wiederholen soll, obwohl niemand gelacht hat. Man befindet sich mitten in einer Wieste, wenn man sich fragt, ob vielleicht nur niemand mitbekommen hat, was man gerade sagte, oder niemand die Bemerkung lustig fand – was das Kellinghusen erklären würde.

Wildenwart, der

Zeitraum, den man auf einem Bahnsteig verbringt, während etliche U-Bahnen hör- aber nicht sichtbar und wahrscheinlich ohne Passagiere durch irgendwelche Tunnel donnern.

Willich, der

Ein Mensch, der sich jedesmal, wenn Nahrungsmittel auf eine beliebige Anzahl von Personen verteilt werden, das überzählige Stück nimmt.

Willisau, die
Jemand, für den Hygiene mit dem Gesichtwaschen aufhört.

Wilsdruff, der
Ein gräßlicher Bluterguß im Gesicht, auf den einen netterweise niemand anspricht, weil alle Welt davon ausgeht, daß man ihn sich bei einer Schlägerei mit seiner Gattin resp. seinem Gatten zugezogen hat, obwohl der Fleck tatsächlich von der Kollision mit einem Türrahmen herrührt. Es ist vollkommen sinnlos, diesbezüglich die Wahrheit zu sagen, weil einem sowieso niemand glaubt.

Wimmis, die (Pl.)
Unterdrückte, verzweifelte Klagelaute von jemandem, der z.B. ein → Frenz einzufädeln versucht oder mit dem Schicksal hadert, weil er gerade einen → Exter entdeckt hat.

Windischletten (V.)
Eine Salzstangentüte zusammenpressen, um sie zu öffnen, und damit erreichen, daß sie an der Unterseite platzt.

Winzeln, das
Der unerträgliche Tonfall jener ewig grinsenden Vollidioten, die Spielshows mit Kindern moderieren.

Wippra, der
(Veraltet:) Jemand, der seine landesweite Berühmtheit der Tatsache verdankt, daß er ständig auf → Schloßvippachs hereinfällt. (s. a. → Dötra, → Övelgönne, → Rüstorf.)

Witterschlick, der
Das gräßliche Zeug an den Außenwänden vernachlässigter Mietshäuser.

Wöbbel, das
Eine Luftblase unter der Tapete.

Wörgl, der
Der Darmring um eine Salamischeibe.

Wohlerst, der
Ein Mann, der sich einen Dreck um den → Niederkam schert.

Wohlstreck, der
Der tiefe und friedvolle Schlaf, in den man genau zwei Minuten vor dem Klingeln des Weckers fällt.

Wolfhalden, die (Pl.)
Fahrrad-Schrottplätze.

Wollingst, der
Die spitze, zeltartige Erhebung in der Bettdecke, mit der ein Mann seiner Partnerin signalisiert, daß sie jetzt seiner Ansicht nach lange genug im Badezimmerschränkchen herumgefummelt hat und endlich ins Bett kommen sollte.

Woserin, der
Ein Mensch, der ausgedehnte Abschnitte seines Lebens mit der Suche nach Autoschlüsseln zubringt.

Wrohm, der
Jemand, der so tut, als wisse er nicht, daß sein Auspuff abgefallen ist.

Würgassen, die (Pl.)
Vom Tragen zu enger Socken verursachte Einschnitte oberhalb der Fußknöchel.

Wüstenrot, das
Jener Ton auf der Farbtafel eines Malers, der ganz objektiv Orange ist.

Wuppertal (Adj.)
Nicht mehr überzeugt, daß man die Schwierigkeiten, denen man sich so optimistisch gestellt hat, auch tatsächlich meistern kann.

X

Xanten, die (Pl.)
Frauen, die nur auf Partys miteinander und sonst nur voneinander reden.

Z

Zabakuck, der
Der ausfahrbare Federarm, der einen Kuckuck aus seinem Häuschen befördert.

ZABAKUCK

Zähringen, das
Schlußteil eines Telefongesprächs, der aus ungefähr acht kurzen Erwiderungen besteht, mit deren Hilfe die Gesprächspartner möglichst würdevoll aus der Leitung zu kommen versuchen.

Zehdenick, der
Jener Teil eines Fußnagels, der sich bevorzugt in Nylonlaken verhakt.

Zeißig (Indefinitpron.)
Einen mehr oder einen weniger als die erforderliche Anzahl.

Zella-Mehlis, die (Pl.)
Die kleinen, gelben Fusseln, die in der Scheibenwischerhalterung zurückbleiben, nachdem man sein Auto mit einem neuen Staubtuch poliert hat.

Zettling, der
Jemand, der nie zu irgend etwas kommt, weil er ständig Listen mit der Kopfzeile »Erledigen! Wichtig!« schreibt.

Ziepel, der
Der kleine Hautfetzen, der von der Lippe abreißt, wenn man eine filterlose Zigarette zu rauchen versucht.

Zinal, das
Kurz vor dem Ende eines Satzes gelegener Teil einer Symphonie, in dem die Lautstärke so sehr zunimmt, daß man vom Sofa aufstehen und an seiner Stereoanlage herumstellen muß.

Zingel, der
Der Augenblick, in dem man entsetzt begreift, daß man sich mitten in einer → Prebberede befindet, aus der man a.) so schnell nicht wieder herauskommen wird und während der man b.) weder Freude empfinden noch etwas Interessantes erfahren oder gar etwas verstehen wird.

Zitz, der

Ein Literaturkritiker, der allgemein als geistreich gilt, obwohl seine einzige Fähigkeit darin besteht, geschickt zu → zitzschen.

Zitzschen (V.)

(Literaturkritischer Fachbegriff:) Sämtliche guten Witze aus einem Buch ohne Quellenangabe in eine Besprechung aufnehmen, um so den Anschein zu erwecken, sie stammten von einem selbst.

Zschorlau, der

Ein Wein, der sich lediglich dazu eignet, mangels anderer Getränke am Ende eines unerträglich langen Saufgelages weggebechert zu werden.

Zuckenriet, das

Mit unfreiwilligen, nervösen Fingerbewegungen einhergehende Mischung aus Ekel und Verlegenheit, die ein Beobachter in der Nähe eines mit → Bockuppen dekorierten Menschen empfindet, den er leider nicht gut genug kennt, um ihm zu sagen, er solle das Zeug wegwischen. (s. a. → Bockheber)

Zürich (Adj.)

Bestrebt, möglichst schnell möglichst reich zu werden.

Zulissen, die (Pl.)

Alle öffentlichen Gebäude müssen per Gesetz mit mindestens zwanzig Zulissen ausgestattet sein. Es handelt sich hierbei um Türen, die in genau die Richtung aufgehen, die man nicht erwartet.

Zusamzell, das

Die ebenso unerklärliche wie unvermeidliche Differenz zwischen dem Geldbetrag, der nach einem Essen mit mehreren Personen auf dem Tisch landet, und jenem Betrag, der zum Begleichen der Rechung erforderlich ist. (s. a. → Schottikon)

Zweifall, der

Sprechweise eines Menschen, der die Hilfe eines anderen braucht, um etwas auf die Reihe zu kriegen.

Zwischenwasser, das

Gehwegstrecke, die man während eines Platzregens zwischen zwei mit Markisen ausgestatteten Geschäften zurücklegen muß.

Zwota, der

Ein geborener Verlierer.

Zyfflich (Adj.)

Geschmack- und offenbar wahllos mit Möbeln verschiedener Stilrichtungen ausgestattet. Als zyfflich bezeichnet man z.B. ein Wohnzimmer, in dem sich Gelsenkirchener Barock und → Reiherhölzer vortrefflich zu einem brechreizerregenden Ganzen vereinen.

Register

175

wedelnder: *Schnepfau*
ANGEBOTE, nicht so gemeinte:
Teuschnitz
ANGESTELLTE
ahnungslose: *Hotteln*
hundsgemeine: *Türnich*
langweilige: *Prebberede*
lesende: *Liesing*
schleimende: *Nuttlar*
täuschende: *Tunis, Wesel*
überflüssige: *Vollmerz*
verspätete: *Stempeda*
ANGRIFFE von Vampiren:
Alte Spittel
ANORAKS, verzierte: *Stadtprozelten*
ANSTAND im Berufsleben: *Büron*
ANTEILNAHME, zischende: *Pfyn*
ANTIQUITÄT
scheinbare: *Privelack*
wirkliche: *Warin*
ANTWORT
blubbernde: *Wambeln*
unerwartete: *Gutach*
verständnisvolle, fiese: *Sontra*
zweideutige: *Jena*
ANZAHL, falsche: *Zeißig*
ANZIEHUNG
gravitätische, nicht vorhandene:
Lauerz
körperliche, vielleicht
vorhandene: *Libbenichen*
ARBEIT
aus einer Region entfernte:
Berlinchen
befriedigende: *Plön*
schweißtreibende: *Rannungen*
unerledigte: *Zettling*
unfertige, abgegebene: *Mutlangen*
zu viel: *Tokio*
zu wenig: *Tujetsch*
ARBEITER
gefährlich gelaunte: *Moers*
Hilfsmittel von -n: *Mörtschach*
Hinterteile von -n: *Straßgräbchen*

ARBEITGEBER siehe CHEF
ARBEITSLOSE, unruhige: *Stempeda*
ARM
federnder, mechanischer:
Zabakuck
gedehnter: *Schleiden*
→ ELLENBOGEN
ARMLÖCHER
Probleme mit -n: *Wiesloch*
zu viele: *Heddert*
ARSCH DER WELT, am: *Hindersten Hütten*
ARTIGKEIT, falsche: *Klaffer*
ASCHENBECHER
abgewaschener: *Baarz*
ersetzter: *Brackel*
schwelender: *Urft*
verfehlter: *Schmersau*
ATEM
kondensierender: *Kruft*
nasal ausgestoßener: *Rüspel*
AUFFASSUNGEN,
unwidersprochene: *Mützel*
AUFGEBEN, zu früh: *Flinten*
AUFLAUF, nudeliger, alter: *Schrick*
AUFSCHLAG, algenverseuchter:
Tanger
AUGENBLICKE
entscheidende, bei Diskussionen:
Strittmatt
entsetzliche: *Zingel*
katastrophale: *Realp*
schreckliche: *Wieste*
stille, peinliche: *Sillium*
verpaßte: *Davos*
AUSLÄNDER
bärtige, belgische: *Bartholomä*
humorlose: *Hengelo*
imitierte: *Backemoor, Schnega*
indianische: *Compatsch*
kriegerische: *Schutschnur*
offenbar taube: *Rumohr*
singende: *Alicante*
vorsichtige: *Sacramento*

zerschnittene: *Schwarze Pumpe*
AUSPUFF, abgefallener: *Wrohm*
AUSREDEN
  beleidigte: *Außerfragant*
  durchschaubare: *Pocking*
  einleuchtende: *Logabirum*
  geschickte: *Niedervorschütz*
  improvisierte: *Haspelschiedt*
  lahme, gedruckte: *Schönmünz*
  überflüssige: *Lauterecken*
AUTOFAHRER
  angehaltener: *Schnett*
  hupender, hektischer: *Empel*
  kurzarmiger: *Unna*
  lauter, dumpfer: *Wrohm*
  verwirrender: *Finken*
AUTOREN
  julklappende: *Sieversen*
  kräftige: *Stanzach*
  prahlende: *Rühme*
  von Schicksalsgeschichten:
  Schümm
AUTORITÄT, natürliche: *Bosseborn*
AUTOS
  abgeschlossene: *Woserin*
  an Ampeln stehende: *Empel*
  blendende: *Koblenz*
  demnächst kaputte: *Köln*
  Dinge einklemmende: *Mantscha*
  Dinge unter Sitzen von: *Baak*
  einander verfolgende: *Lehnin*
  explodierende: *Uors*
  große, reinigende: *Cottbus*
  Idioten in: *Finken*
  kaputte, teure: *Vehlefanz*
  langsam fahrende, lärmende:
  Tetenbüllspieker
  mehrere brave: *Wagenitz*
  mehrere nicht so brave: *Ansprung*
  polierte: *Zella-Mehlis*
  sinnlos herumfahrende:
  Benzingerode, Schilda
  stauende: *Hockenheim*
  unbefestigte Dinge in: *Raddusch*

unheimlich laute: *Wrohm*
unsichtbare Pedale in: *Bamme*
zerquetschte: *Kartitsch*

B

BABYS
  aus Kühlschränken: *Onans*
  in klebrigen Anzügen: *Kletzin*
  kurzfristig umbenannte: *Nabern*
  ungeborene, tretende: *Beschaunen*
  Wohnungen beziehende:
  Baunatal
  Wohnungen verzierende:
  Happerschoß
BADEHOSEN, unbrauchbare: *Klein
Bademeusel*
BADEKAPPE, häßliche: *Schülp*
BADEWANNEN
  Blubbergeräusche in: *Fützen*
  Handbewegungen in:
  Wassermungenau
  -stöpsel, eigensinnige: *Twann*
  -stöpsel, verpfändete: *Stobra*
  triefende Objekte in: *Schupf*
  verschrumpelte Objekte in:
  Rosien
BADEZIMMER
  endloses Kramen in einem:
  Wollingst
  nächtliche Suche nach einem:
  Kluftern
  → TOILETTEN
BÄRTE
  alberne, halbe: *Bartholomä*
  an Witzen: *Olk*
  weibliche: *Lipperode*
BÄUCHE
  blubbernde: *Wambeln*
  gefüllte: *Beschaunen*
BÄUME
  blechverzierte: *Kartitsch*
  gefällte: *Sprakel*

nigerianische: *Allmus*

BALLADE, rauhe: *Övelgönne*

BAND, zwischenmenschliches:
Kobande

BANKEN
dreiste: *Kessebüren*
irritierte: *Neuscharrel, Kriftel*
noch nicht geborene Mitarbeiter
von: *Absam*

BARKEEPER
schlecht gelaunte: *Pichl*
ziellose: *Lally*

BARS, in Theatern: *Obernüst*
→ KNEIPEN

BASEBALL: *Langel*

BATTERIEN, getestete: *München*

BAUCHNABEL, gefüllter: *Fuschl*

BAUERN: *Gülze*

BAYERN, schlecht imitierte:
Seppensen, Tumpen

BBDDBBDDBBRRBRRRDDRR:
Stommeln

BEAMTE
behinderte: *Faulenrost, Deutzen*
entbehrliche: *Vollmerz*
legasthenische: *Critzum*
unfreundliche: *Schnett*

BEDEUTUNGSLOSIGKEIT
kleiner Dinge: *Gnutz*
kleiner Löcher: *Oberpöring*
von Blicken: *Lindig*

BEERDIGUNG von Tieren: *Someo*

BEGEGNUNG, unheimliche: *Fürth*

BEGRÜSSUNG, genuschelte: *Wien*

BEHINDERTE
geistig, lehrende: *Däniken*
geistig, vorübergehend: *Fläsch*
körperlich, durch Erkältungen:
Grippel
körperlich, zu Recht beleidigte:
Bolzum

BEIFALL
ironischer, in Kantinen: *Tschirn*
provozierend: *Braunlage*

BEIN
fehlende Dinge unter einem:
Füssenich
fehlendes: *Bolzum*
haariger Klotz am: *Trier*
nasses: *Flatschach, Pulling*
nutzloses: *Stotel*

BEITRÄGE
unbedeutende: *Allmosen,
Jachenau*

BEKANNTE
Angeben mit bestenfalls
entfernten ‑n: *Aurich*
die ruhig weniger bekannt sein
dürften: *Adriach*

BEMERKUNGEN
eigene, lustige, ungehörte:
Kellinghusen, Wieste
peinliche, am Telefon:
Stumpertenrod
politische, grammatikalisch
falsche: *Hilter*
politische, haltlose: *Kradolf*
politische, kalkulierte: *Braunlage*
verletzende: *Bolzum,
Herzogenweiler*

BETRUG
beim Herausgeben von
Wechselgeld: *Unterschefflenz*
durch Namensänderung: *Aachen*
durch Preisabsprachen:
Visperterminen

BETRUNKENE
als Kassenfüller: *Naabdemenreuth*
selbstkritische: *Netzkater*
stolpernde: *Uppsala*
wahllose: *Schrick*
würdelose: *Barmen, Laberweinting*
verständnislose: *Becheln*

BETTEN
bananenförmige Dinge in:
Bannalp
Bücher in: *Romrod*
darauf herumhüpfende Objekte:

Gadaunern, Gymnich
gern gemiedene Bereiche in:
Bockhop
herausspringende Objekte:
Pflummern
peinliche Dinge in Hotel-:
Kamschlacken
unangenehme Fehler in:
Zehdenick
unangenehme Frauen in:
Damelack
Verwirrung in: *Interlaken*
zeltartige Objekte in: *Wollingst*
BETTLAKEN
fleckige: *Bockhop, Kamschlacken*
tückische: *Zehdenick*
unbequeme: *Leinenfirst*
BEULEN
eklige, auf Tellern: *Eitorf*
eklige, in Gesichtern: *Fiestel,
Pocking*
erotische, kleine: *Gipf*
erotische, lästige: *Prötzel,
Beucherling, Vorder Höhi*
erotische, nutzlose: *Krümmel*
käsige: *Kasel*
BEUTEL
plastische, versiegelte: *Nagold*
schottische: *Sacramento*
BEWEGUNGEN
entwaffnende: *Schonach*
fischartige: *Kiefersfelden*
nächtliche, behutsame: *Kluftern*
scheinbare, urbane: *Gangloff*
scheinheilig artige: *Klaffer*
schiefe, mit Koffern: *Schleiden*
schlendernde, witzige: *Komodo*
schlenkernde, trocknende:
Dibbersen
sinnlose, in Postämtern: *Deutzen*
sinnlose, in Restaurants:
Schwenderöd
sinnlose, suchende, zu Hause:
Dobbeln, Sensine

unbemerkte, seitliche: *Asseln*
ungeschickte, über Zäune:
Niederschlochtern
verlegene: *Schlüchtern*
verzweifelte, gegen Makler:
Mietraching
von Comicfiguren: *Quetzen*
von Menschenmassen: *Stempeda*
watschelnde, in Drehtüren:
Stotzard
BEZEICHNUNG, bisher fehlende:
Labenz
BEZIEHUNGEN
zwischenmenschliche, angebahn-
te: *Gattern*
zwischenmenschliche, bekannte:
Gyhum
zwischenmenschliche, fragile:
Watislaw
BGB: *Flossenbürg*
BILDERHAKEN: *Schnappenhammer*
BLASEN
gasgefüllte: *Fützen*
geschlürfte, milchige: *Rönsahl*
käsige, getoastete: *Kasel*
luftige, in Tapeten: *Wöbbel*
BLICKE
ablenkende, bei Tisch: *Foppa*
besessene: *Todtglüsingen*
lüsterne: *Heimicke*
mißtrauische: *Scharbeutz*
sehnsüchtige: *Schweigern*
suchende: *Schaufling*
überhebliche: *Hohenmocker,
Katmandu, Obernüst*
vertrauliche: *Raschau*
vielsagende, frostige: *Schmolde*
warnende: *Sensau*
zufriedene, ins Leere:
Schauinsland
BLINDHEIT
nächtliche, tödliche: *Koblenz*
nächtliche, vorübergehende:
Wachtendonk

BLINKEN, irritierendes: *Finken*
BOMBE, im Geräteschuppen
gebaute: *Chemnitz*
BONBON, halb gelutschtes:
Pelzerhaken
BOULEVARDZEITUNGEN, Leser von:
Hüttengesäß
BRECHREIZ
unentschlossener: *Noreia*
vor Kühlschränken: *Rottevalle*
BRIEFE
wichtige: *Unterschwaningen*
wieder auftauchende: *Plötzin*
BRIEFMARKEN, verschobene:
Frankfurt
BRIEFTASCHEN, Visitenkarten in:
Weer
BRIEFUMSCHLÄGE
verletzende: *Abfaltern*
vielversprechende: *Simplon*
BRILLEN
abgestützte: *Toppel*
dicke: *Chemnitz*
reparierte: *Eulo*
schmutzige: *Trögern*
BRISE, sanfte: *Glinde*
BRÖTCHEN, einsames: *Kalte Kuchl*
BROT
bewohntes: *Klein Wanzleben*
-krümel, fliegende: *Spratzern*
-rinde, abgeknabberte: *Issum*
-scheibe, blasse, schlaffe: *Sandwig*
-scheibe, dunkle: *Schwarzkollm*
-scheibe, klebrige: *Landersum*
dünn bestrichenes: *Rantum*
Knäcke-: *Porst*
BRUCH
Bein-: *Auw*
Beziehungs-: *Watislaw*
Zusammen-: *Prösen*
BRUDER, umgewandelter:
Schwastrum
BRÜSTE
gekrönte: *Gipf*

gelangweilte: *Euthal*
nicht richtig verpackte:
Busenwurth
sportliche Bewegungen von -n:
Bippen
tückisch verpackte: *Irslingen*
BUCKEL, an Theaterbesuchern:
Engstlingenalp
BÜCHER
ausgelesene: *Uffing*
gepriesene, von allen: *Hameln*
geschickt drapierte: *Buchfart*
geschickt gestapelte: *Rommerz*
herumflatternde, halbgelesene:
Romrod
Klappentexte in -n: *Rühme*
kritisierte: *Zitz, Zitzschen*
seltsame Sätze in -n: *Kehrsatz*
umsonst gelesene: *Lasel*
Unentschlossenheit betreffend:
Schiffmühle
verfilmte, ungelesene:
Heroldingen
Versuch, sie zu lesen: *Schuttern*
BÜCHERREGALE: *Hennef*
BÜGELBRETTER: *Spay*
BÜROS
beleidigte Menschen in: *Leitzkau*
Geschäftsführer, versteckt in:
Opfersei
Sündenböcke in: *Buro*
technische Tücken in: *Sarchem*
von Angestellten dekorierte:
Pinswang, Schnarup-Thumby
Zeitungsausschnitte an den
Wänden von: *Pinnow*
→ KOLLEGE, → CHEF
BÜSCHE, verprügelte: *Stolk*
BÜSCHEL, nasse, haarige: *Schupf*
BÜSTENHALTER
unpassende: *Busenwurth*
verwirrende: *Irslingen*
BUSSE
Mäntel in -n: *Gesees*

Panik in -n: *Allerhop*
BUTTER
zu viel: *Raguhn*
zu wenig: *Rantum*

C

CARTLAND, BARBARA: *Strümp*
CASANOVA, legendärer: *Niederkam*
CASSETTEN, fliegende: *Raddusch*
CHEF
unzufriedener: *Kümper*
verleugneter: *Nöda*
witzelnder: *Nuttlar*
zu bedichtender: *Sieversen*
CHEMIE
an Ufern: *Brandösch*
im Kaffee: *Eutin*
in Joghurt: *Jork*
in Tomatensuppe: *Tomatin*
Ökonomie der: *Moorausmoor*
CHÖRE, gregorianische: *Dösingen*
CHRISTI, Wiederkunft: *Isny*
COMICS
Bewegungen von Figuren in:
Quetzen
Stimmungen von Figuren in:
Melano
COMPUTER
-Experte, junger: *Mondada*
-Experte, nicht mehr ganz so
junger: *Ibm*
-Geräusche: *Kink, Klanxbüll*
COWARD, NOEL: *Fadental*

D

DAMOKLES, sibirischer: *Stoob*
DARM, gezwirbelter: *Neuwürschnitz*
DECKEL
Marmeladenglas-: *Meckel*
Mülleimer-, lauter: *Dönges*

DEPRESSION
konsumbedingte: *Neuenknick*
post-masturbative: *Solothurn*
totale: *Moosen*
wetterbedingte: *Niesgrau*
DEUTSCHE
im Ausland: *Kettig, Krautheim*
Ost-: *Gondo*
DIÄT, sabotierte: *Fedderwardersiel*
DICHTKUNST
fernöstliche: *Emmering*
nicht gewürdigte: *Versmold*
DIEBSTAHL
als Leihgabe getarnter: *Borgeln*
durch Wahlen legitimierter:
Dickfeitzen
vollkommen sinnloser: *Erlau*
DIFFERENZ
nicht vorhandene: *Quentel*
unerklärliche, auf Rechnungen:
Zusamzell
vernachlässigenswerte: *Lumpzig*
DINGE
bauchige, zum Sprühen: *Spay*
bisher namenlose: *Labenz*
kleine, deprimierende: *Exter*
kleine, komische, in Hälsen:
Hochgurgl, Tobel
kleine, komplexe: *Onex*
komische, in Singles: *Tripolis*
scheinbar überflüssige: *Rümpel*
schleimige, in Mülleimern:
Bistroff
unabsichtlich verschenkte:
Teuschnitz
ursprünglich futuristische: *Warin*
versteckte, verschwundene:
Weggis
wichtige, unerledigte: *Zettling*
wuchernde, ekelhafte: *Rottweil*
→ GEGENSTÄNDE, → OBJEKTE
DISCO
-Gäste, feige: *Körbecke*
-Gäste, täuschende: *Damelack*

181

DISKUSSION
  beendete: *Friedlin*
  nach dem Essen: *Zusamzell*
  vor dem Essen: *Wattwil*
  witzlose: *Crimmitschau*
  → STREIT
DISTELN, Schutz vor: *Sacramento*
DÖRFER
  abgelegene: *Hindersten Hütten*
  prahlende: *Warwerort*
DOSEN
  Keks-, duftende: *Dieblich*
  Konserven-, als Hindernis:
  Großburgwedel
  Konserven-, noch nicht geöffnete:
  Sensine
  Lack-, hartnäckige: *Andernach*
  Plastik-, an der Decke hängende:
  Deckenpfronn
  Plastik-, an Hundehalsbändern:
  Peine
  Spray-, klöternde: *Klixbüll*
DRECKSACK, gefühlloser:
  Niederkam
DRITTE WELT, spendende:
  Schwarze Pumpe
DUDELSÄCKE
  Distelschutz für: *Sacramento*
  verunreinigende: *Alte Spittel*
DÜSEN, Luft-, manipulierte: *Böel*
DURCHFALL, verbaler: *Gutach,*
  Prag, Oberdamüls,
  Rednitzhembach, Sulzschneid,
  Verscheid
DURCHSAGEN, unverständliche:
  Schwäbisch Hall
DURSTIG, nicht mehr: *Stulln*

E

EHEPAARE
  kuppelnde: *Gattern*

nervtötende: *Gspon*
nicht gleichberechtigte:
  Niederursel, Oberjoch
tadelnde: *Oschätzchen*
  → PARTNER
EIER
  gekochte, auslaufende: *Eischoll*
  gerührte, perfekte: *Sankt Pankraz*
EIERBECHER, umfunktionierter:
  Faulenfürst
EINBRECHER: *Hallein*
EINKAUF
  durch eigene Dummheit
  verhinderter: *Irnkofen*
  durch komische Räder
  verhinderter: *Axalp*
EINKOMMENSTEUER
  Abschaffung der: *Isny*
  versuchte Erklärung der:
  Wattenscheid
EINLADUNG
  mutig erwartete: *Wagenhoff*
  schweren Herzens
  ausgesprochene: *Beidl*
EINTOPF
  exotischer, fischiger: *Chieming*
  fleischiger, ungenießbarer:
  Metzels
  knorpliger: *Innsbruck*
EIS
  in Kindergesichtern: *Bschlabs*
  über Kindergesichtern:
  Niederjossa
ELLENBOGEN
  auf fremdem Territorium: *Gasel*
  feuchter: *Steinwedel*
  verletzter: *Brühl*
ELTERN
  hoffentlich beruhigte:
  Schwichteler
  peinlich berührte: *Cumbels,*
  Weiach
  tyrannische: *Kleinbautzen*
  → MUTTER, → VATER

EMOTIONEN
  Freude: *Gadaunern, Jülich*
  Trauer, beim Hören alter Lieder:
  Castrop-Rauxel
  Trauer, einsame: *Solothurn*
  Trauer, endgültige: *Morschen*
  Wut, unmusikalische: *Heersum*
ENDE
  einer Party: *Zschorlau*
  einer Zahnbürste: *Gmünd*
  einer Zigarette, falsches: *Filsch*
  einer Zigarette, nasses: *Brackel*
  eines Baumwollfadens: *Frenz*
  eines Telefongesprächs: *Zähringen*
  langes, schmales, baumelndes:
  Unterstaufen
ENGEL
  gefallener: *Saint Boingt*
  unzuverlässiger: *Hengelo*
ENTE mit Schrecken: *Entholz*
ENTLASSUNG: *Kümper*
ENTSCHEIDUNG
  falsche, bedrückende: *Salfsch*
  schwierige, aussichtslose:
  Abalemma
  schwierige, unwichtige: *Indemini*
EREIGNISSE, Mangel an -n: *Harrislee*
EREKTION
  halbe, lästige: *Vorder Höhi*
  halbe, nutzlose: *Krümmel*
  volle, lästige: *Prötzel*
ERFAHRUNG, bisher unbenannte:
  Labenz
ERINNERUNG
  aussetzende: *Weggis*
  Hilfsmittel zur: *Daumitsch*
  keine: *Helmern*
  nicht vorhandene, in Küchen:
  Sindelfingen
  nicht vorhandene, Verletzungen
  betreffend: *Hittfeld*
  unschöne: *Castrop-Rauxel*
ERKÄLTUNG
  anhaltende: *Grippel*

vermiedene: *Kühnicht*
ERKENNTNISSE
  bedrückende: *Wuppertal*
  beim Zuhören: *Crimmitschau*
  fehlende: *Huchem-Stammeln*
  katastrophale: *Realp*
  langsam eintretende: *Bremen*
  melancholische: *Morschen*
  musikalische: *Castrop-Rauxel,*
  Versettla
  panische: *Zingel*
  peinliche: *Hinterhub,*
  Kamschlacken
  plötzliche: *Pflummern, Waggum*
ERKLÄRUNG
  absolut vernünftige: *Logabirum*
  umsonst wiederholte: *Helmern,*
  Niegripp
ERLEICHTERUNG: *Göttingen*
ERMÄSSIGUNG: *Kanin*
EROS-CENTER: *Viganello*
ERSATZ
  phallusförmiger, bayerischer:
  Dirlos
  phallusförmiger, menschlicher:
  Döbeln
ESKIMO, fluchender: *Anantnag*
ESSEN
  angeblich gesundes: *Darbein*
  angebranntes: *Wendessen*
  aus Resten: *Merklin*
  ekliges, klumpiges: *Eitorf*
  ekliges, soßiges: *Gallun*
  ekliges, strauchiges: *Krötze*
  fliegendes: *Happerschoß*
  geräuschvolles: *Gnoien*
  in Gesichtern: *Bockup*
  nicht bestelltes: *Radbruch*
  ungenießbares, bahnfahrendes:
  Mumpf
  ungenießbares, demnächst:
  Pulgar, Sankt Pankraz
  ungenießbares, exotisches:
  Mettmann

ungenießbares, italienisches:
Puzzatsch
ungenießbares, vertrocknetes:
Schrick
ungerechte Verteilung von:
Willich
wenig, in riesigen Packungen:
Schönmünz
widerspenstiges: *Laugna*
EX-FREUND: *Alter Pocher*
EX-FREUNDIN
neuer Freund der: *Dommelstadl*
Verhältnis einer Ehefrau zur:
Gramschatz, Killiane
verheiratete: *Gstein-Gabi*
EXKREMENTE
menschliche, fliegende:
Niedersachswerfen
menschliche, nasale: *Gniebel*
menschliche, offenbar tierisch
interessante: *Kaköhl*
tierische, fliegende: *Gülzc*
tierische, schwimmende: *Köthel*
EXPERTEN
Erniedrigen von: *Niederkleen*
gefährliche, bastelnde: *Chemnitz*
junge, dämliche: *Ibm, Mondada*
selbstmordgefährdete: *Davos*
stinklangweilige: *Bregenz*

F

FADEN
ausgefranster: *Frenz*
schleimiger: *Chrutzi*
FAHRKARTEN, verschwundene:
Mörse
FAHRRÄDER, rostige: *Wolfhalden*
FAHRSTUHL
lautes Atmen im: *Hermentingen*
mißbrauchter: *Stockum*
Stille im: *Paternion*

FALTEN
im Bettlaken, störende:
Leinenfirst
in Strumpfhosen: *Schladern*
zwischen Brüsten, monströse:
Klaffer
zwischen Pobacken:
Straßgräbchen
FAMILIE
durch Spenden gerettete:
Schwarze Pumpe
fernsehende: *Unnode*
ungewöhnlich streitende:
Weiler in der Ebene
verreisende: *Hüttengesäß*
FARBE
abgekupferte: *Krün*
deprimierende, falsche: *Obgrün*
getrocknete, verletzte: *Curslack*
giftige, rote: *Eitorf*
öffentliche, vielseitige: *Hundsgrün*
seltsame, auf Farbtafeln:
Wüstenrot
unvollständige: *Echtz*
→ HAUT
FECHTEN: *Vechta*
FEHLER
folgenschwerer: *Salfsch*
höflicher, ärgerlicher: *Teuschnitz*
nächtlicher, in Discos: *Damelack*
Pflaster betreffender: *Abfrutt*
rüder, verbaler: *Bolzum, Genf*
taktischer, korrigierter: *Attenzell*
FEIERN
Familien-, lüsterne Blicke bei:
Heimicke
Freiluft-, gräßliche: *Kasparzell*
FENSTER
schmutziges: *Kehrig, Saubraz*
summendes: *Siegelsum*
FERNMELDETECHNIKER, unerklär-
liche Ehe mit einem: *Gstein-Gabi*
FERNOST
Dichtungen aus: *Emmering*

Müll aus: *Bauschlott*
Todesart aus: *Tokio*
Wecker aus: *Caputh*
FERNSEHEN
Deutsches: *Funnix, Olk, Schnega*
für die ganze Familie: *Unnode*
Jacketts im: *Satteins*
Kinder-: *Winzeln*
Nachrichtensprecher im, professionelle: *Rindern*
tödliches: *Oberammergau*
unaufmerksam: *Flögeln*
Werbe-: *Jiggel*
FEUILLETONIST
geistig behinderter: *Däniken*
klauender: *Zitz*
kritisierender: *Vorsiez*
FILME
alte: *Stübig*
amerikanische, ungewöhnliche: *Namlos*
geänderte: *Schwendi*
pornographische: *Döbeln*
ritterliche: *Vechta*
FILZSTIFTE, trockene: *Malix*
FINGER
in Pappschachteln wühlende: *Irlahüll*
klebrige: *Bagband, Bommelsen, Mummelgum*
lüsterne: *Irslingen*
schleimige: *Gnetsch*
zu kurze: *Unna*
FINGERNÄGEL, nicht entsorgte: *Hornbostel*
FIRMEN, große, unmusikalische: *Klais*
FISCHE
exotische, dumme: *Deutzen*
exotische, geköpfte: *Chieming*
exotische, in Joghurt: *Jork*
fliegende, zerkaute: *Spratzern*
FKK, standesbewußte: *Nackel*

FLAMMEN
Erinnerung an alte: *Gramschatz*
fast vergessene: *Alter Pocher,*
Killiane
leider unvergessene: *Gstein-Gabi*
FLASCHEN
Gin-: *Quentel*
Ketchup-: *Crostau*
Tipp-Ex-: *Halstroff*
Wein-: *Bruchköbel*
Whisky-: *Privelack*
FLAUSCH, in Bauchnäbeln: *Fuschl*
FLECKEN
blaue, auf Kitteln: *Kitzbühel*
blaue, irreführende: *Wilsdruff*
blaue, unerklärliche: *Hittfeld*
dunkle, auf Tapeten: *Brammer*
feuchte, auf Rücken: *Rannungen*
feuchte, in Betten: *Bockhop*
feuchte, unter Armen: *Rüdlingen*
hartnäckige, auf Scheiben: *Kehrig*
nasse, in Hosen: *Pillgram,*
Platschow
schwarze, auf Teppichen: *Schmersau*
trockene, in Betten: *Kamschlacken*
trockene, in Pfannen: *Braderup*
trockene, unter Klobrillen: *Kloschwitz*
FLIEGEN
ehemalige: *Brammer*
nervtötende: *Hassum*
zwischen Scheiben: *Siegelsum*
FLÜSSE, vielbefahrene: *Krampfer*
FLUGHAFEN
-Ansagen, unverständliche: *Schwäbisch Hall*
-Personal, aufreizendes: *Hochfilzen*
-Transportband, eigenes Gepäck auf: *Bandelin*
-Transportband, fremdes Gepäck auf: *Friesack*

FLUGZEUGE
  landende, betäubende: *Putschall*
  Verstellen von Luftdüsen in -n:
  Böel
  vorbeifliegende: *Brumby*
FLUR
  als Begegnungsstätte: *Fürth,*
  Marschalling
  -etikette, erträgliche: *Marscheid*
  -etikette, lästige: *Passade*
  -schäden: *Marschacht*
FOLIE
  Alu-, gebissene: *Hauerz*
  Alu-, geklebte: *Meckel*
  Plastik-, nasse: *Mumpf*
FORSYTH, FREDERICK: *Darup*
FOTOKOPIERER: *Sarchem*
FOTOS
  Freude über gewisse: *Götzis*
  Gesichtsausdruck auf gewissen:
  Böhming
  Wartezeit auf gewisse: *Isny*
FRAGEN
  bange, Zähne betreffende:
  Kiefersfelden
  dumpfe, in Eros-Centern:
  Viganello
  heimliche, Treue betreffende:
  Diez
  nur scheinbar interessierte:
  Sulzschneid
  provozierte: *Aham*
  rhetorische: *Gutach, Hinterzarten*
FRAUEN
  affektierte, unartige: *Klaffer*
  als Opfer männlicher Toiletten-
  bauer: *Fraulautern*
  eilige: *Frauensattling*
  gelangweilte: *Euthal*
  im Bett abblätternde: *Damelack*
  im Bett geschickte: *Bockhop*
  leicht zu unterhaltende: *Kieck*
  restlos bediente: *Niederkam,*
  Rammeldange

scheinheilige: *Hachtel, Mösern*
schönste, krümelige: *Kuchelmiß*
schönste, unvergeßliche: *Pupping*
tratschende: *Xanten*
unemanzipierte: *Niederursel*
unrasierte: *Lipperode*
zittrige: *Vomp*
FRECHHEIT, eigene, erstaunliche:
  Manno
FREIBAD
  glotzende Männer im:
  Badenweiler
  Hindernisse im: *Klein Bademeusel*
  modische Kopfbedeckung im:
  Schülp
FREIMAURER, kochende: *Innsbruck*
FREMDE siehe UNBEKANNTE
FREMDSPRACHE: *Radbruch*
FREUDE
  beginnende: *Perlach*
  Betten bewegende: *Gudaunern*
  Exkremente betreffende: *Kaköhl*
  irritierende, morgendliche: *Jülich*
FREUNDE
  angeblich uralte: *Stöbritz*
  leider miteinander verheiratete:
  Gspon
  und Helfer, bedürftige:
  Naabdemenreuth
  und Helfer, unfreundliche:
  Schnett
  unverheiratete: *Gattern*
  von wegen: *Aurich, Hallau,*
  Wankum
FRIDAY, NANCY: *Niederkam*
FRIEDELL, EGON: *Orbis*
FRISBEE, verschwundener: *Feffernitz*
FRISUR
  alberne: *Affalter, Gscheidl,*
  Köterende
  desillusionierende: *Duttweiler*
  komplizierte: *Filisur*
FRÜHJAHRSPUTZ, Funde beim:
  Gnutz, Pelzerhaken

FRUST, kompensierter: *Holnis*
FÜNFZEHN JAHRE
am gleichen Schreibtisch:
Leitzkau
jüngere Menschen: *Morschen*
FÜRZE siehe GERÄUSCHE (wenn es
sein muß)
FÜSSE
feuchte, verschrumpelte: *Rosien*
ins Leere tretende: *Füssenich,*
Leerstetten
schmerzende: *Nursch, Störnstein,*
Trittau
verwöhnte: *Fußgönnheim*
FURNIER: *Holzolling, Reiherholz*
FUSSBALLER, schlecht simulieren-
der: *Bahro*
FUSSEL
im Bauchnabel: *Fuschl*
in der Scheibenwischerhalterung:
Zella-Mehlis
FUSSGÄNGER
bescheuerte, schleichende:
Gangloff
bescheuerte, verwirrende: *Bebra*
bescheuerte, winkende: *Gehau*

G

GABEL, schmutzige: *Gablenz*
GABLE, CLARK: *Schwendi*
GÄHNEN
schlecht unterdrücktes: *Mauloff*
schnelles: *Drössig*
zum: *Humptrup, Rigolet*
GÄSTE
bucklige, im Theater:
Engstlingenalp
grinsende, bei Hochzeiten:
Weißpriach
immobile: *Heftrich*
kindische, in Badezimmern:
Piesport

lästige: *Hemme*
mobile: *Sportgastein*
nervtötend gutaussehende:
Müllrose
unvermeidliche: *Beidl,*
Groß Gastrose
→ PARTIES
GARTEN, peinlicher Rundgang im:
Radis
GARTENARBEIT
befriedigende: *Plön*
seltsames Hilfsmittel zur:
Kuhschnappel
sinnlose: *Lauerz*
GARTENHECKE: *Nickenich*
GASTGEBER
grillende: *Barbecke, Kestrich*
witzige: *Brüssel*
GEBRAUCHSANWEISUNG, angeblich
übersetzte: *Caputh*
GEDÄCHTNIS, schlechtes:
Daumitsch
GEFAHR
bebrillte: *Chemnitz*
gelbe: *Tokio*
verbuddelte: *Trittau*
GEFLÜGELZÜCHTER, vorsichtige:
Entholz
GEFÜHLE
angenehme, auf Wiesen empfun-
dene: *Brumby*
an unerwarteten Stellen:
Florenz
beim Zubeißen: *Hauerz*
mitteilungsbedürftige:
Unterminathal
sentimentale: *Morschen*
sofa-gefährdende: *Großmürbisch*
unangenehme, beim Hinsetzen:
Lausitz
unangenehme, beim Hören von
Liedern: *Castrop-Rauxel*
unangenehme, in Küchen:
Rottevalle

unangenehme, nach Knochen-
brüchen: *Bruchsal*
unangenehme, nach Wanderun-
gen: *Helsinki*
ungute: *Obgrün, Tütschengereuth*
→ EMOTIONEN
GEGENSTÄNDE
fliegende, nasale: *Knoll,*
Matschiedl
für Betrunkene unsichtbare:
Uppsala
gerettete, vor Gästen: *Bedretto*
gesammelte, im Schlaf:
Alpnachstad
klebrige: *Baak, Pelzerhaken*
lärmende: *Schlepzig*
nicht gekaufte: *Irnkofen*
scharfe, verborgene: *Cramme*
technische, enttäuschende:
Neuenknick
überflüssige, günstige: *Pillig*
überflüssige, in Ecken: *Rostock*
verbuddelte, gefährliche: *Trittau*
verlorene, Suche danach: *Dobbeln*
verlorene, wieder auftauchende:
Abwinkl
→ DINGE, → OBJEKTE
GEHEIMNIS, wortlos geteiltes:
Raschau
GEHIRN
eigensinniges: *Schwei*
einer Kaffeemaschine: *Onex*
gestörtes: *Beselich, Süsel*
vorübergehend ausgefallenes:
Gewissenruh, Süsel
GEHWEGE, verschmutzte:
Sankt Urban
GEHWEGPLATTEN, lockere:
Flatschach
GEISTESKRANKE
verabschiedete: *Wehrda*
verschiedene: *Tosterglope*
→ IDIOTEN, → TROTTEL
GEIZ: *Kanin, Schottikon*

GELD
als Gesprächsthema: *Kiesbert*
als Lebenszweck: *Zürich*
ausländisches: *Kupferberg,*
Unterschefflenz
eingenommenes: *Kassel*
für Ramsch ausgegebenes: *Holnis,*
Triptis
geschickt angelegtes: *Gondo*
nasses: *Pichl*
rettendes: *Günz*
richtig eingeschätztes: *Ossig*
stinkendes: *Altruppin*
von Lottospielern verplantes:
Buchillion
GEMEINSAMKEIT, langweilige: *Basel*
GEMISCH, luftähnliches: *Schluft*
GEMÜSE
dickes Ende von: *Mörel*
präsentiertes: *Sellerich*
zu Tode gesottenes: *Schöffelding*
GEMÜSEHÄNDLER: *Sellerich, Wesel*
GENITALIEN
netterweise gewaschene:
Wiesbaden
sich von selbst bewegende:
Juchhöh
vom Eigentümer bewegte: *Langel*
von Fremden bewegte: *Hindelang*
GEPÄCK, verschollenes: *Friesack*
→ FLUGHAFEN, → KOFFER,
→ TASCHE
GERÄTE
merkwürdige: *Kuhschnappel,*
Schöffelding
unvollständige: *Exter*
GERÄUSCHE
abdampfende: *Tschuggen*
blubbernde, nächtliche: *Hollern*
blubbernde, unangebrachte:
Wambeln
blubbernde, wässrige: *Fützen*
dumpfe, abgefederte: *Saint Boingt*
gurgelnde, milchige: *Rönsahl*

halbherzige, geschmeichelte:
Ocholt
körperliche, gütige: *Lutheran*
laute, ankündigende:
Antananarivo
laute, informative: *Hallein*
laute, klackernde: *Pasching*
laute, klappernde: *Rüttenen*
laute, krachende: *Klanxbüll*
laute, mahlende: *Pratteln*
laute, mopedähnliche: *Bröbberow*
laute, nächtliche: *Dönges*
laute, peinliche: *Fraulautern*
laute, polternde: *Ruhpolding*
laute, regelmäßige: *Schlepzig*
laute, röchelnde: *Köln*
laute, scheppernde: *Cappeln*
leise, erleichterte: *Ftan*
leise, klickende: *Langendreer*
leise, klöternde: *Klixbüll*
leise, knarrende: *Unterknöringen*
leise, metallische: *Drebber*
leise, quietschende: *Stampa*
leise, summende: *Landl*
leise, unwillkommene: *Hosenruck*
leise, verdunkelnde: *Lamboing*
nächtliche, uninteressante:
Warnitz
nächtliche, unregelmäßige: *Hörste*
platzende, salzige: *Windischleten*
schmerzhafte, quietschende:
Laax
sehr leise, metallische, fiese: *Kink*
triumphierende: *Uffing*
verlegene: *Huchem-Stammeln*
→ LAUTE
GERÜCHE
häusliche, eklige: *Baarz,*
Römershag
häusliche, schöne: *Dieblich*
mietbare, eklige: *Altranft,*
Taxöldern
morgendliche: *Schluft*
städtische, eklige: *Röhrenfurth*

GERÜCHTE: *Unterminathal*
GESANG
ausländischer, in Lokalen:
Alicante
schadenfroher: *Övelgönne*
schläfriger: *Dösingen*
GESCHÄFT
anziehendes: *Düsedau*
großes: *Großenkneten*
modisches: *Humptrup*
GESCHENK, preiswertes, tolles:
Merklin
GESCHICHTEN
amüsante, schon häufiger
gehörte: *Bleckede, Merkenich*
amüsante, zu lange: *Schwerz*
wahre, ausgedachte: *Schümm*
GESCHIRR
fast abgewaschenes: *Löf*
fast sauberes: *Eisenzicken*
GESCHLECHTSUMWANDLUNG,
Bruder nach: *Schwastrum*
GESCHMACK
-los eingerichtet: *Zyfflich*
seifiger: *Lavant*
GESICHTSAUSDRUCK
alberner: *Grimmelfingen*
alkoholisierter: *Becheln*
auf Suizidwünsche hindeutender:
Blunk
besessener: *Todtglüsingen*
beunruhigter: *Morteratsch*
eisiger: *Bschlabs*
fotogener: *Böhming*
gequälter: *Bleckede*
mißlungener: *Ohu*
schuldiger: *Haspelschiedt*
verdutzter: *Stöbritz*
vielsagender: *Schmolde*
warmer, salziger: *Feuchtwangen*
zweifelnder: *Unkel*
GESPRÄCHE
einseitige: *Blunk, Sagschneider*
endlose, telefonische: *Zähringen*

fast vermasselte: *Attenzell*
feuchte: *Spratzern*
hartnäckige, mit Maklern:
Eisenspalterei
höfliche, sinnlose: *Tauberzell*
langweilige: *Schaufling*
pausenlose: *Emden, Tschafein*
rabiate: *Brual*
unerwünschte: *Prebberede, Zingel*
verletzende: *Herzogenweiler*
weiterhin erwünschte: *Hosenruck*
zu harmonische: *Friedlin*
→ TELEFONATE
GESPRÄCHSBEITRAG, abwegiger:
Irlich
GESTANK siehe GERÜCHE
GESUNDHEIT
ständig mangelnde: *Grippel*
teuer erkaufte: *Darbein,*
Fedderwardersiel, Hippach
GETRÄNKE
alkoholische, kleine: *Bardonnex*
alkoholische, mißbrauchte:
Albig, Netzkater
alkoholische, schreckliche:
Zschorlau, Schaala
alkoholische, tanzende: *Schalchen*
alkoholische, verschüttete:
Bindlach
alkoholische, verunreinigte:
Brackel, Panschwitz
kein Bedarf mehr an -n: *Stulln*
GEWISSEN
geknebeltes: *Gewissenruh*
schlechtes: *Tujetsch*
GLAS
Beamte hinter: *Deutzen*
Flecken auf: *Kehrig*
Fliegen in Doppel-: *Siegelsum*
tanzendes: *Schalchen*
GLATZEN
schlecht kompensierte:
Köterende
schlecht verdeckte: *Gscheidl*

GLEICHGÜLTIGKEIT, geheuchelte:
Mitlödi
GLÜHBIRNEN
blendende: *Wachtendonk*
sterbende: *Lamboing*
tote, unentsorgte: *Cattenom*
GNUBBEL
in Badehosen: *Klein Bademeusel*
unter Klobrillen: *Toppel*
GOLF
-schlag, fataler: *Argenschwang*
-spieler, fataler: *Grünenwulsch*
GRABPLÜNDERER, erfolgreiche:
Mummelgum
GRAMMATIK, verhunzte: *Brual,*
Dottikon
GRAS
intelligentes: *Gräslikon*
nicht vorhandenes: *Niederwetz*
GRILL-PARTIES: *Barbecke, Kestrich*
GRIMASSEN
idiotische, auf Fluren: *Passade*
Kinder erschreckende:
Grimmelfingen
GRÜNDE
gute, zum Weinen: *Graach*
unerfindliche, Münder betreffende: *Sappl*
unerfindliche, Stöpsel betreffende: *Twann*
GRÜNTÖNE
behördliche: *Hundsgrün*
häusliche: *Obgrün*
kupferne: *Krün*
GRUPPEN
genervte, vor Kabinen: *Humptrup*
unentschlossene: *Wattwil*
widerwillige: *Kanin*
zu große: *Hemme, Stopperich*
GUMMIBÄNDER, ameisenfeindliche:
Mönchsdeggingen
GUMMIBÄRCHEN: *Viganello*
GUMMISTIEFEL
kalte: *Heldrungen*

nasse: *Lippitsch*
GURGELN
einleuchtende Erklärung für:
Logabirum
Fast-Food-: *Rönsahl*
unfreiwilliges, bauchiges:
Wambeln

H

HAARE
Achsel-, verwehte: *Glinde*
Bart-, bizarre: *Bartholomä*
Bart-, im Waschbecken: *Scherbartl*
Kopf-, falsche, staubige: *Skaup*
Kopf-, frisierte, komplizierte:
Filisur
Kopf-, frisierte, schreckliche:
Duttweiler
Kopf-, hinter Ameisen her:
Mönchsdeggingen
Kopf-, Lackschichten verlet-
zende: *Curslack*
Kopf-, lange, lächerliche: *Affalter*
Kopf-, lange, letzte: *Gscheidl,*
Wenigentaft
Kopf-, nasse, gekämmte: *Striefen*
Kopf-, verwirbelte: *Kammlach*
sonstige, durchweichte: *Schupf*
sonstige, einsame: *Lanzenhaar*
HAARESBREITE: *Genua*
HÄNDE
aneinander geriebene: *Moskau*
klamme, warme: *Pellworm*
nasse: *Dibbersen*
psychologisch wertvolle Bewe-
gungen der: *Sensine*
schleimige: *Gnetsch*
verschrumpelte: *Rosien*
HÄUSER
fremde, dunkle: *Kluftern*
fremde, geräuschvolle: *Hörste*
im Abriß befindliche: *Mörtschach*

neu bezogene: *Overath*
schmutzige: *Witterschlick*
unbewohnbare, hohe: *Oederquart*
Wochenend-: *Altranft, Kasparzell*
HAKEN
Bilder-, eingeschlagene:
Schnappenhammer
marmeladige: *Kletzin*
HALTUNG
neugierige: *Hennef*
vorbereitende: *Keula*
HAMSTER, verwöhnter, frustrier-
ter: *Hamswehrum*
HANDARBEIT, teure, fehlerhafte:
Echtz
HANDBEWEGUNGEN
schlenkernde: *Dibbersen*
überflüssige: *Gangloff, Gehau*
HANDTÜCHER, feuchte: *Wellmich*
HASS
auf frühere Freundin:
Dommelstadl, Killiane
auf jüngere Menschen: *Baltrum,*
Morschen
HAUFEN
kleine, tierische: *Sankt Urban*
riesige, menschliche:
Großenkneten
HAUT
abgeblätterte: *Pähl*
abgerissene: *Ziepel*
entblößte: *Strümp*
gedrehte: *Neuwürschnitz*
verbrannte: *Gokels*
verschrumpelte: *Rosien*
HEMDEN
nasse, am Kragen: *Bindlach*
nasse, unter den Armen:
Rüdlingen
völlig durchnäßte: *Rannungen*
HEMINGWAY: *Limassol*
HERD
demnächst kaputter: *Kink*
Drehknopf an einem: *Herpf*

HERZEN
  billig ersetzte: *Schwarze Pumpe*
  kasperlnde: *Tokio*
  kleine, gemalte: *Nieby*
  ungehörte: *Rübenach*
HIEROGLYPHEN
  auf Schecks: *Kriftel*
  unter Behördenschreiben:
  Critzum
HIGH-TECH
  auf Müllkippen: *Bauschlott*
  unverständliche, gepriesene:
  Hotteln
HILFE
  benötigte: *Zweifall*
  grunzende: *Spornitz*
  nervtötende: *Anwalting*
  verkehrte: *Genf*
  verspätete: *Hintergern*
HILFSMITTEL
  für die Gartenarbeit:
  Kuhschnappel
  für die Strafarbeit: *Villnachern*
HINTERN
  alles umreißende: *Pogum*
  Kühle Winde um: *Wehdem*
  Reaktion auf Erwähnung eines:
  Kieck
  Spalt in einem: *Straßgräbchen*
  Tropfen, darauf zurollend:
  Schmalwasser
  unverhüllter: *Frauensattling*
  warmer, fremder: *Lausitz*
HINWEISE, nutzlose: *Helmern*
HIRNTOTER
  Dinge mißverstehender: *Glienick*
  Wahrheiten bestreitender:
  Außerfragant
HOCHZEIT
  vermasselte: *Weißpriach*
  verschobene: *Schlieben*
HOFFNUNG
  amüsant zu sein, unbegründete:
  Glienick

daß es niemand merkt: *Dürnast,
  Mutlangen*
  eine bessere Einladung zu
  bekommen: *Wagenhoff*
  einen Idioten zu finden: *Lumpzig*
HOLZORNAMENT, gräßliches:
  Negast
HOMOSEXUELLE, penetrante: *Turtig*
HOROSKOP: *Ostro*
HOSEN
  als Biotope: *Tanger*
  brutale: *Morteratsch*
  fleckige: *Pillgram, Platschow*
  nasse, bei Tisch: *Trier*
  nasse, komplett: *Berggießhübel*
  nasse, zu lange: *Fluterschen*
  offenbar falsche: *Stausacker*
  peinlich ausgebeulte: *Vorder Höhi*
  sperrige: *Entholz*
HOTELS
  langweilige Dinge in: *Lamscheid*
  originell beheizte: *Hollern*
  von Deutschen besetzte:
  Krautheim
  von Maklern besetzte: *Külte*
HÜTE
  alberne: *Templin*
  vergessene: *Hinterhub*
HUMOR, schwarzer, fehlender:
  Hengelo
HUNDE
  dicke, fiese, häßliche: *Mamming*
  mit schwacher Blase: *Trier*
  neugierig schnüffelnde: *Wauwil*
  scheinbar tote: *Strübbel*
  wirklich tote, geliebte: *Someo*
HUNDEBESITZER
  debile: *Köthel*
  dicke, fiese, häßliche: *Mamming*
  lächerliche: *Peine*
HUSTEN
  kehliger, lästiger: *Kellinghusen*
  keuchender, rasselnder: *Husum,
  Logabirum*

nutzloser: *Hochgurgl*
HUSTENBONBONTÜTEN, leere:
Klement

I

IDEEN
    bessere: *Meinern*
    für andere unverständliche:
    Niegripp
    verwerfliche: *Ungedanken*
IDIOTEN
    autofahrende: *Columbus*
    belesene: *Bregenz, Lasel*
    betrunkene: *Albig*
    dekorierende: *Schnarup-Thumby*
    dozierende: *Oberjoch, Prag*
    erwünschte: *Lumpzig*
    gefährliche: *Sichtigvor*
    geldgeile: *Zürich*
    glotzende: *Bullau*
    grillende: *Barbecke*
    grunzende: *Brual, Uors*
    kleine, Pfeife rauchende:
    Wichterich
    langhaarige, alte: *Affalter*
    rationale: *Rübenach*
    uncharmante: *Irsch*
    unmusikalische: *Altwiedermus*
    → TROTTEL, → KNALLKÖPFE,
    → NERVENSÄGEN
ILLUSION
    von Erleichterung: *Högel*
    von Freiheit: *Schlieben*
ILLUSTRIERTE
    professionell gelesene: *Liesing*
    schicksalsträchtige: *Schümm*
    unlesbare: *Struppen*
    zu viele: *Schiffmühle*
IMBISSE, Sandwiches verkaufende:
    Rantum
IMITATIONEN
    an Flaschenhälsen: *Privelack*

von Rasensprengern: *Hullern,*
    Sappl
INDIANER, von Schwätzern ver-
    schonte: *Compatsch*
INFORMATIKER, ödipale: *Ibm*
INFORMATIONEN, noch unverbrei-
    tete: *Rednitzhembach*
INSTRUMENT, musikalisches, altes:
    Dötra
INTERESSE
    an einer Zeitung: *Lugano*
    kein besonderes: *Düsedau,*
    Schaufling
    peinliches, kindliches: *Weiach*
    provoziertes: *Aham*
    unbegründetes: *Bullau*
    vorübergehendes: *Auwel*
INTERVALLE
    Brechreiz-: *Rottevalle*
    Dreivierteljahres-: *Hallau*
INTIMBEREICH
    fremde Hände im: *Hindelang*
    fremde Hunde im: *Wauwil*
IRRENANSTALTEN: *Knallhof*
IRRTUM siehe FEHLER

J

JACKETT
    fehlendes: *Vorder Höhi*
    kariertes: *Schierling*
    rettendes: *Günz*
    rotes, häßliches: *Satteins*
    saugfähiges: *Steinwedel*
    verschmutztes: *Rockolding*
JAHRESZAHL, falsche: *Neuscharrel*
JOGGEN, fatales: *Hippach*
JOGHURT, ungenießbarer: *Jork*
JUCKEN, sprunghaftes: *Florenz*
JUGEND
    gehäufte, gehaßte: *Morschen*
    Sklavendienste während der:
    Rühme

JUGENDLICHE
  bastelnde, debile: *Mondada*
  clevere, faule: *Abbehauserwisch*
  lüsterne: *Heimicke*
JUGENDLIEBE, unerwiderte:
  Gstein-Gabi
JULKLAPP: *Sieversen*
JUNGFRAU, von wegen: *Weißpriach*

K

KABEL
  verborgene: *Deckenpfronn*
  verschwindende: *Raffelding*
KABINEN
  beliebte: *Humptrup*
  besetzte: *Bardenfleth*
  unglaublich verschmutzte:
  Trögern
  verschwitzte: *Salzderhelden*
KÄLTE
  eines Swimmingpools: *Kühnicht*
  Ohren rötende, angenehme:
  Heldrungen
KÄSE
  blasiger: *Kasel*
  -reibe, schmutzige: *Suhl*
  unhandlicher: *Briescht*
KAFFEE
  chemisch verunreinigter: *Eutin*
  gesparter: *Gymnich*
  nicht genug: *Niemerlang*
  verdichteter: *Prüm*
  zermahlener: *Pratteln*
KAFFEEMASCHINEN
  intelligente: *Onex*
  warmhaltende: *Prüm*
KAMASUTRA: *Reit im Winkl*
KAMERAS
  Probleme beim Kauf von: *Isny*,
  Hotteln
  starre Blicke in: *Rindern*
KANALSCHACHT, offener: *Komodo*

KARNEVAL: *Kölliken*
KAROTTEN: *Mörel*
KARRIERE
  erlogene: *Schwichteler*
  von Kritikern behinderte:
  Versmold
  von Vorfahren behinderte:
  Reckahn
  vorprogrammierte: *Absam*
KARTEN
  Abschieds-: *Kollegg*
  schlechte: *Realp*
  Straßen-: *Kalami*
  Werbe-, in Zeitschriften: *Struppen*
KARTOFFELN
  knappe: *Karnap*
  perfekte: *Pulgar*
  verbeulte: *Druffel*
KATASTROPHEN
  ausbleibende: *Göttingen*
  eintretende: *Realp*
  finanzielle: *Sichtigvor*
  leicht genommene: *Tschamut*
  sich ankündigende: *Panitzsch*
KATER
  satter: *Rüppurr*
  übler: *Fläsch*
KATZE: *Rüppurr*
KAUFHAUS
  -Abteilungen, fotografische: *Isny*
  -Kabinen, beliebte: *Humptrup*
KAUGUMMI
  ausgelutschter, in Autos: *Baak*
  frischer, beim Küssen: *Gumpen*
KEKSE
  geschickt verpackte: *Schönmünz*
  nasse: *Kaaks*
  verschwundene, duftende:
  Dieblich
  Weihnachts-: *Stuckenborstel*
KELLER, nicht ausgeräumter:
  Overath
KELLNER
  freiwillige, weibliche: *Oberursel*

miese, ausländische: *Triptis*
offenbar blinde: *Schwenderöd*
KERZEN, deformierte: *Wachseldorn*
KETCHUP, antiker: *Crostau*
KICHERN, schrilles, bei Tisch:
Foppa
KIES
feuchter, glänzender: *Auwel*
in Schuhen: *Störnstein*
nervtötender: *Lauerz*
unter Füßen: *Nursch*
KINDER
kleine, faule, clevere:
Abbehauserwisch
kleine, fragende: *Nörvenich,*
Weiach
kleine, freche: *Aufseß*
kleine, hüpfende: *Gymnich*
kleine, klebrige: *Bschlabs, Kletzin*
kleine, kurzsichtige: *Eulo*
kleine, langbeinige: *Niederwetz*
kleine, malende: *Hunswinkel,*
Viehle
kleine, sammelnde: *Auwel*
kleine, schreiende: *Holzbalge*
kleine, störende: *Achern*
kleine, stolpernde: *Ruhpolding*
kleine, untalentierte: *Klein*
Pampau
kleine, unterdrückte:
Kleinbautzen
kleine, veralberte: *Winzeln*
pinkelnde, aus Porzellan: *Brüssel*
sich selbst taufende: *Cumbels*
KINDERSTUBE, gute: *Ungedanken*
KINO
Hindernisse im: *Lehnin, Linz*
-sessel, besetzte: *Gasel*
nur drei Minuten von diesem
entfernt: *Tümlauer Koog*
Unterhaltung vor einem: *Wattwil*
KIRCHEN, schlechte Sänger in:
Groß Luja
KITTEL, verschmierte: *Kitzbühel*

KLAVIER
bewegtes: *Molln*
metaphorisches: *Schwerfen*
mißbrauchtes: *Altwiedermus*
KLEBEBAND
an Brillen: *Eulo*
hilfreiches: *Villnachern*
störrisches: *Bagband*
KLEBKRAM
feuchter: *Plastau*
gesunder: *Klement*
grüner: *Krötze, Filzmoos*
halb gelutschter: *Pelzerhaken*
hartnäckiger: *Bommelsen*
marmeladiger: *Landersum*
ungesunder: *Mummelgum*
wachsiger: *Wachseldorn*
KLEIDUNGSSTÜCKE
alberne, ethnologisch falsche:
Backemoor, Külte
erotische, deutsche: *Dessow*
erstmals entfernte: *Erkenschwick*
fellbesetzte: *Fuchs am Buckel*
geschenkte, weite: *Faschina*
kratzende: *Oldeholtwolde*
modische: *Schwerin*
nicht wasserdichte: *Damp 2000*
niemanden täuschende:
Seppensen
rote, geschmacklose: *Satteins*
verdrehte: *Wiesloch*
wollene, knielange: *Heddert*
zu enge: *Busenwurth*
zu weite: *Schladern*
KLUMPEN
aus Mörtel, gefährliche: *Moers*
aus Pappe, nützliche: *Unterschüpf*
blecherne, an Bäumen: *Kartitsch*
eitrige, ungenießbare: *Eitorf*
ekelhafte, in Gesichtern: *Bockup*
erkennbare, in Hosen: *Vorder*
Höhi
eßbare, kleine, gefährliche:
Briescht

eßbare, kochende, immobile:
Laugna
klebrige, formlose: *Klein Pampau*
klebrige, in Tüten: *Klement*
knorplige, kleine: *Innsbruck,*
Kleingurmels
langweilige, in Koffern: *Auwel*
nutzlose, herausragende: *Raguhn*
stinkende, auf Straßen: *Gülze*
unwillkommene, nächtliche:
Prötzel
unwillkommene, stinkende:
Niedersachswerfen
vorörtliche, stinkende:
Sankt Urban
winzige, in Badehosen:
Klein Bademeusel
KNÄCKEBROT, Struktur von: *Porst*
KNALLKÖPFE
aufgeregte: *Simplon*
konferierende: *Hilfikon*
schnippelnde: *Pinswang*
urinierende: *Piesport*
verreiste: *Adriach*
→ IDIOTEN
KNEIPEN
leider geschlossene: *Helsinki*
üble, dreckige: *Crostau*
Volltrottel in: *Schierling, Wankum*
Zeit schinden in: *Bardonnex*
Zeitvertreib in: *Lally*
KNICKE, in Bettlaken: *Leinenfirst*
KNIE
Kontaktlinsen findende:
Unterknöringen
verletzte, durch Sex: *Brühl*
verletzte, durch Rock'n'Roll:
Pattern
KNÖCHEL
beim Hinsetzen enthüllte: *Strümp*
durch Socken abgeschnürte:
Würgassen
KNOTEN
in Taschentüchern: *Templin*

unentwirrbare: *Kantow*
KÖCHE, von Deppen gerufene:
Schinkel
KÖNIGE, Rechte schwuler: *Borex*
KÖRPERTEILE, ersetzte:
Schwarze Pumpe
KOFFER
jederzeit gepackte: *Pakein*
schwere, einhändig getragene:
Schleiden
schwere, mit Steinen gefüllte:
Auwel
tückische, freigiebige: *Bandelin*
KOLLEGE
beklopptester: *Buro*
betrunkener, grabbelnder:
Champatsch
dekorierender: *Schnarup-Thumby*
dichtender: *Sieversen*
ehrlicher, blöder: *Büron*
schleimender: *Nuttlar*
verlogener: *Kollegg*
KOMIKER
schlechte, angemalte: *Schnega*
schlechte, gestikulierende: *Keula*
schlechte, schlendernde: *Komodo*
KOMPLIMENTE
abgewehrte: *Ocholt*
garantiert unwahre: *Hentern*
vielleicht unwahre: *Salbke, Viöl*
KONDOME
baumwollene: *Rüsselsheim*
interessante: *Weiach*
KONFERENZ, mildtätige: *Hilfikon*
KONTAKTLINSE, gefundene:
Unterknöringen
KOPFKISSEN
feuchtes: *Trieplatz*
sauberes: *Rühle*
KORKEN, poröse, lästige: *Bruchköbel*
KORKTAFEL, verunreinigte: *Pinnegg*
KORREKTUR, in einem Gespräch:
Attenzell
KOSEWORT, rügendes: *Oschätzchen*

KRACH, nächtlicher, absichtlicher:
Hallein
KRÄMPFE, heftige: *Hasenriegl*
KRANKHEITEN
auf hoher See: *Noreia*
Haut-, präsentierte: *Gokels*
karnevaleske: *Kölliken*
künstlicher Pflanzen: *Silixen*
leichte, ernährungsbedingte:
Darbein
normaler Pflanzen, vermeidbare:
Puttgarden
Politiker befallende: *Kalkar*
von Medizinern unbeachtete:
Malente, Steinbild
KRATER, gebackene: *Porst*
KRAWATTEN
unmodisch gebundene:
Unterstaufen
völlig schief gebundene:
Lampenricht
KRISE, entschärfte: *Falera*
KRITIK
ausbleibende: *Schonach*
geschickt verhinderte: *Hentern*
jedenfalls verkehrte: *Versmold*
literarische, parasitäre: *Zitzschen*
ungerechtfertigte, primitive:
Dommelstadl
zuerst nicht erkennbare: *Vorsiez*
KRÜGE, überflüssige: *Potsdam*
KRUMM, geringfügig: *Gera*
KÜCHEN
-geräte: *Herpf, Schöffelding*
-hocker, bei Parties: *Sportgastein*
-regale: *Potsdam*
-wände: *Hunswinkel*
verwirrende: *Sindelfingen*
KÜHLSCHRÄNKE
als Endlagerstätten: *Überhamm,
Rottweil, Rottevalle*
Fußboden neben -n: *Furgg*
KÜNSTLER
beleidigte: *Versmold*

dichtende, nebenberufliche:
Sieversen
im Umgang mit Luftdüsen: *Böel*
obszön schmierende:
Ursulapoppenricht
→ AUTOREN
KUGELN
eklige, in Augenwinkeln:
Valladolid
zur Ruhe kommende: *Drebber*
KUGELSCHREIBER
nutzlose: *Staubing*
verbundene: *Villnachern*
KUMPEL
einsamer: *Wankum*
falscher: *Kümper*
KUNST
afrikanische: *Negast, Vorbein*
alte, fernöstliche: *Kalami*
betrachtete, in Museen:
Gründelhardt
blecherne: *Kartitsch*
in Getränke lullernde: *Brüssel*
sehr junge, wilde: *Happerschoß*
vergängliche, süße: *Insul*
von Sponsoren bezahlte: *Dollart*
KUNSTRASEN: *Sellerich*
KURDISTAN, wildes: *Schutschnur*
KUSS
mampfender: *Gumpen*
summender: *Landl*

L

LACHEN
falsches: *Hachtel, Högel, Jiggel*
fehlendes: *Wieste*
heftiges: *Horka*
schrilles, taktisches: *Foppa,
Nuttlar*
LÄCHELN
bedeutungsloses: *Lindig*
bemühtes: *Bleckede*

dämliches: *Wichterich*
eingefrorenes: *Weiach*
sturztrunkenes: *Becheln*
unverschämtes: *Schnett*
wissendes: *Roetgen*
zufriedenes, ins Leere:
Schauinsland
LÄNDER, ferne, Müll produzierende: *Bauschlott*
LAGE
fehlende, in Pralinenschachteln:
Huckelriede
unbequeme, im Bett: *Interlaken*
LANDSCHAFTEN, süße: *Insul*
LANGWEILER
ausdauernde: *Laaber*
mehrere, einander mögende:
Basel
schreckliche, angebende: *Aurich*
LAPPEN
besetzte: *Gesees*
haarige: *Gscheidl*
lederne: *Schlappin*
matschige: *Mantscha*
LASTER, reinigende: *Cottbus*
LATTENROST, billiger, unnützer:
Bannalp
LAUTE
auffordernde: *Bruchmachtersen*
beengte, in Fahrstühlen:
Hermentingen
desinteressierte: *Achern*
erleichterte: *Ftan*
gekünstelte: *Jiggel*
grunzende, begeisterte: *Uors*
grunzende, hilfreiche: *Spornitz*
halbherzige, geschmeichelte:
Ocholt
mitfühlende: *Pfyn*
nasale, arrogante: *Rüspel*
summende, aggressive: *Heersum*
summende, melodiöse:
Bardenfleth
verzweifelte, leise: *Wimmis*

→ GERÄUSCHE
LAUTSPRECHER, auf Autodächern:
Tetenbüllspieker
LEBEN
nicht sehr beeindruckendes:
Schwichteler
nicht sehr bewegtes: *Harrislee*
Wichtige Dinge im: *Radis*
LEDER, flatterndes: *Schlappin*
LEERE
Gefühl plötzlicher: *Waggum*
zufriedener Blick ins:
Schauinsland
LEGO
verhütendes: *Mondada*
verschwundenes:
Hinterglemm
LEHNEN, Sessel-, besetzte: *Gasel*
LEHRER
alte, unmodische: *Rockolding*
verzweifelte: *Aufseß, Cumbels*
LEINE, aufrollbare: *Peine*
LEKTÜRE
beendete: *Uffing*
gestörte: *Schuttern, Struppen*
LETHARGIE
nachmittägliche: *Stübig*
totale: *Moosen*
LETZTER SCHREI
der Modekultur: *Schwerin*
der Wohnkultur: *Reiherholz*
verhallter, modischer:
Unterstaufen
LEUTE
diverse, mitgeschleppte: *Kanin*
feine, arrogante: *Hohenmocker*
LIEBE
hündische: *Someo*
schweigsame: *Schweich*
unschlüssige: *Watislaw*
vergangene, nicht verwundene:
Gstein-Gabi
vergangene, verwundene: *Alter
Pocher, Killiane, Gramschatz*

LIED
  bisher mißverstandenes: *Versettla*
  rüdes, altes: *Övelgönne*
  trauriges: *Castrop-Rauxel*
LIEGESTUHL: *Laax*
LIFT siehe FAHRSTUHL
LINEAL, lautes: *Stommeln*
LIPPE
  betäubte: *Fadental*
  vorgestülpte: *Unkel*
LIPPENSTIFT, verwischter: *Vomp*
LÖCHER
  in Knäckebrot: *Porst*
  in Schreibmaschinenseiten:
  Stanzach
  in Zahnbürsten: *Gmünd*
  unhygienische, in Broten:
  Klein Wanzleben
  unhygienische, in Gebissen:
  Holewang
  unverstopfte, in Badewannen:
  Twann
  verstopfte, in Badewannen:
  Schupf
LOTTO: *Genua*
LÜCKEN, endlich gefüllte: *Hagnau*
LÜGEN
  beruhigende: *Schwichteler*
  durchschaute: *Roetgen*
  überflüssige: *Lauterecken*
LUFT
  abgestandene: *Schluft*
  Atem-, abgelassene: *Ftan*
  Atem-, kondensierende: *Kruft*
  scharf eingesogene: *Pfyn*
  stinkende: *Röhrenfurth*
LUFTHANSA: *Friesack*

M

MÄDCHEN
  aufmerksame: *Oberursel*
  frisierte: *Duttweiler*

früher häßliche: *Pupping*
Schreibgewohnheiten kleiner:
Nieby
MÄNNER
  alte, chancenlose: *Badenweiler*
  alte, wohlhabende: *Greich*
  besorgniserregende, dirigierende:
  Geigant
  dicke, joggende: *Hippach*
  dozierende: *Oberjoch*
  egoistische: *Wohlerst*
  eitle, fast kahle: *Gscheidl,
  Wenigentaft*
  gefährliche: *Chemnitz*
  gefühllose: *Niederkam,
  Rammeldange*
  heldenhafte, kleine: *Leitzkau*
  penetrante: *Anwalting*
  pubertäre, auf Toiletten: *Hullern,
  Piesport*
  schmutzige: *Willisau*
  sexuell minderbemittelte:
  Viganello
  unromantische: *Hodenhagen*
  wartende, in Modeabteilungen:
  Humptrup
MÄNTEL
  eingeklemmte: *Mantscha*
  fellverzierte: *Fuchs am Buckel*
  poröse: *Damp 2000*
  teilweise besetzte: *Gesees*
MAHLZEITEN
  Streit im Anschluß an: *Zusamzell*
  Streit über die Einnahme von:
  Wattwil
  versehentlich bestellte: *Radbruch*
MAKE-UP, verwischtes: *Vomp*
MAKLER
  chancenlose: *Ibm*
  dicke, geschmacklose: *Külte*
  dreiste: *Schwand*
  gefährdete: *Mietraching,
  Ungedanken*
  genervte: *Eisenspalterei*

sehr witzige: *Schwand*
MALER, farbenblinde: *Wüstenrot*
MALEREI
  kindliche: *Hunswinkel, Viehle*
  obszöne: *Ursulapoppenricht*
  unbegreifliche: *Gründelhardt*
MAL SEHEN, Nein bedeutendes:
  Jena
MARMELADE
  als Klebstoff: *Kletzin*
  auf der falschen Brotseite:
  Landersum
  Bestandteile von Kantinen-:
  Allmus
  versiegelte: *Meckel*
  wertlose, in Bechern: *Erlau*
  zur Steigerung des Selbstwertge-
  fühls eingesetzte: *Memmingen*
MASSEINHEITEN
  Entfernungs-: *Fluterschen, Unna*
  Konversations-: *Sillium*
  Licht-: *Strobl*
  Mengen-: *Rantum*
  Zeit-: *Gründelhardt, Isny, Paternion*
MATRATZEN
  verbogene: *Bannalp*
  widerspenstige: *Spasskoje*
MAXWELL, ROBERT: *Boffzen*
MEINUNGEN
  reizende, unwidersprochene:
  Mützel
  verbreitete: *Globig*
MEKKA: *Schnega*
MENSCHEN
  angenehme, profitlose: *Ossig*
  angenehme, schmeichelnde:
  Salbke
  atmende, eingesperrte:
  Hermentingen
  aus dem Gedächtnis gestrichene:
  Morsum
  beruhigende, verläßliche: *Dover*
  drittklassige, zersägte:
  Schwarze Pumpe

fiese, geschickte: *Sontra*
gelangweilte, hektische: *Düsedau*
gelangweilte, schläfrige: *Drössig*
gierige: *Bongsiel, Willich, Zürich*
grunzende, hilfreiche: *Spornitz*
hektische, unorganisierte: *Zettling*
lallende, verwirrende: *Barmen*
langweilige, einzelne: *Hemme*
langweilige, paarweise auftreten-
de: *Basel*
nervtötende, folgsame: *Meineweh*
nervtötende, fragende: *Bohra*
nervtötende, geizige: *Schottikon*
nervtötende, harmonische:
  Friedlin
nervtötende, klimpernde:
  Altwiedermus
nervtötende, redende: *Schuttern*
optimistische: *Jerusalem,
  Tschamut*
ordentliche: *Reinach*
spielwütige: *Gamidaurspitz*
tippende, kräftige: *Stanzach*
unbekannte, irritierende: *Heitel*
unbekannte, kritische: *Höngg*
unrasierte, nervtötende: *Müllrose*
verreisende, hirntote: *Adriach,
  Hüttengesäß*
zuverlässig unzuverlässige:
  Rednitzhembach
zu viele: *Hemme, Stopperich*
MESSER, zweckentfremdetes:
  Andernach
MIETER
  verarschte: *Schwand*
  vergrätzte: *Mietraching*
MILCH
  trockene: *Eutin*
  vergossene: *Pulling*
MILLER, ARTHUR: *Schwand*
MILLIONEN, vielleicht gewonnene:
  Buchillion, Simplon
MISSBRAUCH
  Fischmesser-: *Andernach*

Gefühl nach Eigen-: *Solothurn*
Scheren-: *Schnappenhammer*
MISSTRAUEN, gründliches:
Schwerfen
MITTAGSSCHLAF
fälliger: *Fläsch, Süsel, Beselich*
von Körperteilen: *Stotel*
MITTEILUNGEN, schockierende:
Hasenriegl, Pfyn
MITTELALTER
Hosen aus dem: *Entholz*
Scherze aus dem: *Schloßvippach*
Sportgeräte aus dem: *Staffelstein*
Verbrechen aus dem:
Niedersachswerfen
MODE siehe KLEIDUNG
MODERATOREN
professionelle: *Rindern*
schlecht gekleidete: *Satteins*
schleimende: *Sülzenbrücken*
verlogene, grinsende: *Berlichingen*
verlogene, quietschende: *Winzeln*
MÖBEL
ausatmende: *Polsingen*
billige: *Holzolling, Reiherholz*
falsch angeordnete: *Mödesse*
geschmacklos kombinierte:
Zyfflich
zerrupfte: *Stripfing*
→ STÜHLE, → TISCHE, → SOFAS
MÖNCH
angeblich freiwilliger: *Solingen*
frisierter: *Mönchsdeggingen*
MORGEN
Dudelsack-Wettbewerben
folgender: *Alte Spittel*
Fröhlichkeit am: *Jülich*
Geräusche am frühen: *Hollern*
Geschwätzigkeit am frühen:
Laaber
Grauen am: *Damelack*
nach schlafloser Nacht: *Fulda*
Parties folgender: *Panschwitz*
Penis-Bewegungen am: *Juchhöh*

Verwirrung am: *Auma*
MOTOR, demnächst kaputter: *Kink,*
Köln
MOTORRÄDER
Imitation kleiner: *Bröbberow*
neue: *Schoppernau*
MOZART: *Warwerort*
MÜLL
im Eimer, lebenswichtiger:
Rümpel
unentsorgter: *Cattenom,*
Gorleben
MÜLLEIMER
gelbe, zusammengesetzte:
Mörtschach
im Weg stehende: *Antananarivo*
nachts zufallende: *Dönges*
volle: *Gorleben*
widerwärtige: *Bistroff*
MÜNDER
offene: *Bullau, Mauloff*
seltsam küssende: *Gumpen*
spuckende: *Sappl, Spratzern*
testende: *München*
MÜNZEN
ausländische, nutzlose:
Kupferberg
ausländische, unerwünschte:
Unterschefflenz
inländische, in Sesseln:
Hinterglemm
inländische, lebenswichtige:
Günz
MÜTTER
alleinerziehende, ungeschickte:
Finsterhennen
sparsame: *Höwisch*
werdende: *Beschaunen*
MÜTZEN
für Toilettpapierrollen:
Stölpchen
für Trottel: *Templin, Schülp*
MURMANSK, Dinge, versehentlich
in: *Friesack*

MUSIK
  alte, monotone: *Dösingen*
  ausländische, in Lokalen:
  Alicante
  erinnernde, deprimierende:
  Castrop-Rauxel
  erstmals richtig gehörte: *Versettla*
  klassische, lauter werdende: *Zinal*
  klassische, nervtötende: *Klais,*
  Rigolet
  laute, in Bedürfnisanstalten:
  Bardenfleth
  nervtötende: *Altwiedermus*
  schadenfrohe: *Övelgönne*
  von Zuhörern dirigierte: *Geigant*

N

NACHMITTAG
  Brötchen am: *Kalte Kuchl*
  Schuldgefühle am: *Tujetsch*
  vor dem Fernseher vergeudeter:
  Stübig
NACHRICHTEN
  professionelle: *Rindern*
  zu viele schreckliche: *Schutschnur*
NACHT
  Blindheit während der:
  Wachtendonk
  Geräusche in der: *Dönges, Hörste,*
  Hollern
  Sammlungen in der: *Alpnachstad*
  schlaflose: *Fulda*
NACHTTISCHE
  Geld auf -n: *Kupferberg*
  Informationen auf -n: *Lamscheid*
NACHWORTE, kritische: *Höngg*
NADELN
  Näh-: *Frenz*
  Sicherheits-: *Klein Bademeusel*
NAHRUNGSMITTEL, in Autos:
  Hockenheim
  → ESSEN

NAMEN
  im letzten Moment geänderte:
  Nabern
  vergessene: *Stöbritz, Wien*
  verunzierte: *Cumbels*
  verzierte: *Nieby*
NASEN
  faszinierende Dinge aus:
  Matschiedl
  laufende: *Schnifis*
  richtige, ostdeutsche: *Gondo*
  schnaufende: *Hermentingen,*
  Rüspel
  unentschlossene: *Intschi, Scheutz*
  widerliche Dinge aus: *Chrutzi,*
  Gnetsch, Gniebel, Knoll
NATUR
  freie, einsame: *Heldrungen*
  kalte, winterliche: *Frille*
NEIN, unklares: *Jena*
NERV
  eingeklemmter: *Hexenagger*
  letzter, getöteter: *Müllrose*
NERVENSÄGEN
  blöde, tierliebe, dreckige: *Köthel*
  faule: *Hintergern, Suhl*
  hartnäckige: *Verscheid*
  irre und/oder faule: *Bebra*
  junge, smarte: *Weißpriach*
  kleine: *Aufseß*
  laute, in Theatern: *Stötten*
  rückfragende: *Bohra*
  sabbelnde: *Laaber, Sagschneider*
  schwule: *Turtig*
  touristische, anhängliche:
  Adriach
  touristische, wohlhabende: *Tutow*
  vergeßliche, einkaufende:
  Stausacker
  würfelnde: *Pasching*
  → IDIOTEN, → KNALLKÖPFE,
  → TROTTEL
NETZ, schleimiges: *Gnetsch*
NEU, nicht wirklich: *Neuss*

NICKEN
  abwesendes: *Helmern*
  artiges: *Niederursel*
  grimmiges: *Nickenich*
NIEREN, stechende: *Steinbild*
NIESEN
  unglaublich heftiges: *Knoll*
  verklemmtes: *Scheutz*
NUSCHELN, absichtliches: *Wien*
NUTZLOSIGKEIT
  von Bewegungen: *Schwenderöd*
  von Körperteilen: *Stotel*
  von Kugelschreibern: *Staubing*
  von Regenmänteln: *Damp 2000*
  von Schaltern: *Kippel*
  von Telefonen: *Langendreer*
  von Toastern: *Tostedt, Tosterglope,*
  Sandwig, Schwarzkollm

O

OBJEKTE
  afrikanische: *Negast, Vorbein*
  angeblich künstlerische: *Echtz,*
  Sankt Urban
  aus der Mode gekommene: *Warin*
  bisher unbenannte: *Labenz*
  deformierte: *Druffel*
  einsame, gebackene: *Kalte Kuchl*
  gehäkelte: *Stölpchen*
  irreführende, gefährliche: *Trittau*
  irreführende, genoppte:
  Huckelriede
  klebrige, hartnäckige: *Bommelsen*
  klebrige, in Händen: *Bagband*
  klebrige, marmeladige: *Kletzin*
  klebrige, vergessene: *Rostock*
  kleine, widerliche: *Zuckenriet*
  nasse, kalte, riesige: *Stoob*
  plastische, großkotzige: *Privelack*
  schreckliche, hölzerne: *Holzolling*
  schwere, mit Zehen: *Stotel*
  seltsame, in Küchen: *Schöffelding*

ungenießbare, klamme: *Mumpf*
unidentifizierbare: *Klein Pampau*
unschuldige, behämmerte:
  Aschhorn
verblüffend langweilige:
  Lamscheid
verschwundene, wieder auftau-
chende: *Abwinkl*
zweckentfremdete: *Andernach*
OBST: *Sellerich, Wesel*
OHR
  Außen-: *Heldrungen*
  Innen-: *Hörnitz*
OMAS, scheinbar taube: *Hörnitz*
OPTIMISMUS
  bewundernswerter: *Tschamut*
  göttlicher: *Jerusalem*
  unbegründeter: *Wuppertal*
ORCHESTER, von Zuschauern
  dirigiertes: *Geigant*
ORDNUNG
  totale: *Reinach*
  vernachlässigenswerte: *Schlunzig*
ORGANE, gespendete:
  Schwarze Pumpe
ORTE, sichere: *Weggis*
ORTHOPÄDEN, traurige:
  Reit im Winkl

P

PAARE
  angeblich nicht streitende:
  Schmolde
  kuppelnde: *Gattern*
  laut streitende: *Merzig, Stauchitz*
  leise streitende: *Wehdem*
  meist streitende: *Watislaw*
  nervtötende: *Gspon*
  nicht mehr streitende: *Dapfen*
PALME
  bestiegene: *Sagschneider*
  nicht bestiegene: *Mützel*

PAMPE
Kaffee-ähnliche: *Prüm*
selbstgemachte: *Kestrich*
PANIK
auf Bahnhöfen: *Hetzlos*
erster Anflug von: *Panitzsch*
in Bussen und Bahnen:
Allerhop
in Flughäfen: *Ulm*
in Fluren: *Fürth, Zingel*
keine: *Jerusalem*
vor Toilettentüren: *Schiffmühle*
PAPPE
gefaltete: *Unterschüpf*
Schachtel aus, passende:
Hagnau
schwachsinnige Menge:
Schönmünz
zu früh weggeworfene: *Rümpel*
PARKHÄUSER, automatisierte:
Unna
PARTIES
Abenteuerlust bei: *Sportgastein*
Angst vor wilden: *Bedretto*
eigenartige, schmutzige: *Schmie,
Schmölz*
Gespräche von Frauen bei:
Xanten
Getränke am Morgen nach:
Panschwitz
Langweiler bei: *Basel*
letzte Getränke bei: *Brackel,
Zschorlau*
Streit nach: *Stauchitz*
Tänze bei: *Pogum*
Zaunpfähle bei: *Merzig*
→ GÄSTE, → FEIERN
PARTIKEL, nasale: *Matschiedl*
PARTNER
nackte: *Kosel*
tückische: *Jameln*
ungeliebte: *Someo*
unverheiratete: *Schlieben*
→ EHEPAARE

PASSANTEN
im Straßenverkehr: *Bebra,
Gangloff, Gehau*
wehrlose, beschallte:
Tetenbüllspieker
wehrlose, beworfene: *Moers*
PASSIERSCHEIN, vergessener:
Türnich
PEDALE, unsichtbare, in Autos:
Bamme
PENISSE
bequeme: *Hullern*
bewegte: *Langel*
den Tag begrüßende: *Juchhöh*
gewaschene: *Wiesbaden*
hart arbeitende: *Döbeln*
im falschen Moment angebende:
Prötzel
leicht gebogene: *Beucherling*
mißbrauchte: *Solothurn*
modisch verborgene:
Rüsselsheim
schlecht gemalte:
Ursulapoppenricht
schlecht verborgene: *Vorder Höhi*
schmutzige: *Willisau*
schwerverletzte: *Morteratsch*
unentschlossene, nutzlose:
Krümmel
Zeltstangen ersetzende: *Wollingst*
PERÜCKEN, abgelegte: *Skaup*
PFANDBRIEFE: *Kiesbert*
PFANNEN, schmutzige: *Braderup,
Suhl*
PFEIFEN
brennende, in Idiotengesichtern:
Wichterich
kalte, an Gegenstände prallende:
Aschhorn
PFERDE
-schwanz, geschmackloser:
Köterende
Porzellan-, geschmacklose:
Brüssel

PFLANZEN
  künstliche, kranke: *Silixen*
  verprügelte: *Stolk*
  zum Tode verurteilte:
  Puttgarden
  zur Marmeladeherstellung
  benötigte: *Allmus*
PFLASTER, abgerissenes: *Abfrutt*
PFÜTZEN
  angenehme: *Lippitsch*
  heimtückische: *Flatschach*
  seltsame, auf Theken: *Schalchen*
  unangenehme, auf Theken: *Pichl,
  Steinwedel*
PICKEL
  erledigte: *Uerdingen*
  gigantische: *Pocking*
PICKNICK, mißlungenes: *Reinfeld*
PIN-BOARD, Büro-: *Pinnegg*
PINKELN
  kindisches Verhalten beim:
  Hullern, Piesport
  verhindertes, durch Gesellschaft:
  Kesseling
  verhindertes, durch Höflichkeit:
  Wadern
PIZZA: *Puzzatsch*
PLAKATE, bemalte:
  Ursulapoppenricht
PLATZANWEISERINNEN: *Strobl*
PO siehe HINTERN
POLITIKER
  bärtige, lächerliche: *Bartholomä*
  berechnende, konservative:
  Braunlage
  dreiste: *Dickfeitzen*
  unbedeutende: *Hilter, Jachenau*
  vergeßliche: *Kalkar*
POLIZISTEN
  als Stau-Auflöser: *Ansprung*
  als Stau-Verursacher: *Wagenitz*
  als Straßenräuber:
  Naabdemenreuth
  als unfreundliche Helfer: *Schnett*

POLONÄSEN, freiwillige Teilnahme
  an: *Kettig*
POOL, eiskalter: *Kühnicht*
PORNOGRAPHIE, harte: *Döbeln*
PORTIER, geisteskranker: *Türnich*
PORZELLAN
  demnächst kaputtes: *Hockeln*
  rüdes: *Brüssel*
POSITIONEN
  nicht mehr praktizierte:
  Reit im Winkl
  nutzlose: *Kippel*
POST
  -beamte, nutzlose: *Vollmerz*
  -karten, schweinische: *Pinnegg*
  -schalter, praktische: *Frankfurt*
PRALINENSCHACHTELN
  irreführende: *Huckelriede*
  so gut wie leere: *Irlahüll*
PREISE
  alberne: *Lumpzig*
  gleiche: *Quentel*
  unzulässige: *Visperterminen*
  verlockende: *Pillig*
PROBLEME
  mit allem: *Beselich*
  mit dem, was man gerade tut:
  Süsel, Wuppertal
  mit Gips: *Bruchsal*
  mit Glühbirnen: *Cattenom*
  mit Sweat-Shirts: *Wiesloch*
PRODUKTE, unveränderte: *Neuss*
PROMINENTE
  angeben mit -n: *Aurich*
  angeben von -n: *Bekond*
  gern gesehene: *Wippra*
PROZESSOR, komplexer: *Onex*
PUTZFRAUEN
  sportliche: *Salzderhelden*
  ungeschickte: *Vormeppen*
PYRAMIDEN, blecherne:
  Großburgwedel

Q

QUARK
Löffelchen: *Fedderwardersiel*
verpaßtes: *Davos*
QUATSCH, roter, romantischer:
Compatsch

R

RAD
Einkäufe sabotierendes: *Axalp*
fünftes, am Wagen: *Stopperich*
RADIERGUMMI: *Stampa*
RAMSCH
als Frustrationskompensat:
Holnis
fernöstlicher: *Bauschlott, Caputh,
Emmering*
verbilligter: *Christnach, Pillig*
RASENMÄHER, frustrierte:
Gräslikon
RASENSPRENGER, imitierte: *Sappl*
RASUR: *Scherbartl*
RATTANFLOCKEN: *Stripfing*
RAUCHER
bronchial pfeifende: *Husum*
Pfeifen ausklopfende: *Aschhorn*
stinkende: *Römershag*
ungeschickte: *Urft*
verflucht logische: *Logabirum*
Zigaretten auf den Tisch klop-
fende: *Priorau*
REAKTIONEN
auf Maklerverhalten: *Mietraching*
auf Schmerzschilderungen: *Pfyn*
verspätete: *Passau*
RECHNUNGEN
Herzkasperl auslösende:
Vehlefanz
unbegreifliche: *Zusamzell*
RECHTE
königliche, frühere: *Borex*

und Linke: *Daumitsch, Finken*
REDE
abgewürgte: *Schröck*
ahnungslose: *Prag*
nächtliche, endlose: *Laaber*
nicht besonders charismatische:
Hilter
schleimtropfende: *Sülzenbrücken*
Stammtisch-: *Kradolf*
ununterbrochene: *Emden*
unverlangte: *Sulzschneid*
vorbereitete: *Prebberede*
REICHE
alte: *Greich*
bald: *Zürich*
kleine: *Bonzel*
REISSVERSCHLUSS: *Morteratsch*
REITER, verbeulte: *Pfronten*
REPARATUREN
teure: *Vehlefanz*
zu wiederholende: *Exter, Prösen*
RESTAURANTS
unbesuchte, in Kinonähe:
Tümlauer Koog, Wattwil
Verhalten in, abartiges: *Mettmann*
Verhalten in, geiziges: *Bongsiel,
Schottikon*
Verhalten in, nutzloses:
Schwenderöd
Verhalten in, peinliches: *Moskau,
Schinkel*
Verhalten in, prominentes:
Bekond
RESTE
amouröse, gefährliche:
Gramschatz
fernöstliche, auf Müllkippen:
Bauschlott
häusliche, in Kühlschränken:
Überhamm, Rottweil
häusliche, im Gesicht anderer
Menschen: *Bockup*
von Tieren: *Bludenz*
von Zahnpasta: *Tübingen*

RICHTUNG
andere: *Quetzen, Wanzer*
falsche: *Benzingerode*
ohne erkennbare: *Harrislee*
unerwartete: *Zulissen*
RINGE
um Salamischeiben: *Wörgl*
unter den Augen: *Fulda*
RIPLEY, ALEXANDRA: *Schlepzig*
RITTER
abgestürzte: *Wippra*
abstürzende: *Schloßvippach*
nasse: *Rüstorf*
verhöhnte: *Dötra, Övelgönne*
ROMANTIK
eigenartige Vorstellung von:
Hodenhagen
unangebrachte: *Someo*
RUCKSACK, schwerer: *Högel*
RÜLPSER
menschlicher: *Lutheran*
tierischer: *Rüppurr*
RUNDFUNK, als Lebensraum:
Laaber

S

SABBER
kindlicher: *Kletzin*
nächtlicher: *Trieplatz*
wachsiger: *Wachseldorn*
SACHLICH
kein bißchen: *Irlich*
unheimlich: *Weiler in der Ebene*
SÄBEL, scharfe: *Vechta*
SÄTZE, von anderen beendete:
Sagschneider
SALAMI: *Wörgl*
SAMMLUNGEN
Schallplatten-, deprimierende:
Scheibelsgrub
wahllose, nächtliche: *Alpnachstad*

wohltätige: *Allmosen,
Hohenaverbergen*
SAMT: *Filsum*
SANDWICH, weiches, feuchtes:
Mumpf
SATZZEICHEN, seltsame: *Dottikon*
SAUNA: *Nackel*
SCHACH, Zeitlupenwiederholung
beim: *Bremen*
SCHACHTELN
alte, verlogene: *Hachtel*
bärtige: *Lipperode*
passende, angenehme: *Hagnau*
unfähige, wohlmeinende: *Heddert*
SCHALLPLATTEN
gesammelte: *Scheibelsgrub*
-zubehör: *Tripolis*
SCHALTER, nutzloser: *Kippel*
SCHAUKEL: *Niederwetz*
SCHAUM, giftiger: *Brandösch*
SCHAUSPIELER
fürchterlich blickende:
Todtglüsingen
fürchterlich gehende: *Schleiden*
fürchterlich imitierende: *Ahmsen,
Schnega*
→ KOMIKER
SCHECKS, verwirrend bekritzelte:
Kriftel, Neuscharrel
SCHEIBENWISCHER: *Zella-Mehlis*
SCHEINWERFER: *Koblenz*
SCHEREN
gesuchte: *Sensine*
zweckentfremdete:
Schnappenhammer
SCHIFFE: *Krampfer*
SCHIMMER
blasser: *Strobl*
kein blasser: *Huchem-Stammeln,
Kotitz, Niegripp*
SCHIRME
benötigte, fehlende: *Damp 2000,
Zwischenwasser*
improvisierte: *Töplitsch*

kleine, in Getränken: *Limassol*
SCHIRMSTÄNDER, gefüllte: *Rüttenen*
SCHLAF
Dinge, angesammelt im:
Valladolid
Dinge, eingesammelt im:
Alpnachstad
Geräusche, gehört im: *Dönges,*
Hollern
Körperteil, davon befallener:
Stotel
Körperteil, davon nicht mehr
befallener: *Juchhöh*
tiefer, friedvoller, kurzer:
Wohlstreck
SCHLAFZIMMER
Blick in anderer Leute:
Spandowerhagen
eiskalte Gesänge im: *Heersum*
eiskalte Winde im: *Wehdem*
falsches: *Wesuwe*
Gäste-, gefährliche: *Gymnich*
Geruch im: *Schluft*
SCHLANGEN
eingebildete, harmlose: *Pfatter*
umgangene: *Asseln*
vor Schlachtereien: *Stobra*
vor Supermarktkassen:
Stausacker
SCHLEIMER
beflissene: *Erdingen*
berechnende: *Branchewinda*
gern gesehene: *Salbke, Viöl*
klassenlose: *Püttlingen*
lachende: *Nuttlar*
preußische: *Seppensen*
redselige: *Hentern*
SCHLENDERN, angeblich witziges:
Komodo
SCHLIPSE siehe KRAWATTEN
SCHLUCKEN, trockenes: *Poppenbüll*
SCHLÜSSEL
verbogene: *Gera*
verschollene: *Woserin*

SCHMATZEN: *Gnoien*
SCHMERZ siehe VERLETZUNG
SCHMUTZ
dunkler: *Schmie*
getürkter, auf Overalls: *Tunis*
hartgekochter, auf Tellern:
Eisenzicken
heller: *Schmölz*
unter der Gürtellinie: *Willisau*
SCHNEE
-gestöber, blödsinniges:
Schnepfau
-klumpen, hängender: *Stoob*
SCHNIPSEL, haarige: *Scherbartl*
SCHOKOLADE, gut verpackte:
Huckelriede, Irlahüll
SCHOTTEN, vorsichtige: *Sacramento*
SCHRÄNKE
braungebrannte, blöde: *Gokels*
Briefe in -n: *Plötzin*
Dinge in -n: *Gnutz*
Drachen in -n: *Kantow*
Küchengeräte in -n: *Schöffelding*
SCHRAUBE
linke: *Dresden*
Schiffs-: *Krampfer*
SCHREI
lauter, fröhlicher: *Niederjossa*
lauter, gefährlicher:
Bruchmachtersen
lauter, kalkulierter: *Holzbalge*
lauter, überflüssiger: *Rumohr*
letzter: *Reiherholz, Schwerin*
SCHREIBMASCHINE, behämmerte:
Stanzach
SCHREIBTISCH
aufgeräumter: *Reinach*
fünfzehn Jahre am gleichen:
Leitzkau
gefährliche Dinge im: *Schrampe*
nützliche Dinge vor dem: *Stampa*
nutzlose Dinge auf dem: *Staubing*
SCHRITTE, kleine, rhetorische:
Attenzell

SCHUBLADEN
für Briefmarken: *Frankfurt*
Funde in: *Gnutz*
gefährliche, tiefhängende:
Schrampe
SCHUHE
absatzlose: *Pömbsen*
absolut nicht preiswerte:
Lumpzig
oben löchrige: *Oberpöring*
steinige: *Störnstein*
unten löchrige: *Schlappin*
verkehrte: *Hohenmocker*
SCHUPPEN
Geräte-, als Endlagerstätte:
Rostock
Geräte-, gut ausgerüstete:
Kuhschnappel
Geräte-, nukleare: *Chemnitz*
SCHWACHKOPF, unerkannter:
Gründelhardt
SCHWARZENEGGER, ARNOLD:
Raguhn
SCHWEISS
Achsel-: *Rüdlingen*
Rücken-: *Rannungen,*
Schmalwasser
Sportler-: *Salzderhelden*
SCHWIMMBAD siehe FREIBAD
SEEKRANKHEIT, verwirrende:
Noreia
SEHNSUCHT, nostalgische:
Schwollen
SEIFE, billige: *Erlau*
SEITEN
letzte, eines Buches: *Uffing*
letzte, kopierte, eines Dokumen-
tes: *Sarchem*
positive: *Tschamut*
SEKRET, in Postbeamten: *Faulenrost*
SEKRETÄRIN, leugnende: *Nöda*
SELBST
-erkenntnis, unbeschwerte:
Netzkater

-wertgefühl, gesteigertes:
Memmingen
SELBSTMORD, bevorstehender:
Davos
SERVIETTEN, geknotete: *Moskau*
SESSEL
klauende: *Hinterglemm*
laute: *Polsingen*
SEX
angeblich erwünschter: *Mösern*
auf billigen Bodenbelägen: *Brühl*
egoistischer: *Wohlerst*
einsamer, bayerischer: *Dirlos*
einsamer, deprimierender:
Solothurn
erwünschter: *Unterstürmig,*
Wollingst
gefährlicher: *Reit im Winkl*
guter: *Brunssum*
im Nachhinein schockierender:
Damelack
könnte welchen brauchen:
Großmürbisch
lästige Unterbrechung von:
Prötzel
nicht besonders geheimer:
Gyhum
schmutziger: *Bockhop,*
Kamschlacken
unaufmerksamer: *Flögeln*
von Schallplatten verhinderter:
Scheibelsgrub
von vornherein schockierender:
Erkenschwick
zuviel schlechter: *Rammeldange*
SHAKESPEARE, WILLIAM: *Schleiden,*
Todtglüsingen
SHAMPOO, unerreichbares: *Nagold*
SIEGEL
der Verschwiegenheit:
Rednitzhembach
plastisches: *Privelack*
SINGLES
angeblich zufriedene: *Solingen*

209

nicht mehr lange: *Gattern*
tanzunfähige: *Körbecke*
SKIFAHRER: *Schnepfau*
SKULPTUR: *Sankt Urban*
SOCKEN
  Dinge in: *Dörrmoschel*
  Dinge über: *Strümp*
  Verletzungen durch: *Würgassen*
SOFA
  besonders sauberes: *Düssel*
  Dinge unter dem: *Pelzerhaken*
  gefährdetes: *Großmürbisch*
  gefräßiges: *Hinterglemm*
SOLDATEN
  alte, gefeuerte: *Wehrda*
SONNENBAD: *Glinde, Laax*
SORGEN
  eigene Übertreibungen betref-
  fende: *Dürnast*
  Kartoffelmengen betreffende:
  Karnap
SOUVENIR
  hölzernes, afrikanisches: *Negast*
  knochiges, afrikanisches: *Vorbein*
  weites, buntes: *Faschina*
SPEISEKARTEN
  moslemische: *Kriftel*
  nach Mahlzeiten ergriffene:
  Schottikon
SPERMA
  früher tiefgefrorenes: *Onans*
  karrierebewußtes: *Absam*
  unbeliebtes, feuchtes: *Bockhop*
  unbeliebtes, trockenes:
  Kamschlacken
SPIELE
  glücklich gewonnene: *Niederkleen*
  nervtötende Gesellschafts-:
  Gamidaurspitz
  osteuropäische Freiluft-: *Stobra*
  Würfel-: *Pasching*
SPITZNAMEN
  schreckliche, von Jugendlichen:
  Cumbels

SPORT
  mit Staubsaugern: *Hohenbucko*
  -gerät, antiquiertes: *Staffelstein*
  -gerät, unbrauchbares: *Amerang*
  -gerät, verschwundenes: *Feffernitz*
  tödlicher: *Argenschwang, Hippach*
  → GOLF, → SKIFAHRER
SPORTLER
  gedopte: *Oestrich*
  schlecht simulierende: *Bahro*
  schwitzende: *Salzderhelden*
  zerfallende: *Dörrmoschel*
SPUCKEN
  peinliches: *Sappl, Saubraz,*
  Spratzern
  schlaffes: *Fadental*
SPÜLWASSER: *Lavant*
STAMMTISCHRUNDE, besoffene:
  Kradolf
STANDBEIN, gewechseltes: *Wadern*
STANGEN, verlockende, in
  U-Bahnen: *Kreitz*
STAU, endloser: *Hockenheim*
STAUBSAUGER
  bestens ausgerüsteter: *Düssel*
  kabelfressender: *Raffelding*
  vorbeirauschender: *Hohenbucko*
STAUBTUCH, groteskes: *Höwisch*
STEINE
  drückende, in Schuhen: *Störnstein*
  häßliche, in Koffern: *Auwel*
  kleine, unter Füßen: *Nursch*
  schwere, sportliche: *Staffelstein*
  viele, in Gärten: *Lauerz*
STEWARDESSEN: *Lindig*
STICH: *Fiestel*
STILLE
  plötzliche, seltsame: *Schwei*
  plötzliche, unangenehme: *Sillium*
  vielsagende: *Schmolde, Schweigern*
  winterliche: *Frille*
  zwischen Liebenden: *Schweich*
STIMMUNGEN
  lethargische: *Moosen, Stübig*

pflanzenfeindliche: *Stolk*
sofa-gefährdende: *Großmürbisch*
unbeschreibliche: *Jahna, Melano*
unbrauchbare: *Süsel*
unerklärliche: *Beselich*
unfaire: *Ungedanken*
wetterbedingte: *Niesgrau*
STIRN, gerunzelte: *Gründelhardt*
STOCKWERK
erstes, als Versteck:
Hohenaverbergen
nächstes, per Lift erreichtes:
Stockum
STÖCKE
pflanzenfeindliche: *Stolk*
Spazier-, lärmende: *Rüttenen,*
Schlepzig
verkrustete: *Rostock*
STÖPSEL siehe BADEWANNEN
STOFF
gelber: *Zella-Mehlis*
im Bauchnabel: *Fuschl*
roter, geschmackloser: *Satteins*
schlabbriger: *Oldeholtwolde*
wasserdurchlässiger:
Damp 2000
STOPPEL
im Sandwich: *Reinfeld*
im Waschbecken: *Scherbartl*
STOSS, unerwünschter: *Boffzen*
STOTTERER, schlimmer: *Spornitz*
STRASSEN
beschilderte: *Schilda*
gereinigte: *Cottbus*
STREICHHÖLZER
abgebrannte: *Irlahüll*
wertlose: *Erlau*
STREIFEN, schmutzige: *Furgg*
STREIT
besonders scharf auf: *Brandis*
einem ausweichend: *Mützel,*
Weiler in der Ebene
Körperkontakt, verhinderter
nach: *Wehdem*

Körperkontakt, versöhnender
nach: *Dapfen*
nach Gesellschaftsspielen:
Gamidaurspitz
nach Partys: *Stauchitz*
nicht besonders scharf auf:
Friedlin
noch nicht handgreiflicher:
Strittmatt
wortloser: *Schmolde*
STRUMPFHOSE
zu viel enthaltende: *Frauensattling*
zu wenig enthaltende: *Schladern*
STÜHLE
abgepulte: *Stripfing*
gefährlich gekippte: *Hockeln*
plastische, pfeifende: *Polsingen*
plastische, verschwitzte: *Laax*
unangenehm warme: *Lausitz*
STUHLGANG, interessanter: *Kaköhl*
SUBSTANZEN
gelbe, eingetrocknete: *Gablenz*
gelbe, morgendliche: *Valladolid*
graue, klebrige: *Plastau*
grüne, synthetische: *Sellerich*
ockerfarbene, unappetitliche:
Uerdingen
ungesunde, an Fingern:
Mummelgum
verschiedene, unkontrollierte:
Schwallungen
SUPERMÄRKTE: *Axalp,*
Dannenbüttel, Großburgwedel,
Stausacker

T

TABAK, stinkender: *Römershag*
TÄNZE
Bierglas-: *Schalchen*
Büro-: *Gernach*
Party-: *Pogum*
Straßen-: *Wanzer*

TAGEBÜCHER, überflüssige Eintra-
gungen in: *Kotitz*
TAKTIKEN
filmische, heldenhafte: *Vechta*
geschickte, schrille: *Foppa*
rhetorische: *Hentern,*
Hinterzarten, Sontra
unterlaufene: *Niederkleen*
TAPETEN
angestarrte: *Moosen*
laienhaft angebrachte: *Wöbbel*
TASCHEN
Hand-, schmutzige: *Filzmoos*
Hosen-, durchsuchte: *Allmosen,*
Günz
Hosen-, gefräßige: *Mörse*
Polster-, gefräßige: *Hinterglemm*
Reise-, einsame, als Flughafen-
inventar: *Friesack*
TASCHENLAMPEN, schwache: *Strobl*
TASCHENTÜCHER
auf Köpfen: *Templin*
durchsuchte: *Matschiedl*
fehlende: *Schnifis*
TAUBHEIT
freiwillige: *Hörnitz*
ungeduldige: *Tauberzell*
vorübergehende, in Flugzeugen:
Putschall
TAXIS
Gerüche von: *Taxöldern*
Rücksitze von: *Unterstürmig*
TECHNIK
miserable: *Euthal*
tückische: *Exter*
→ HIGH-TECH
TEE, seifiger: *Lavant*
TEELÖFFEL, letzter: *Löf*
TEILE
kleine, bedeutungslose: *Gnutz*
kleine, fehlende: *Exter*
TELEFONATE
bei zeitweiligem Gedächtnis-
schwund: *Huchem-Stammeln*

mit Freunden, die man nicht will:
Hallau
Kochkünste sabotierende:
Wendessen
nicht enden wollende: *Zähringen*
nicht zustandekommende:
Langendreer, Morsum
ungeschickte: *Stumpertenrod*
unmusikalische: *Klais*
TELEFONNUMMERN
angeblich falsche: *Scharbeutz*
verlegte: *Morsum*
TELLER
Gourmet-, sogenannte: *Eitorf,*
Gallun, Krötze
hartgekochte: *Eisenzicken*
kaputte, in Kantinen: *Tschirn*
TEMPERATUR
Körper-, falsche: *Malente*
Wasser-, falsche: *Justingen,*
Wassermungenau
TENNISNETZE, tückische:
Niederschlochtern
TEPPICHE
Dinge auf -n: *Hornbostel,*
Pelzerhaken
hufeisenförmige, flauschige:
Pisciadello
nagelneue, verschmierte:
Schmersau
schlecht verlegte: *Auw*
THEATER, Verhalten im:
Engstlingenalp, Obernüst, Stötten
THEKEN, feuchte: *Pichl, Steinwedel*
THERMOMETER, offenbar kaputtes:
Malente
THESEN, Reaktion auf haltlose:
Kradolf
TIERE
aus gutem Hause: *Pfatter*
aus Misch-Ehen: *Kreuzebra*
aus Porzellan: *Brüssel*
erleichterte: *Köthel*
fabelhafte: *Viehle*

fette: *Promastgel*
geliebte, tote: *Someo*
kommunikationsunfähige:
Deutzen
restlos zerlegte: *Bludenz*
seltsame, wahrscheinlich bissige:
Oppum
sportliche: *Hamswehrum*
teilweise in Gerichten: *Metzels*
zerstampfte, panierte:
Schwallungen
→ FISCHE, → HUNDE, → KATER,
→ PFERDE
TIPIS, alberne Vorstellung von:
Compatsch
TIPP-EX, krustiges: *Halstroff*
TISCHE
Eß-, unbezahlbare, verhunzte:
Laugna
Eß-, ungedeckte: *Hörnitz*
Eß-, verlegen umschlichene:
Schlüchtern
Küchen-, mit Teig verzierte:
Stuckenborstel
Nacht-, mit Müll beladene:
Kupferberg, Lamscheid
wackelnde: *Unterschüpf*
→ SCHREIBTISCHE
TOAST
Butterrest an: *Raguhn*
Hawaii-, blasiger: *Kasel*
hüpfender: *Tostedt*
schlaffer: *Sandwig*
verbrannter: *Schwarzkollm*
TOD
durch Golfspieler verursachter:
Argenschwang
durch Streß verursachter: *Tokio*
TODESSTRAFE, leider abgeschaffte:
Aufseß
TOILETTEN
fleckige: *Hullern, Kloschwitz*
modische Mützen in: *Stölpchen*
modische Teppiche in: *Pisciadello*

Suche nach sauberen: *Trögern*
Unentschlossenheit, betreffend:
Schiffmühle
Verhalten in, kindisches: *Piesport*
Verhalten in, ungeschicktes:
Chüttlitz, Pillgram, Platschow
Verhalten vor, höfliches: *Wadern*
Warngesänge in öffentlichen:
Bardenfleth
Waschvorrichtungen in öffent-
lichen: *Berggießhübel*
TOILETTENBRILLEN,
abgestützte: *Toppel*
temperierte: *Lausitz*
TOMATENSUPPE: *Tomatin,*
Schottikon
TON, verfehlter: *Groß Luja*
TONFALL
arroganter: *Nöda*
gekünstelter: *Püttlingen*
ruhiger, fieser: *Sontra*
schleimiger: *Sülzenbrücken*
unsicherer: *Zweifall*
TOURISTEN
angebende, an Stränden: *Tutow*
angebende, in Restaurants:
Radbruch
anhängliche: *Adriach, Kettig*
verkleidete: *Külte*
→ URLAUB
TRÄNE, letzte: *Perlach*
TRAKTOR
Dung schleudernder: *Gülze*
gedünsteter: *Radbruch*
TREPPEN
tückische, dunkle: *Füssenich,*
Leerstetten, Strobl
tückische, gewundene: *Spasskoje*
TRINKER
grabbelnder: *Champatsch*
potentieller: *Alkofen*
TROCKEN, nicht besonders:
Wellmich
TROMMLER, stocklose: *Pattern*

TROPFEN
hartnäckige, in Nasen: *Intschi*
letzte, in Hosen: *Chüttlitz*
TROTTEL
am Straßenrand: *Gehau*
anatomische: *Viganello*
kleine, rauchende: *Wichterich*
störende: *Hemme*
trinkende, karierte: *Schierling*
unheimlich faule: *Stockum*
unheimlich gesprächige: *Schuttern*
vergeßliche: *Kümmernitz*
verläßliche: *Dover*
Witze verderbende: *Funnix,
Schwerz*
→ IDIOTEN, → KNALLKÖPFE,
→ NERVENSÄGEN
TÜREN
Dreh-, überbevölkert: *Stotzard*
Fahrstuhl-: *Paternion*
nachlässig geschlossene:
Mantscha
unter gefährlichen Dingen: *Stoob*
unverschließbare: *Bardenfleth,
Trögern*
unverschlossene: *Haspelschiedt*
unwillkommene Gäste vor
Haus-: *Adriach*
tückische: *Wilsdruff, Zulissen*
TÜTEN
Hustenbonbon-: *Klement*
Plastik-, labbrige: *Dannenbüttel*
Plastik-, länger werdende:
Tütschengereuth
Salzstangen-, geplatzte:
Windischletten

U

U-BAHNEN
Abstände zwischen: *Wildenwart*
Druckwellen von: *Röhrenfurth*
Paarungsriten in: *Rüdlingen*

Sportgeräte in: *Kreitz*
tödliche: *Tokio*
verdächtig lange wartende:
Hetzlos
Zeitungen in: *Lugano*
U-BAHNHÖFE: *Ursulapoppenricht*
ÜBERZEUGUNG, geliehene: *Globig*
UHREN
Kuckucks-: *Zabakuck*
teure, am FKK-Strand: *Nackel*
UNBEKANNTE
irritierende, kollegiale:
Kollegg
irritierende, wohlwollende:
Heitel
irritierende, zupackende:
Hindelang
UNFALL, größter anzunehmender:
Oberammergau
UNRUHE
angenehme: *Unterminathal*
extreme: *Großmürbisch*
innerstädtische: *Hetzlos*
UNSICHERHEIT
allgemeine, unerklärliche:
Beselich
eigene Bemerkungen betreffende:
Wieste
Glühbirnen betreffende:
Cattenom
in Küchen: *Sindelfingen*
Kinderzimmer betreffende:
Baunatal
Namen betreffende: *Wien*
Partner betreffende:
Castrop-Rauxel, Diez
plötzliche: *Radevormwald*
UNTERHALTUNGEN s. GESPRÄCHE
UNTERHOSEN
halbe: *Höwisch*
herumliegende: *Heblos*
modische: *Rüsselsheim*
UNTERSCHRIFTEN, angeblich ei-
gene: *Kriftel*

UNTERWÄSCHE
  gepfefferte: *Bandelin*
  schottische, spezielle: *Sacramento*
URLAUB
  Bekanntschaften im: *Adriach*
  nicht gewonnener: *Tutow*
  Souvenirs aus dem: *Auwel,*
  Negast, Vorbein, Faschina
  unvorbereiteter: *Pakein*
  zwanghafter: *Triptis*
  → TOURISTEN

V

VAMPIRE, sabbernde: *Alte Spittel*
VANILLE, nutzlose, in Pudding:
  Daleiden
VARIABLE, chemische:
  Moorausmoor
VATER
  dozierender: *Radis*
  eigenhändiger: *Onans*
  unsicherer: *Baunatal*
VENTIL, im Innenohr verborgenes:
  Hörnitz
VERANSTALTUNGEN
  gesellige, in Schrebergärten:
  Kasparzell
  gesellige, rheinländische: *Kölliken*
VERBRECHEN, mittelalterliches:
  Niedersachswerfen
VERDACHT
  der Untreue: *Diez, Scharbeutz*
  schrecklicher: *Klein Wanzleben*
VERGANGENHEIT
  angeblich bessere: *Oberdamüls*
  unbewältigte: *Namlos*
VERGESSLICHKEIT, vorüberge-
  hende: *Gewissenruh*
VERHALTEN
  abartiges, in Restaurants:
  Mettmann
  betäubter Lippen: *Fadental*

geschicktes, in Gesprächen:
  Schröck
idiotisches, auf Straßen: *Bullau*
klebriges, in Händen: *Bagband*
nicht profitorientiertes: *Ossig*
unschönes, in Schlafzimmern:
  Wesuwe
verlogenes, vor Kameras:
  Berlichingen
würdeloses, im Suff: *Barmen*
VERKÄUFER, ahnungslose: *Hotteln*
VERKEHR siehe AUTO oder SEX
  (Wie Sie meinen)
VERLETZUNGEN
  bedrückend geschilderte: *Pfyn*
  leichte, beim Abwaschen:
  Cramme
  leichte, beim Käseschneiden:
  Briescht
  leichte, beim Kopulieren: *Brühl*
  leichte, beim Rudern: *Anantnag*
  leichte, durch Briefumschläge:
  Abfaltern
  leichte, durch Pflaster: *Abfrutt*
  leichte, durch Socken: *Würgassen*
  leichte, durch Türen: *Zulissen*
  schwere, durch Reißverschlüsse:
  Morteratsch
  schwere, durch Schubladen:
  Schrampe
  schwere, durch Teppiche: *Auw*
  schwere, durch Türen: *Wilsdruff*
  tödliche: *Argenschwang*
  zweifelhafte: *Bahro*
VERLIERER, geborener: *Zwota*
VERPACKUNGEN: *Irlahüll,*
  Schönmünz
VERPFLICHTUNG, vergessene:
  Plötzin
VERRÜCKT, muß man nicht sein,
  um hier etc.: *Pinnegg*
VERSAGER
  nervtötende, in Fernsehstudios:
  Biebern

ständige: *Zweifall*
VERSCHWENDUNG: *Benzingerode*
VERSPÄTUNG: *Schonach*
VERSTOPFUNG, deckweiße:
Halstroff
VERSUCH
eine Matratze zu bewegen:
Spasskoje
einen Kugelschreiber einzu-
stecken: *Kitzbühel*
etwas Klebriges loszuwerden:
Bommelsen
für seine Kinokarte etwas zu
sehen: *Linz*
nett gemeinter, peinlicher:
Bockheber
nett gemeinter, unkundiger:
Irslingen
VERTRAG, per Handschlag:
Flossenbürg
VERWENDUNG
falsche, nützliche: *Andernach*
unklare: *Gnutz, Kuhschnappel*
VERWIRRUNG
im Straßenverkehr: *Schilda*
morgendliche: *Auma*
steuerliche: *Wattenscheid*
VERZWEIFLUNG
totale, gejammerte: *Wimmis*
totale, hektische: *Trögern*
totale, höfliche: *Wadern*
VIDEORECORDER
laut bremsende: *Klanxbüll*
neue, deprimierende: *Neuenknick*
VIETNAM, überstrapaziertes:
Namlos
VISITENKARTEN: *Weer*
VOLLBREMSUNG, quietschende:
Quetzen
VOM WINDE VERWEHT: *Schwendi*
VORDRÄNGELN
dezent: *Asseln*
per Namensänderung: *Aachen*
VORFAHREN, lästige: *Reckahn*

VORSCHLÄGE
zu viele: *Wattwil*
zu wenige: *Meineweh*
VORSPIEL
entferntes: *Wollingst*
plumpes: *Euthal*
verbales: *Unterstürmig*
versöhnendes: *Dapfen*
VORTRAG
lauter, ahnungsloser: *Prag*
über Wichtige Dinge: *Radis*
VOYEURE, gemütliche:
Spandowerhagen

W

WÄNDE
sehr dünne: *Schwand*
verdreckte Außen-: *Witterschlick*
von Kindern verzierte:
Happerschoß, Hunswinkel
von Kollegen verzierte:
Schnarup-Thumby
von Laien tapezierte: *Wöbbel*
WAGEN, fünftes Rad am: *Stopperich*
WAHLHELFER, freiwilliger:
Anwalting
WAHRHEIT
offensichtliche: *Außerfragant*
reine, akzeptable: *Lauterecken*
unglaubwürdige: *Wilsdruff*
WALD, unheimlicher, winterlicher:
Frille
WANGE, geküßte: *Landl*
WARNUNG, verspätete: *Passau*
WARZEN
peinliche: *Bockheber*
schicke: *Gipf*
WASCHBECKEN, Dinge in:
Scherbartl, Sprötze, Wiesbaden
WASCHMASCHINEN, unbeschäf-
tigte: *Heblos*

WASSER
richtig temperiertes: *Justingen,*
Wassermungenau
viel, von oben: *Zwischenwasser*
viel, von unten: *Flatschach*
WECKER
fernöstlicher, ohne Beschrei-
bung: *Caputh*
fieser: *Wohlstreck, Pflummern*
hüpfender: *Gymnich*
WEIHNACHT
-sdekorateur: *Schnarup-Thumby*
-sramsch: *Christnach*
WEINEN
guter Grund, nicht mehr zu:
Perlach
guter Grund zum: *Graach*
unvorbereitet auf: *Schnifis*
WEISHEITEN, völlig deplazierte:
Bolzum
WELLE, zu hohe: *Fluterschen*
WELLENLINIE: *Melano*
WELTSCHMERZ, hartnäckiger:
Daleiden
WERBUNG
angeblich witzige: *Jiggel*
für unveränderte Produkte:
Neuss
geworfene: *Lockwisch*
lesefeindliche: *Struppen*
mit Prominenten: *Warwerort*
WETTBEWERB, verzerrter:
Visperterminen
WIESE, ungeeignete: *Reinfeld*
WIND, sommerlicher, angenehmer:
Glinde
WINDBEUTEL: *Stadtprozelten*
WITZE
dreist geklaute: *Zitzschen*
mißlungene: *Funnix, Ohu*
mittelalterliche: *Schloßvippach*
schlechte, als Stimmungstöter:
Pflach
schlechte, alte: *Olk*

schlechte, ausgeschmückte:
Schwerz
schlechte, in öffentlichen Ver-
kehrsmitteln: *Allerhop*
schlechte, mit Ankündigung:
Keula
schlechte, über Bomben: *Darup*
WOCHENENDBEILAGEN: *Holzolling*
WÖRTER
artige: *Schwarzenstein*
Eskimo-: *Anantnag*
für Notfälle: *Nörvenich*
WOHNKULTUR: *Holzolling,*
Reiherholz
WOHNUNGEN, ordentliche: *Reinach*
WOHNUNGSBAU, sozialer:
Oederquart, Schwand
WOOLF, VIRGINIA: *Högel*
WÜRFEL: *Pasching*
WURST
bestellte, am falschen Ort:
Mettmann
knirschende: *Kleingurmels*
mehr als völlig: *Schwendi*
mit anderen verbundene:
Neuwürschnitz
nicht mal in einer Weiß-: *Bludenz*
noch nicht beschmierte: *Kestrich*
→ SALAMI

Z

ZÄHNE
geputzte: *Sprötze*
gereinigte: *Pulow*
gezogene: *Holewang*
leider sichtbare: *Bullau*
verplombte: *Hauerz*
zusammengebissene: *Bleckede*
ZAHLEN
blödsinnige: *Lumpzig*
knapp verfehlte Lotto-: *Genua*
knapp verfehlte sonstige: *Zeißig*

ZAHNÄRZTE
  rabiate: *Holewang*
  spritzende: *Fadental*
  ungeschickte: *Kiefersfelden*
ZAHNBÜRSTEN
  billige, stopplige: *Triebl*
  mit kleinen Löchern: *Gmünd*
  verschmutzte: *Fluorn-Winzeln*
ZAHNPASTA
  ausgequetschte: *Tübingen*
  ausgespuckte: *Sprötze*
ZAPPELN, nervöses: *Holzappel*
ZAUBERER, alltäglicher: *Merklin*
ZEBRA-VERWANDTER: *Kreuzebra*
ZEBRASTREIFEN
  Objekte in der Nähe von:
  Bebra
  Objekte mit: *Kreuzebra*
ZEHEN, feuchte: *Plastau*
ZEICHEN, seltsame, handschrift-
  liche: *Critzum, Kriftel*
ZEITUNGEN
  Auschnitte aus: *Pinnow*
  begehrenswerte: *Lugano*
  Horoskope in: *Ostro*
  meinungsbildende: *Globig*
  ohne lange Sätze: *Hüttengesäß*
  stabilisierende: *Unterschüpf*
  von Angestellten gelesene:
  Liesing
ZEITVERSCHWENDUNG: *Erlau*
ZEUGEN JEHOVA, Flucht vor:
  Hohenaverbergen
ZIGARETTEN
  schmerzhafte: *Ziepel*
  stinkende: *Römershag*
  unsachgemäß ausgedrückte:
  Urft
  unsachgemäß benutzte: *Priorau*
  unsachgemäß eingesackte:
  Bongsiel
  unsachgemäß entsorgte: *Brackel*
  unsachgemäß entzündete: *Filsch*
  -asche, verschmierte: *Schmersau*

ZIMMERMÄDCHEN
  unangenehm berührte:
  Kamschlacken
  unangenehm geschwätzige:
  Prebberede
ZISCHEN, mitfühlendes: *Pfyn*
ZUBEHÖR
  agrarisches: *Gülze*
  ganz schön witziges: *Brüssel*
  häusliches: *Düssel*
  irrsinnig komplexes: *Onex*
ZUCKER, skulpturierter: *Insul*
ZUCKERZANGEN, als Waffen:
  Innsbruck
ZÜGE
  abgefahrene: *Waggum*
  Gespräche in -n: *Brual*
  imitierte: *Tschuggen*
  unfeine, nicht besonders
  kulinarische: *Mumpf*
  verschwundene Fahrkarten für:
  Mörse
ZUFRIEDENHEIT, totale, erschöpfte:
  Plön
ZUGBRÜCKEN, tückische:
  Schloßvippach
ZUNGEN
  testende: *München*
  verletzte: *Abfaltern*
ZUSCHAUER
  männliche, dirigierende: *Geigant*
  spannende: *Spandowerhagen*
  verspätete, nervende: *Stötten*
  weibliche, giggelnde: *Kieck*
ZWÄNGE, krankhafte: *Holnis,*
  Rechtis, Triptis
ZWEIFEL, starke: *Unkel*
ZWERG
  herrschende Gesetze hassender:
  Borex
  reicher: *Bonzel*
ZWITTER
  siegender: *Oestrich*
  verwandter: *Schwastrum*

Zwischenworte

Lieber Niko,

das Vorwort steht. Beginne jetzt mit dem leichteren Teil. Werde zunächst übersetzen, dann schnell neue Ortsnamen suchen und abschließend das ersetzen, was partout nicht übersetzbar ist (z.B. Loberia) bzw. hinzufügen, was Douglas und John m. E. »vergessen« haben. Du kannst in ungefähr vier Wochen mit dem Manuskript rechnen und es dann von mir aus sofort drucken, binden und unter die Leute bringen lassen.

Sven Böttcher, Rosengarten, 21.12.1989

Lieber Sven,

Dein Hang zur Selbstüberschätzung ist mir bekannt.

Niko Hansen, R & B, Hamburg, 14.1.1990

Lieber Niko,

muß den Abgabetermin noch mal verschieben. Habe doch geringfügige Schwierigkeiten, gewisse Dinge zu ersetzen. Gibt es einen Straßenatlas, in dem die Ortsnamen nach Endsilben sortiert sind?

Sven Böttcher, Rosengarten, 25.3.1990

Lieber Sven,

wer sollte denn mit einem solchen Atlas etwas anfangen können?

Niko Hansen, R & B, Hamburg, 4.4.1990

Lieber Niko:

Wer wohl? Versuche momentan, bei jedem Sachverhalt die kompletten deutschen, schweizer und österreichischen Straßen-Atlanten durchzulesen. Scheint mir allerdings keine sehr effektive Arbeitsweise zu sein, immerhin handelt es sich um einen Gesamtvokabularschatz von circa 50.000 Wörtern. Besteht die Möglichkeit, meinen Autorenvertrag in der Nähe eines Reißwolfes abzulegen?

Sven Böttcher, Rosengarten, 18.6.1990

Lieber Sven,

erstens: Deinen würdelosen, peinlichen Auftritt im Verlag werden wir alle so schnell nicht vergessen. Zweitens: Frau Knap-
heide hält dich für den widerlichsten Jammerlappen der Welt,
seit sie weiß, daß Du ihr all diese Colliers, Modellkleider und
Rosenberge nur ins Sekretariat geschickt hast, um an den Vertrag zu kommen. Verträge sind nun mal da, um eingehalten zu
werden. Ich darf Dich daran erinnern, daß der Abgabetermin
schon vor einem Jahr ziemlich nahe war.
Niko Hansen, R & B, Hamburg, 14.12.1990

Lieber Niko,

mir geht es gut. Habe mein gesamtes Honorar für einen Computer und Programme ausgegeben und arbeite nun etwas effekti-
ver. Bin blank, aber weit davon entfernt, fertig zu werden. Habe
keine Freunde mehr, weil mich niemand mehr versteht, aber
wuppertal bin ich deswegen noch lange nicht. Trage bei der
Arbeit eine hübsche Schülp. Merkwürdig. Früher mochte ich
überhaupt keine Badekappen, nicht mal hübsche.
Sven Böttcher, Rosengarten, 8.10.1991

Lieber Sven,

ich muß Dir gestehen, daß ich Dein letzte Woche im Literatur-
haus gezeigtes Verhalten nicht billigen kann. Die Badekappe mag
ja noch hingehen, aber daß Du diese kleine Holzente hinter Dir
herziehst und das blöde Ding dann auch noch permanent in den
Mund nimmst, geht wirklich ein bißchen zu weit. Vergiß nicht,
daß wir ein angesehener Verlag sind und daß Du einer unserer
Autoren bist. Und sieh zu, daß Du das Manuskript endlich ablie-
ferst. Mit Register. *Niko Hansen, R & B, Hamburg, 17.2.1992*

Niggo!

Schwubbl ist kein *Ding*, sondern eine hochsensible, kleine Ente.
Und der einzige Freund, den ich noch hab. Hack nicht auf ihr
rum, sonst komm ich vorbei und hack auf Dir rum. Das Skript
liegt bei oder an oder wasweißich. Für die Bißstellen kann ich
nix, das war Schwubbl. Wir wollen übrigens heiraten.
Sven & Schwubbl Böttcher, Rosengarten, 1.3.1992

The Deeper
Meaning of Liff

Aalst (n.)
One who changes his name to be nearer the front.

Aasleagh (n.)
A liqueur made only for drinking at the end of a revoltingly long bottle party when all the drinkable drink has been drunk.

Abalemma (n.)
The agonizing situation in which there is only one possible decision but you still can't take it.

Aberbeeg (vb.)
of amateur actors, to adopt a Mexican accent when called upon to play any variety of foreigner (except Pakistanis – for whom a welsh accent is considered sufficient).

Abercrave (vb.)
To desire strongly to swing from the pole on the rear footplate of a bus.

Abert (vb.)
To change a baby's name at the last possible moment.

Aberystwyth (n.)
A nostalgic yearning which is in itself more pleasant than the thing being yearned for.

Abilene (adj.)
Descriptive of the pleasing coolness on the reverse side of the pillow.

Abinger (n.)
One who washes up everything except the frying pan, the cheese-grater and the saucepan which the chocolate sauce has been made in.

Abligo (n.)
One who prides himself on not even knowing what day of the week it is.

Aboyne (vb.)
To beat an expert at a game of skill by playing so appallingly that none of his clever tactics or strategies are of any use to him.

Abruzzo (n.)
The worn patch of ground under a swing.

Absecon (n.)
An annual conference held at the Dragonara Hotel, eeds, for people who haven't got any other conferences to go to.

Abwong (vb.)
To bounce cheerfully on a bed.

Acklins (pl.n.)
The odd twinges you get in parts of your body when you scratch other parts.

Acle (n.)
The rogue pin which shirtmakers conceal in a hidden fold of a new shirt. Its function is to stab you when you don the garment.

Addis Ababa (n.)
The torrent of incomprehensible gibberish which emanates from the loudspeakers on top of cars covered in stickers.

Adlestrop (n.)
The part of a suitcase which is designed to get snarled up on convey-or belts a airports. Some of the more modern adlestrop designs have a special 'quick relase' feature which enables the case to flip open at this point and fling your underclothes into the conveyor belt's gear-ing mechanism.

Adrigole (n.)
The centre piece of a merry-go-round on which the man with the tickets stands unnervingly still.

Affcot (n.)
The sort of fart you hope people will talk after.

Affpuddle (n.)
A puddle which is hidden under a pivoted paving stone. You only know it's there when you step on the paving stone and the puddle shoots up your leg.

Ahenny (adj.)

The way people stand when examining other people's bookshelves.

Aigburth (n.)

Any piece of readily identifiable anatomy found amongst cooked meat.

Ainderby Quernhow (n.)

One who continually bemoans the 'loss' of the word 'gay' to the English language, even though they had never used the word in any context at all until they started complaining that they couldn't use it any more.

Ainderby Steeple (n.)

One who asks you a question with the apparent motive of wanting to hear your answer, but who cuts short your opening sentence by leaning forward and saying 'and I'll tell you why I ask...' and then talking solidly for the next hour.

Ainsworth (n.)

The length of time it takes to get served in a camera shop. Hence, also, how long we will have to wait for the abolition of income tax or the Second Coming.

Aird of Sleat (n.)

(Archaic) Ancient Scottish curse placed from afar on the stretch of land now occupied by Heathrow Airport.

Aith (n.)

The single bristle that sticks out sideways on a cheap paintbrush.

Albacete (n.)

A single surprisingly long hair growing in the middle of nowhere.

Albuquerque (n.)

The shapeless squiggle which is utterly unlike your normal signature, but which is, nevertheless, all you are able to produce when asked formally to identify yourself. Muslims, whose religion forbids the making of graven images, use albuquerques to decorate their towels, menu cards and pyjamas.

Alcoy (adj.)

Wanting to be bullied into having another drink.

Aldclune (n.)
One who collects ten-year-old telephone directories.

Alltami (n.)
The ancient art of being able to balance the hot and cold shower taps.

Ambatolampy (n.)
The bizarre assortment of objects collected by a sleepwalker.

Ambleside (n.)
The talk given about the Facts of Life by a father to his son whilst walking in the garden on a Sunday afternoon.

Amersham (n.)
The sneeze which tickles but never comes. (Thought to derive from the Metropolitan Line tube station of the same name where the rails always rattle but the train never arrives.)

Amlwch (n.)
A British Rail sandwich which has been kept soft by being regularly washed and resealed in clingfilm.

Ampus (n.)
A lurid bruise which you can't remember getting.

Anantnag (vb.)
(Eskimo term) To bang your thumbs between the oars when rowing.

Anjozorobe (n.)
A loose, coloured garment someone brings you back from their travels which they honestly expect you to wear.

Araglin (n.)
(Archaic) The medieval practical joke played by young squires on a knight aspirant the afternoon he is due to start his vigil. As the knight arrives at the castle the squires suddenly attempt to raise the drawbridge as the knight and his charger step on it.

Ardcrony (n.)
A remote acquaintance passed off as 'a very good friend of mine' by someone trying to impress people.

Ardelve (vb.)
To make a big display of searching all your pockets when approached by a charity collector.

Ardentinny (n.)
One who rubs his hands eagerly together when he sits down in a restaurant.

Ardslignish (adj.)
Descriptive of the behaviour of Sellotape when you are tired.

Articlave (n.)
A clever architectural construction designed to give the illusion from the top deck of a bus that it is far too big for the road.

Ashdod (n.)
Any object against which a smoker habitually knocks out his pipe.

Aubusson (n.)
The hairstyle a girl adopts for a special occasion which suddenly gives you a sense of what she will look like in twenty years' time.

Aynho (vb.)
Of waiters, never to have a pen.

B

Babworth (n.)
Something which justifies having a really good cry.

Badachonacher (n.)
An on-off relationship which never gets resolved.

Badgebup (n.)
The splotch on a child's face where the ice-cream cone has missed.

Baldock (n.)
The sharp prong on top of a tree stump where the tree has snapped off before being completely sawn through.

Balemartine (n.)
The look which says, 'Stop talking to that woman at once.'

Ballycumber (n.)
One of the six half-read books lying somewhere in your bed.

Balzan (n.)
The noise of a dustbin lid coming off in the middle of the night.

Banff (adj.)
Pertaining to, or descriptive of, that kind of facial expression which is impossible to achieve except when having a passport photograph taken, which results in happas (q.v.).

Banteer (n.)
(Archaic) A lusty and raucous old ballad sung after a particularly spectacular araglin (q.v.) has been pulled off.

Barstibley (n.)
A humorous device such as a china horse or small naked porcelain infant which jocular hosts use to piss water into your Scotch with.

Bathel (vb.)
To pretend to have read the book under discussion when in fact you've only seen the TV series.

Baughurst (n.)
That kind of large fierce ugly woman who owns a small fierce ugly dog.

Baumber (n.)
A fitted elasticated bottom sheet which turns your mattress banana-shaped.

Bauple (n.)
An indeterminate pustule which could be either a spot or a bite.

Bealings (pl.n.)
(Archaic) The unsavoury parts of a moat which a knight has to pour out of his armour after being the victim of an araglin (q.v.). In me-

dieval Flanders, soup made from bealings was a very slightly sought-after delicacy.

Beaulieu Hill (n.)
The optimum vantage point from which to view people undressing in the bedroom across the street.

Beccles (pl.n.)
The small bone buttons placed in bacon sandwiches by unemployed dentists.

Bedfont (n.)
A lurching sensation in the pit of the stomach experienced at break-fast in a hotel, occasioned by the realization that it is about now that the chambermaid will have discovered the embarrassing stain on your bottom sheet.

Belding (n.)
The technical name for a stallion after its first ball has been cut off. Any notice which reads 'Beware of the Belding' should be taken very, very seriously.

Belper (n.)
A knob of someone else's chewing gum which you unexpectedly find your hand resting on under the passenger seat of your car or on somebody's thigh under their skirt.

Benburg (n.)
The sort of man who becomes a returning officer.

Beppu (n.)
The triumphant slamming shut of a book after reading the final page.

Bepton (n.)
One who beams benignly after burping.

Berepper (n.)
The irrevocable and sturdy fart released in the presence of royalty, which sounds like quite a small motorbike passing by (but not enough to be confused with one).

Berkhamsted (n.)
The massive three-course midmorning blow-out enjoyed by a dieter

who has already done his or her slimming duty by having a spoonful of cottage cheese for breakfast.

Berriwillock (n.)
An unknown workmate who writes 'All the best' on your leaving card.

Berry Pomeroy (n.)
1. The shape of a gourmet's lips.
2. The droplet of saliva which hangs from them.

Bickerstaffe (n.)
The person in an office that everyone whinges about in the pub. Many large corporations deliberately employ bickerstaffes in each department. For example, Mr Robert Maxwell is both Chairman and Chief Bickerstaffe of Mirror Group Newspapers.

Bilbster (n.)
A bauple (q.v.) so hideous and enormous that you have to cover it with sticking plaster and pretend you've cut yourself shaving.

Bindle (vb.)
To slip foreign coins into a customer's change.

Bishop's Caundle (n.)
An opening gambit before a game of chess whereby the missing pieces are replaced by small ornaments from the mantelpiece.

Blandford Forum (n.)
Any Radio 4 chat show.

Blean (n.)
Scientific measure of luminosity: 1 glimmer = 100000 bleans. Usheretts' torches are designed to produce between 2.5 and 4 bleans, enabling them to assist you in falling downstairs, treading on people or putting your hand into a Neapolitan tub when reaching for change.

Blithbury (n.)
A look someone gives you which indicates that they're much too drunk to have understood anything you've said to them in the last twenty minutes.

Blitterlees (pl.n.)
The little slivers of bamboo picked off a cane chair by a nervous

guest which litter the carpet beneath and tell the chair's owner that the whole piece of furniture is about to uncoil terribly and slowly until it resembles a giant pencil sharpening.

Bodmin (n.)
The irrational and inevitable discrepancy between the amount pooled and the amount needed when a large group of people try to pay a bill together after a meal.

Bogue (n.)
The expanse of skin that appears between the top of your socks and the bottom of your trousers when you sit down.
'The Duke of Ilford threw himself onto the chesterfield, brazenly displaying his bogues to the dowager Lady Ingatestone.' (*Come Soon, Strange Horseman*, by Barbara Cartland)

Boinka (n.)
The noise through the wall which tells you that the people next door enjoy a better sex life than you do.

Bolsover (n.)
One of those brown plastic trays with bumps on, placed upside down in boxes of chocolates to make you think you're getting two layers.

Bonkle (vb.)
Of plumbing in old hotels, to make loud and unexplained noises in the night, particularly at about five o'clock in the morning.

Boolteens (pl.n.)
The small scatterings of foreign coins and halfpennies which inhabit dressing tables. Since they are never used and never thrown away boolteens account for a significant drain on the world's money supply.

Boothby Graffoe (n.)
The man in the pub who slaps people on the back as if they were old friends, when in fact he has no friends, largely on account of this habit.

Boscastle (n.)
The huge pyramid of tin cans placed just inside the entrance to a supermarket.

232

Boseman (n.)
One who spends all day loafing about near pedestrian crossings looking as if he's about to cross.

Botcherby (n.)
The principle by which British roads are signposted.

Botley (n.)
The prominent stain on a man's trouser crotch seen on his return from the lavatory. A botley proper is caused by an accident with the push taps, and should not be confused with any stain caused by insufficient waggling of the willy (see piddletrenthide).

Botolphs (pl.n.)
Huge benign tumours which archdeacons and old chemistry teachers affect to wear on the sides of their noses.

Botswana (n.)
Something which is more fruitfully used for a purpose other than that for which it was designed. A fishknife used to lever open a stubborn tin of emulsion is a fine example of a botswana.

Botusfleming (n.)
(Medical) A small, long-handled steel trowel used by surgeons to remove the contents of a patient's nostrils prior to a sinus operation.

Brabant (adj.)
Very much inclined to see how far you can push someone.

Bradford (n.)
A schoolteacher's old hairy jacket, now severely discoloured by chalk dust, ink, egg and the precipitations of unedifying chemical reactions.

Bradworthy (n.)
One who is skilled in the art of naming loaves.

Breckles (n.)
A disease of artificials plants.

Brecon (n.)
The part of the toenail which is designed to snag on nylon sheets.

Brindle (vb.)

To remember suddenly where it is you're meant to be going after you've already been driving for ten minutes.

Brisbane (n.)

A perfectly reasonable explanation. (Such as one offered by a person with a gurgling cough which has nothing to do with the fact that they smoke fifty cigarettes a day.)

Brithdir (n.)

(Old Norse) The first day of the winter on which your breath condenses in the air.

Broats (pl.n.)

A pair of trousers with a career behind them. Broats are most commonly seen on elderly retired army officers. Originally the broats were part of their best suit back in the thirties; then in the fifties they were demoted and used for gardening. Recently, pensions not being what they were, the broats have been called out of retirement and reinstated as part of the best suit again.

Brompton (n.)

A brompton is that which is said to have been committed when you are convinced you are about to blow off with a resounding trumpeting noise in a public place and all that actually slips out is a tiny 'pfpt'.

Bromsgrove (n.)

Any urban environment containing a small amount of dog turd and about forty-five tons of bent steel pylon or a lump of concrete with holes claiming to be sculpture.

> Oh, come my dear, and come with me
> And wander 'neath the bromsgrove tree – Betjeman

Brough Sowerby (n.)

One who has been working at the same desk in the same office for fifteen years and has very much his own ideas about why he is continually passed over for promotion.

Brumby (n.)

The fake antique plastic seal on a pretentious whisky bottle.

Brymbo (n.)

The single unappetizing bun left in a baker's shop after four p. m.

Budby (n.)
A nipple clearly defined through flimsy or wet material.

Bude (n.)
A polite joke reserved for use in the presence of vicars.

Budle (vb.)
To fart underwater.

Buldoo (n.)
A virulent red-coloured pus which generally accompanies clonmult (q.v.) and sadberge (q.v.).

Burbage (n.)
The sound made by a liftful of people all trying to breathe through their noses.

Bures (pl.n.)
(Medical) The scabs on the knees and elbows formed by a compulsion to make love on cheap floor-matting.

Burleston (n.)
That peculiarly tuneless humming and whistling adopted by people who are extremely angry.

Burlingjobb (n.)
(Archaic) A seventeenth-century crime by which excrement is thrown into the street from a ground-floor window.

Burnt Yates (pl.n.)
Condition to which yates (q.v.) will suddenly pass without any apparent intervening period, after the spirit of the throckmorton (q.v.) has finally been summoned by incessant throcking (q.v.).

Bursledon (n.)
The bluebottle one is too tired to get up and swat, but not tired enough to sleep through.

Burslem (n.)
One who goes on talking at three o'clock in the morning after everyone else has gone to sleep. The principal habitat of burslems is Radio 2.

Burton Coggles (pl.n.)
The bunch of keys found in a drawer whose purpose has long been

forgotten, and which can therefore now be used only for dropping down people's backs as a cure for nose-bleeds.

Burwash (n.)
The pleasurable cool sloosh of puddle water over the toes of your gumboots.

C

Caarnduncan (n.)
The high-pitched and insistent cry of the young male human urging one of its peer group to do something dangerous on a cliff-edge or piece of toxic waste ground.

Cadomin (n.)
The ingredient in coffee creamer that rises to the surface as scum.

Cafu (n.)
The frustration of not being able to remember what an acronym stands for.

Cahors (pl.n.)
The rushes of emotion triggered by overheard snatches of an old song.

Cairo (n.)
The noise of a spinning hub cap coming to rest.

Calicut (adj.)
Determined not to let someone see how much their inadvertent remark has hurt you.

Camer (n.)
A mis-tossed caber.

Cannock Chase (n.)
In any box of After Eight Mints, there is always a large number of empty envelopes and no more than four or five actual mints. The

cannock chase is the process by which, no matter which part of the box you insert your fingers into, or how often, you will always extract most of the empty sachets before pinning down an actual mint, or 'cannock'.

The cannock chase also occurs with people who put dead matches back in the matchbox, and then embarrass themselves at parties trying to light cigarettes with three quarters of an inch of charcoal.

The term is also used to describe futile attempts to pursue unscrupulous advertising agencies who nick your ideas to sell chocolates with.

Canudos (n.)
The desire of married couples to see their single friends pair off.

Chaling (ptcpl.vb.)
Trying not to be driven up the wall by the opinions of someone whom circumstances will not allow you to argue with.

Cheb (n.)
An embarrassing nickname by which a fourteen-year-old boy insists that he now wishes to be known.

Chenies (pl.n.)
The last few sprigs or tassels of last year's Christmas decorations you notice on the ceiling while lying on the sofa on an August afternoon.

Chicago (n.)
The foul-smelling wind which precedes an underground train.

Chimbote (n.)
A newly fashionable ethnic stew which, however much everyone raves about it, seems to you to have rather a lot of fish-heads in it.

Chimkent (n.)
One whose life appears not to have moved on in any direction at all when you meet them again ten years later.

Chipping Ongar (n.)
The disgust and embarrassment (or 'ongar') felt by an observer in the presence of a person festooned with kirbies (q.v.), when they don't know them well enough to tell them to wipe them off. Invariably this 'ongar' is accompanied by an involuntary staccato twitching of the leg (or 'chipping').

Clabby (adj.)
A 'clabby' conversation is one struck up by a commissionaire or cleaning lady in order to avoid any further actual work. The opening gambit is usually designed to provoke the maximum confusion, and therefore the longest possible clabby conversation. It is vitally important to learn the correct use of 'clixby' (q.v.), the response to a clabby gambit, and not to get trapped by a 'ditherington' (q.v.). For instance, if confronted by a clabby gambit such as 'Oh Mr Smith, I didn't know you'd had your leg off', the ditherington response is 'I haven't…' whereas the clixby is 'Good'.

Clackavoid (n.)
The technical term for a single page of script from an Australian soap opera.

Clackmannan (n.)
The sound made by knocking over an elephant's-foot umbrella-stand full of walking-sticks.

Clathy (adj.)
Nervously indecisive about how to dispose of a dud lightbulb.

Clenchwarton (n.)
(Archaic) One who assists an exorcist by squeezing whichever part of the possessed the exorcist deems useful.

Climpy (adj.)
Allowing yourself to be persuaded to do something and pretending to be reluctant.

Clingman's Dome (n.)
The condition in which it becomes impossible to put on a tie correctly when in a hurry for an important meeting.

Clixby (adj.)
Politely rude. Briskly vague. Firmly uninformative.

Cloates Point (n.)
The precise instant at which scrambled eggs are ready.

Clonmult (n.)
A yellow ooze usually found near secretions of buldoo (q.v.) and sadberge (q.v.).

Clovis (n.)
One who actually looks forward to putting up the Christmas decorations in the office.

Clun (n.)
A leg which has gone to sleep and has to be hauled around after you.

Clunes (pl.n.)
People who just won't go.

Coilantogle (n.)
(Vulg.) Long elasticated loop of snot which connects a pulled bogey to a nose.

Condover (n.)
One who is employed to stand about all day browsing through the magazine rack in the newsagent.

Cong (n.)
Strange-shaped metal utensil found at the back of the saucepan cupboard. Many authorities believe that congs provide conclusive proof of the existence of a now extinct form of yellow vegetable which the Victorians used to boil mercilessly.

Coodardy (adj.)
Astounded at what you've just managed to get away with.

Corfe (n.)
An object which is almost totally indistinguishable from a newspaper, the one crucial difference being that it belongs to somebody else and is unaccountably more interesting than your own – which may otherwise appear to be in all respects identical.
Though it is a rule of life that a train or other public place may contain any number of corfes but only one newspaper, it is quite possible to transform your own perfectly ordinary newspaper into a corfe by the simple expedient of letting someone else read it.

Corfu (n.)
The dullest person you met during the course of your holiday. Also the only one who failed to understand that the exchanging of addresses at the end of the holiday is merely a social ritual and is absolutely not an invitation to phone you up or turn up unannounced on your doorstep three months later.

Corriearklet (n.)

The moment at which two people, approaching from opposite ends of a long passageway, recognize each other and immediately pretend they haven't. This is to avoid the ghastly embarrassment of having to continue recognizing each other the whole length of the corridor.

Corriecravie (n.)

To avert the horrors of corrievorrie (q.v.), corriecravie is usually employed. This is the cowardly but highly skilled process by which both protagonists continue to approach while keeping up the pretence that they haven't noticed each other – by staring furiously at their feet, grimacing into a notebook, or studying the walls closely as if in a mood of deep irritation.

Corriedoo (n.)

The crucial moment of false recognition in a long passageway encounter. Though both people are perfectly well aware that the other is approaching, they must eventually pretend sudden recognition. They now look up with a glassy smile, as if having spotted each other for the first time, (and are particularly delighted to have done so), shouting out 'Haaaaalllllloooooo!' as if to say 'Good grief!! You!! Here!! Of all people!! Well I never. Coo. Stap me vitals,' etcetera.

Corriemoillie (n.)

The dreadful sinking sensation in a long passageway encounter when both protagonists immediately realize they have plumped for the corriedoo (q.v.) much too early as they are still a good thirty yards apart. They were embarrassed by the pretence of corriecravie (q.v.) and decided to make use of the corriedoo because they felt silly. This was a mistake as corrievorrie (q.v.) will make them seem far sillier.

Corriemuchloch (n.)

The kind of person who can make a complete mess of a simple job like walking down a corridor.

Corrievorrie (n.)

Corridor etiquette demands that once a corriedoo (q.v.) has been declared, corrievorrie must be employed. Both protagonists must now embellish their approach with an embarrassing combination of waving, grinning, making idiot faces, doing pirate impressions, and waggling the head from side to side while holding the other person's eyes as the smile drips off their face, until, with great relief, they pass each other.

Corstorphine (n.)
A very short peremptory service held in monasteries prior to tea-time to offer thanks for the benediction of digestive biscuits.

Cotterstock (n.)
A piece of wood used to stir paint and thereafter stored uselessly in the shed in perpetuity.

Cowcaddens (pl.n.)
A set of twelve cowcaddens makes an ideal and completely baffling wedding gift.

Craboon (vb.)
To shout boisterously from a cliff.

Crail (n. mineral)
Crail is a common kind of rock or gravel found widely across the British Isles.
Each individual stone (due to an as yet undiscovered gravitational property) is charged with 'negative buoyancy'. This means that no matter how much crail you remove from the garden, more of it will rise to the surface.
Crail is much employed by the Royal Navy for making the paper-weights and ashtrays used in submarines.

Cranleigh (n.)
A mood of irrational irritation with everyone and everything.

Cresbard (n.)
The light working lunch which Anne Hathaway used to make for her husband.

Crieff (vb.)
To agree sycophantically with a taxi-driver about immigration.

Cromarty (n.)
The brittle sludge which clings to the top of ketchup bottles and plastic tomatoes in nasty cafés.

D

Dalderby (n.)
A letter to the editor made meaningless because it refers to a previous letter you didn't read. (See A. H. Hedgehope, July 3rd.)

Dalfibble (vb.)
To spend large swathes of your life looking for car keys.

Dallow (adj.)
Perfectly content to stare at something for no particular reason.

Dalmilling (ptcpl.vb.)
Continually making small talk to someone who is trying to read a book.

Dalrymple (n.)
Dalrymples are the things you pay extra for on pieces of handmade craftwork – the rough edges, the paint smudges and the holes in the glazing.

Damnaglaur (n.)
A certain facial expression which actors are required to demonstrate their mastery of before they are allowed to play Macbeth.

Darenth (n.)
Measure = 0.0000176 mg.
Defined as that amount of margarine capable of covering one hundred slices of bread to the depth of one molecule. This is the legal maximum allowed in sandwich bars in Greater London.

Darvel (vb.)
To hold out hope for a better invitation until the last possible moment.

Dattuck (n.)
One who performs drum solos on his knees.

Deal (n.)
The gummy substance found between damp toes.

Dean Funes (pl.n.)
Things that clergymen opine on that are none of their damn business.

Delaware (n.)
The hideous stuff on the shelves of a rented house.

Des Moines (pl.n.)
The two little lines that come down from your nose.

Detchant (n.)
The part of the hymn (usually a few notes at the end of the verse) where the tune goes so high or low that you suddenly have to change pitch to accommodate it.

Deventer (n.)
A decision that's very hard to take because so little depends on it – like which way to walk round a park.

Dewlish (adj.)
(Of the hand and feet.) Prunelike after an overlong bath.

Didcot (n.)
The tiny oddly shaped bit of card which a ticket inspector cuts out of a ticket with his clipper for no apparent reason. It is a little-known fact that the confetti at Princess Margaret's wedding was made up of thousands of didcots collected by inspectors on the Royal Train.

Dillytop (n.)
The kind of bath plug which for some unaccountable reason is actually designed to sit on top of the hole rather than fit into it.

Dinder (vb.)
To nod thoughtfully while someone gives you a long and complex set of directions which you know you're never going to remember.

Dinsdale (n.)
One who always plays 'Chopsticks' on the piano.

Dipple (vb.)
To try to remove a sticky something from one hand with the other, thus causing it to get stuck to the other hand and eventually to anything else you try to remove it with.

Ditherington (n.)
Sudden access of panic experienced by one who realizes that he is being drawn inexorably into a clabby (q.v.) conversation, i.e. one he has no hope of enjoying, benefiting from or understanding.

Dobwalls (pl.n.)
The now hard-boiled bits of nastiness which have to be prised off crockery by hand after it has been through a dishwasher.

Dockery (n.)
Facetious behaviour adopted by an accused man in the mistaken belief that this will endear him to the judge.

Dogdyke (vb.)
Of dog owners, to adopt the absurd pretence that the animal shitting in the gutter is nothing to do with them.

Dolgellau (n.)
The clump, or cluster, of bored, quietly enraged, mildly embarrassed men waiting for their wives to come out of a changing room in a dress shop.

Dorchester (n.)
Someone else's throaty cough which obscures the crucial part of the rather amusing remark you've just made.

Dorridge (n.)
Technical term for one of the very lame excuses written in very small print on the side of packets of food or washing powder to explain why there's hardly anything inside. Examples include 'Contents may have settled in transit' and 'To keep biscuits fresh they have been individually wrapped in silver paper and cellophane and separated with corrugated lining, a cardboard flap, and heavy industrial tyres.'

Draffan (n.)
An infuriating person who always manages to look much more dashing than anyone else by turning up unshaven and hungover at a formal party.

Drebley (n.)
Name for a shop which is supposed to be witty but is in fact wearisome, e.g. 'The Frock Exchange', 'Hair Apparent', etc.

Droitwich (n.)
A street dance. The two partners approach from opposite directions and try politely to get out of each other's way. They step to the left, step to the right, apologize, step to the left again, bump into each other and repeat as often as unnecessary.

Drumsna (n.)
The earthquake that occurs when a character in a cartoon runs into a wall.

Dubbo (n.)
The bruise or callus on the shoulder of someone who has been knighted unnecessarily often.

Dubuque (n.)
A look given by a superior person to someone who has arrived wearing the wrong sort of shoes.

Duddo (n.)
The most deformed potato in any given collection of potatoes.

Dufton (n.)
The last page of a document that you always leave face down in the photocopier and have to go and retrieve later.

Duggleby (n.)
The person in front of you in the supermarket queue who has just unloaded a bulging trolley on the conveyor belt and is now in the process of trying to work out which pocket they left their cheque book in, and indeed, which pair of trousers.

Duleek (n.)
Sudden realization, as you lie in bed waiting for the alarm to go off, that it should have gone off an hour ago.

Duluth (adj.)
The smell of a taxi out of which people have just got.

Dunbar (n.)
A highly specialized fiscal term used solely by turnstile operatives at Regent's Park zoo. It refers to the variable amount of increase in the gate takings on a Sunday afternoon, caused by persons going to the zoo because they are in love and believe that the feeling of romance will be somehow enhanced by the smell of panther sweat and rank incontinence in the reptile house.

Dunboyne (n.)
The realization that the train you have patiently watched pulling out of the station was the one you were meant to be on.

Duncraggon (n.)
The name of Charles Bronson's retirement cottage.

Dungeness (n.)
The uneasy feeling that the plastic handles of the overloaded supermarket carrier-bag your are carrying are getting steadily longer.

Dunino (n.)
Someone who always wants to do whatever you want to do.

Dunolly (n.)
An improvised umbrella.

Dunster (n.)
A small child hired to bounce at dawn on the occupants of the spare bedroom in order to save on tea and alarm clocks.

Duntish (adj.)
Mentally incapacitated by a severe hangover.

E

Eads (pl.n.)
The sludgy bits in the bottom of a dustbin, underneath the actual bin liner.

Eakring (ptcpl.vb.)
Wondering what to do next when you've just stormed out of something.

East Wittering (n.)
The same as West Wittering (q.v.), only it's you they're trying to get away from.

Edgbaston (n.)
The spare seat-cushion placed against the rear of a London bus to indicate that it has broken down.

Elgin (adj.)
Thin and haggard as a result of strenuously trying to get healthy.

Elsrickle (n.)
A bead of sweat which runs down your bottom cleavage.

Ely (n.)
The first, tiniest inkling that something, somewhere, has gone terribly wrong.

Emsworth (n.)
Measure of time and noiselessness defined as the moment between the doors of a lift closing and it beginning to move. Scientists believe we spend up to one fifth of our lives in lifts.

Enumclaw (n.)
One of the initiation rituals of the Freemasons which they are no longer allowed to do.

Epping (ptcpl.vb.)
The futile movements of forefingers and eyebrows used when failing to attract the attention of waiters and barmen.

Epsom (n.)
An entry in a diary (such as a date or a set of initials) or a name and address in your address book, of which you haven't the faintest idea what it's doing there.

Epworth (n.)
The precise value of the usefulness of epping (q.v.). It is a little-known fact that an earlier draft of the final line of the film *Gone with the Wind* had Clark Gable saying 'Frankly, my dear, I don't give an epworth', the line being eventually changed on the grounds that it might not be understood in Iowa, or indeed anywhere.

Eriboll (n.)
A brown bubble of cheese containing gaseous matter which grows on welsh rarebit. It was Sir Alexander Fleming's study of eribolls which led, indirectly, to his discovery of the fact that he didn't like welsh rarebit much.

Esher (n.)

One of those push taps installed in public washrooms enabling the user to wash their trousers without actually getting into the basin. The most powerful esher of recent years was 'damped down' by Red Adair after an incredible sixty-eight days' fight in Manchester's Piccadilly Station.

Essendine (n.)

Long slow sigh emitted by a fake leather armchair when sat on.

Esterhazy (adj.)

(Medical term) Suffering from selective memory loss. The virus which causes this condition is thought to breed in the air-conditioning system of the White House.

Euphrates (n.)

The bullshit with which a chairman introduces a guest speaker.

Ewelme (n.)

The smile bestowed on you by an air hostess.

Exeter (n.)

All light household and electrical goods contain a number of vital components plus at least one exeter.

If you've just mended a fuse, changed a bulb or fixed a blender, the exeter is the small plastic piece left over which means you have to undo everything and start all over again.

F

Falster (n.)

A long-winded, dishonest and completely incredible excuse used when the truth would have been completely acceptable.

Famagusta (n.)

The draught which whistles between two bottoms that refuse to touch.

Farduckmanton (n.)
(Archaic) An ancient edict, mysteriously omitted from the Domesday Book, requiring that the feeding of fowl on village ponds should be carried out equitably.

Farnham (n.)
The feeling that you get at about four o'clock in the afternoon when you haven't got enough done.

Farrancassidy (n.)
A long and ultimately unsuccessful attempt to undo someone's bra.

Fentonadle (vb.)
To lay place settings with the knives and forks the wrong way round.

Ferfer (n.)
One who is very excited that they've had a better idea than the one you've just suggested.

Finuge (vb.)
In any division of foodstuffs equally between several people, to give yourself the extra slice left over.

Firebag (n.)
A remark intended to cue applause at a Tory party conference.

Fiunary (n.)
The safe place you put something and forget where it was.

Fladderbister (n.)
That part of a raincoat which trails out of a car after you've closed the door on it.

Flagler (n.)
Someone who always seems to disappear into shops when you're walking along talking to them.

Flimby (n.)
One of those irritating handle-less slippery translucent bags you get in supermarkets which, no matter how you hold them, always contrive to let something fall out.

Flodigarry (n.)
(Scots) An ankle-length oilskin worn by deep-sea fishermen in Arbroath and publicans in Glasgow.

Flums (pl.n.)
Women who only talk to each other at parties.

Foffarty (adj.)
Unable to find the right moment to leave.

Foindle (vb.)
To queue-jump very discreetly by working one's way up the line without being spotted doing so.

Foping (ptcpl.vb.)
Refusing to say what it is you're looking so bloody wistful about.

Forsinain (n.)
(Archaic) The right of the lord of the manor to molest dwarfs on their birthdays.

Fovant (n.)
A taxi-driver's gesture, a raised hand pointed out of the window which purports to mean 'thank you' but actually means 'bugger off out of my way'.

Fraddam (n.)
The small awkward-shaped piece of cheese which remains after grating a large regular-shaped piece of cheese, and which enables you to grate your fingers.

Framlingham (n.)
A kind of burglar alarm in common usage. It is cunningly designed so that it can ring at full volume in the street without apparently disturbing anyone.
Other types of framlinghams are burglar alarms fitted to business premises in residential areas, which go off as a matter of regular routine at 5.31 p.m. on a Friday evening and do not get turned off till 9.20 a.m. on Monday morning.

Frant (n.)
Measure. The legal minimum distance between two trains on the District and Circle lines of the London Underground. A frant, which must be not less than 122 chains (or 8 leagues) long, is not connected in any way with the adjective 'frantic' which comes to us by a completely different route (as indeed do the trains).

Frating Green (adj.)
The shade of green which is supposed to make you feel comfortable in hospitals, industrious in schools and uneasy in police stations.

Fremantle (vb.)
To steal things not worth the bother of stealing. One steals cars, money and silver. Book matches, airline eyepatches and individual pots of Trust House Forte apricot jam are merely fremantled.

Frimley (n.)
Exaggerated carefree saunter adopted by Norman Wisdom as an immediate prelude to dropping down an open manhole.

Fring (n.)
The noise made by a lightbulb that has just shone its last.

Fritham (n.)
A paragraph that you get stuck on in a book. The more you read it, the less it means to you.

Frolesworth (n.)
Measure. The minimum time it is necessary to spend frowning in deep concentration at each picture in an art gallery in order that everyone else doesn't think you're a complete moron.

Frosses (pl.n.)
The lecherous looks exchanged between sixteen-year-olds at a party given by someone's parents.

Frutal (adj.)
Rather too eager to be cruel to be kind.

Fulking (ptcpl.vb.)
Pretending not to be in when the carol-singers come round.

G

Gaffney (n.)
Someone who deliberately misunderstands things for, he hopes, humorous effect.

Galashiels (pl.n.)
A form of particularly long sparse sideburns which are part of the mandatory turnout of British Rail guards.

Gallipolli (adj.)
Of the behaviour of a bottom lip trying to spit out mouthwash after an injection at the dentist. Hence, loose, floppy, useless.
'She went all gallipolli in his arms' – Noel Coward

Gammersgill (n.)
Embarrassed stammer you emit when a voice answers the phone and you realize that you haven't the faintest recollection of who it is you've just rung.

Garrow (n.)
Narrow wiggly furrow left after pulling a hair off a painted surface.

Gartness (n.)
The ability to say 'No, there's absolutely nothing the matter, what could possibly be the matter? And anyway I don't want to discuss it,' without moving your lips.

Garvock (n.)
The action of putting your finger in your cheek and flicking it out with a 'pock' noise.

Gastard (n.)
Useful specially new-coined word for an illegitimate child (in order to distinguish it from someone who merely carves you up on the motorway, etc.).

Ghent (adj.)
Descriptive of the mood indicated by cartoonists by drawing a character's mouth as a wavy line.

Gignog (n.)
Someone who, through the injudicious application of alcohol, is now a great deal less funny than he thinks he is.

Gildersome (adj.)
Descriptive of a joke someone tells you which starts well, but which becomes so embellished in the telling that you start to weary of it after scarcely half an hour.

Gilgit (n.)
Hidden sharply pointed object which stabs you in the cuticle when you reach into a small pot.

Gilling (n.)
The warm tingling you get in your feet when having a really good widdle.

Gipping (ptcpl.vb.)
The fish-like opening and closing of the jaws seen amongst people who have recently been to the dentist and are puzzled as to whether their teeth have been put back the right way up.

Glasgow (n.)
The feeling of infinite sadness engendered when walking through a place filled with happy people fifteen years younger than yourself. When experienced too frequently, it is likely to lead to an attack of trunch (q.v.)

Glassel (n.)
A seaside pebble which was shiny and interesting when wet, and which is now a lump of rock, which children nevertheless insist on filling their suitcases with after the holiday.

Glazeley (adj.)
The state of a barrister's flat greasy hair after wearing a wig all day.

Glemanuilt (n.)
The kind of guilt which you'd completely forgotten about which comes roaring back on discovering an old letter in a cupboard.

Glenduckie (n.)
Any Scottish actor who wears a cravat.

Glentaggart (n.)
A particular type of tartan hold-all, made exclusively under licence for British Airways.
When waiting to collect your luggage from an airport conveyor belt, you will notice that on the next conveyor belt along there is always a single, solitary bag going round and round uncollected. This is a glentaggart, which has been placed there by the baggage-handling staff to take your mind off the fact that your own luggage will shortly be landing in Murmansk.

Glenties (pl.n.)
Series of small steps by which someone who has made a serious tactical error in conversation or argument moves from complete disagreement to wholehearted agreement.

Glenwhilly (n.)
(Scots) A small tartan pouch worn beneath the kilt during the thistle-harvest.

Glinsk (n.)
A hat which politicians buy to go to Russia in.

Glororum (n.)
One who takes pleasure in informing others about their bowel movements.

Glossop (n.)
A rogue blob of food.
Glossops, which are generally steaming hot and highly adhesive, invariably fall off your spoon and on to the surface of your host's highly polished antique rosewood dining table. If this has not, or may not have, been noticed by the company present, swanage (q.v.) may be employed.

Glud (n.)
The pinkish mulch found in the bottom of a lady's handbag.

Glutt Lodge (n.)
The place where food can be stored after having a tooth extracted. Some Arabs can go without sustenance for up to six weeks on a full glutt lodge.

Godalming (n.)
Wonderful rush of relief on discovering that the ely (q.v.) and the wembley (q.v.) were in fact false alarms.

Goginan (n.)
The piece of elastoplast on a short-sighted child's spectables.

Golant (adj.)
Blank, sly and faintly embarrassed. Pertaining to the expression seen on the face of someone who has clearly forgotten your name.

Gonnabarn (n.)
An afternoon wasted on watching an old movie on TV.

Goole (n.)
The puddle on the bar into which the barman puts your change.

Goosecruives (pl.n.)
(Archaic) A pair of wooden trousers worn by poultry-keepers in the Middle Ages.

Goosnargh (n.)
Something left over from preparing or eating a meal, which you store in the fridge despite the fact that you know full well that you will never ever use it.

Great Tosson (n.)
A fat book containing four words and six cartoons which costs £12.95.

Great Wakering (ptcpl.vb.)
Panic which sets in when you badly need to go to the lavatory and cannot make up your mind about what book or magazine to take with you.

Greeley (n.)
Someone who continually annoys you by continually apologizing for annoying you.

Gress (vb.)
(Rare) To stick to the point during a family argument.

Gretna Green (adj.)
A shade of green which makes you wish you'd painted whatever it was a different colour.

Gribun (n.)
The person in a crisis who can always be relied on to make a good anecdote out of it.

Grimbister (n.)

Large body of cars on a motorway all travelling at exactly the speed limit because one of them is a police car.

Grimmet (n.)

A small bush from which cartoon characters dangle over the edge of a cliff.

Grimsby (n.)

A lump of something gristly and foul-tasting concealed in a mouthful of stew or pie.

Grimsbies are sometimes merely the result of careless cookery, but more often they are placed there deliberately by Freemasons. Grimsbies can be purchased in bulk from any respectable Masonic butcher on giving him the secret Masonic handbag. One is then placed in a guest's food to see if he knows the correct Masonic method of dealing with it.

This is as follows: remove the grimsby carefully with the silver tongs provided. Cross the room to your host, hopping on one leg, and ram the grimsby firmly up his nose, chanting, 'Take that, you smug Masonic bastard.'

Grinstead (n.)

The state of a woman's clothing after she has been to powder her nose and has hitched up her tights over her skirt at the back, thus exposing her bottom, and has walked out without noticing it.

Grobister (n.)

One who continually and publicly rearranges the position of his genitals.

Gruids (n.)

The only bits of an animal left after even the people who make sausage rolls have been at it.

Grutness (n.)

The resolve with which the Queen sits through five days of Polynesian folk dancing.

Gubblecote (n.)

Deformation of the palate caused by biting into too many Toblerones.

Guernsey (adj.)

Queasy but unbowed. The kind of feeling one gets when discovering

256

a plastic compartment in a fridge in which things are growing, usually fertilized by copious quantities of goosnargh (q.v.)

Gulberwick (n.)
The small particle that you always think you've got stuck in the back of your throat after you've been sick.

Gussage (n.)
Dress-making talk.

Gweek (n.)
A coat hanger recycled as a car aerial.

H

Hadweenzic (adj.)
Resistant to tweezers.

Hadzor (n.)
A sharp instrument placed in the washing-up bowl which makes it easier to cut yourself.

Hagnaby (n.)
Someone who looked a lot more attractive in the disco than they do in your bed the next morning.

Halcro (n.)
An adhesive cloth designed to fasten baby-clothes together. Thousands of tiny pieces of jam 'hook' on to thousands of pieces of dribble, enabling the cloth to become 'sticky'.

Halifax (n.)
The green synthetic astroturf on which greengrocers display their vegetables.

Hallspill (n.)
The name for the adventurous partygoers who don't spend the whole time in the kitchen.

Hambledon (n.)
The sound of a single-engined aircraft flying by, heard while lying in a summer field in England, which somehow concentrates the silence and sense of space and timelessness and leaves one with the feeling of something or other.

Hankate (adj.)
Congenitally incapable of ever having a paper tissue.

Happas (n.)
The amusement caused by passport photos.

Happle (vb.)
To annoy people by finishing their sentences for them and then telling them what they really meant to say.

Harbledown (vb.)
To manoeuvre a double mattress down a winding staircase.

Harbottle (n.)
A particular kind of fly which lives inside double glazing.

Harlosh (vb.)
To redistribute the hot water in a bath.

Harmanger (n.)
The person who takes the blame while the manager you demanded to see hides in his office.

Harpenden (n.)
The coda to a phone conversation, consisting of about eight exchanges, by which people try gracefully to get off the line.

Haselbury Plucknett (n.)
A mechanical device for cleaning combs invented during the industrial revolution at the same time as Arkwright's Spinning Jenny, but which didn't catch on in the same way.

Hassop (n.)
The pocket down the back of an armchair used for storing 10p pieces and bits of Lego.

Hastings (pl.n.)
Things said on the spur of the moment to explain to someone who unexpectedly comes into a room, precisely what it is you are doing.

Hathersage (n.)
The tiny snippets of beard which coat the inside of a washbasin after shaving in it.

Haugham (n.)
One who loudly informs other diners in a restaurant what kind of man he is by calling the chef by his Christian name from the lobby.

Haxby (n.)
Any gardening implement found in a potting-shed whose exact purpose is unclear.

Heanton Punchardon (n.)
A violent argument which breaks out in the car on the way home from a party between a couple who have had to be polite to each other in company all evening.

Henstridge (n.)
A dried yellow substance found between the prongs of forks in restaurants.

Hepple (vb.)
To sculpt the contents of a sugar bowl.

Herstmonceux (n.)
The correct name for the gold medallion worn by someone who is in the habit of wearing their shirt open to the waist.

Hessle (vb.)
To try and sort out which sleeve of a sweater is inside out when you're already half-way through putting it on.

Hever (n.)
The panic caused by half-hearing a Tannoy in an airport.

Hewish (adj.)
In a mood to swipe at vegetation with a stick.

Hextable (n.)
The record you find in someone else's collection which instantly tells you you could never go out with them.

Hibbing (n.)
The marks left on the outside breast pocket of a storekeeper's overall where he put away his pen and missed.

Hickling (ptcpl.vb.)
The practice of infuriating theatre-goers by not only arriving late to a centre-row seat, but also loudly apologizing to and patting each member of the audience in turn.

Hidcote Bartram (n.)
To be caught in a hidcote bartram is to say a series of protracted and final goodbyes to a group of people and then realize that you've left your hat behind.

High Limerigg (n.)
The topmost tread of a staircase which disappears when you're climbing the stairs in darkness.

High Offley (n.)
Goosnargh (q.v.) three weeks later.

Hobarris (n.)
(Medical) A sperm which carries a high risk of becoming a bank manager.

Hobbs Cross (n.)
The awkward leaping manoeuvre a girl has to go through in bed in order to make him sleep on the wet patch.

Hoddlesdon (n.)
An 'injured' footballer's limp back into the game which draws applause but doesn't fool anybody.

Hodnet (n.)
The wooden safety platform supported by scaffolding round a building under construction from which the builders (at almost no personal risk) can drop pieces of concrete on passers-by.

Hoff (vb.)
To deny indignantly something which is palpably true.

Hoggeston (n.)
The action of overshaking a pair of dice in a cup in the mistaken belief that this will affect the eventual outcome in your favour and not irritate everyone else.

Hordle (vb.)
To dissemble in a fruity manner, like Donald Sinden.

Horton-cum-Studley (n.)
The combination of little helpful grunts, nodding movements of the head, considerate smiles, upward frowns and serious pauses that a group of people join in making to elicit the next pronouncement of somebody with a terrible stutter.

Hosmer (vb.)
(Of a TV newsreader) To continue to stare impassively into the camera when it should have already switched to the sports report.

Hotagen (n.)
The aggressiveness with which a shop assistant sells you any piece of high technology which they don't understand themselves.

Hove (adj.)
Descriptive of the expression on the face of a person in the presence of another who clearly isn't going to stop talking for a very long time.

Huby (n.)
A half-erection large enough to be a publicly embarrassing bulge in the trousers, but not large enough to be of any use to anybody.

Hucknall (vb.)
To crouch upwards: as in the movement of a seated person's feet and legs made to allow a cleaner's Hoover to pass beneath them.

Hugglescote (n.)
The kind of person who excitedly opens a letter which says 'You may already have won £10,000' on the outside.

Hull (adj.)
Descriptive of the smell of a weekend cottage.

Humber (vb.)
To move like the cheeks of a very fat person as their car goes over a cattle grid.

Humby (n.)
An erection which won't go down when a gentleman has to go to the lavatory in the middle of dallying with a lady.

Huna (n.)
The result of coming to the wrong decision.

Hunsingore (n.)
Medieval ceremonial brass horn with which the successful execu-
tion of an araglin (q.v.) is trumpeted from the castle battlements.

Hutlerburn (n.)
(Archaic) A burn sustained as a result of the behaviour of a clumsy
hutler. (The precise duties of hutlers are now lost in the mists of his-
tory.)

Huttoft (n.)
The fibrous algae which grow in the dark, moist environment of
trouser turn-ups.

Hynish (adj.)
Descriptive of the state of mind in which you might as well give up
doing whatever it is you're trying to do because you'll only muck it
up.

I

Ible (adj.)
Clever but lazy.

Ibstock (n.)
Anything used to make a noise on a corrugated iron wall or clinker-
built fence by dragging it along the surface while walking past it.
'Mr Bennett thoughtfully selected a stout ibstock and left the
house.' – Jane Austen, *Pride and Prejudice*, II.

Imber (vb.)
To lean from side to side while watching a car chase in the cinema.

Inigonish (adj.)
Descriptive of the expression on a dinner party guest which is meant
to indicate huge enjoyment to the hosts and 'time to go home I
think' to your partner. An inigonish is usually the prelude to a
heanton punchardon (q.v.).

Inverinate (vb.)
To spot that both people in a heated argument are talking complete rubbish.

Inverkeithing (ptcpl. vb.)
Addressing someone by mumble because you can only remember the first letter of their name.

Iping (ptcpl. vb.)
The increasingly anxious shifting from leg to leg you go through when you are desperate to go to the lavatory and the person you are talking to keeps on remembering a few final things he wants to mention.

Ipplepen (n.)
A useless writing implement made by Sellotaping six biros together which is supposed to make it easier to write 100 lines.

Ipswich (n.)
The sound at the other end of the telephone which tells you that the automatic exchange is working very hard but is intending not actually to connect you this time, merely to let you know how difficult it is.

Islesteps (pl.n.)
Cautious movements towards the bathroom in a strange house in the dark.

J

Jalingo (n.)
The alacrity with which a grimbister (q.v.) breaks up as soon as the police car turns off.

Jarrow (n.)
An agricultural device which, when towed behind a tractor, enables the farmer to spread his dung evenly across the width of the road.

Jawcraig (n.)
(Medical) A massive facial spasm which is brought on by being told a really astounding piece of news.
A mysterious attack of jawcraig affected 40,000 sheep in Wales in 1952.

Jawf (n.)
Conversation between two football hooligans on a train.

Jeffers (pl.n.)
Persons who honestly believe that a business lunch is going to achieve something.

Jid (n.)
The piece of paper on top of the jam inside the jam jar.

Jofane (adj.)
In breach of the laws of joke telling, e.g. giving away the punchline in advance.

Joliette (n.)
(Old French) Polite word for a well-proportioned dogturd.

Joplin (n.)
The material from which all the clothes in Woolworths are made.

Jubones (pl.n.)
Awful things bought in Nairobi which never look good at home.

Jurby (n.)
A loose woollen garment reaching to the knees and with three or more armholes, knitted by the wearer's wellmeaning but incompetent aunt.

Juwain (adj.)
Only slightly relevant to the matter in hand.

K

Kabwum (n.)
The cutesy humming noise you make as you go to kiss someone on the cheek.

Kalami (n.)
The ancient Eastern art of being able to fold road maps properly.

Kanturk (n.)
An extremely intricate knot originally used for belaying the topgallant foresheets of a gaff-rigged China clipper, and now more commonly observed when trying to get an old kite out of the cupboard under the stairs.

Keele (n.)
The horrible smell caused by washing ashtrays.

Kelling (ptcpl. vb.)
The action of looking for something all over again in all the places you've already looked.

Kenilworth (n.)
A measure. Defined as that proportion of a menu which the waiter speaks that you can actually remember.

Kent (adj.)
Politely determined not to help despite a violent urge to the contrary.
Kent expressions are seen on the faces of people who are good at something watching someone else who can't do it at all.

Kentucky (adj.)
Fitting exactly and satisfyingly.
The cardboard box that slides neatly into a small space in a garage, or the last book which precisely fills a bookshelf, is said to fit 'real nice and kentucky'.

Kerry (n.)
The small twist of skin which separates each sausage on a string.

Kettering (n.)
The marks left on your bottom or thighs after sunbathing on a wickerwork chair.

Kettleness (adj.)
The quality of not being able to pee while being watched.

Kibblesworth (n.)
The footling amount of money by which the price of a given article in a shop is less than a sensible number, in the hope that at least one idiot will think it cheap. For instance, the kibblesworth on a pair of shoes priced at £19.99 is 1 p.

Kilvaxter (n.)
A pen kept in the desk tidy that never works.

Kimmeridge (n.)
The light breeze which blows through your armpit hair when you are stretched out sunbathing.

Kingston Bagpuise (n.)
A forty-year-old sixteen-stone man trying to commit suicide by jogging.

Kirby (n.)
Small but repulsive piece of food prominently attached to a person's face or clothing.

Kirby Misperton (n.)
One who kindly attempts to wipe a kirby (q.v.) off another's face with a napkin, and then discovers it to be a wart or other permanent fixture, is said to have committed a 'kirby misperton'.

Kitmurvy (n.)
A man who owns all the latest sporting gadgetry and clothing (golf trolley, tee cosies, ventilated shoes, Sevvy Ballesteros autographed tracksuit top, American navy cap, mirror sunglasses) but is still only on his second golf lesson.

Kittybrewster (n.)
The girl who always offers to make the tea.

Klosters (pl.n.)
The little blobs of dried urine on the rim of the bowl under the seat.

266

Knaptoft (n.)
The mysterious fluff placed in your pockets by dry-cleaning firms.

Kowloon (n.)
One who goes to an Indian restaurant and orders an omelette.

Kurdistan (n.)
Hard stare given by a husband to his wife when he notices a sharp increase in the number of times he answers the phone to be told, 'Sorry, wrong number.'

L

Lackawanna (n.)
The inability of a New York cab driver to know where, for instance, Central Park is.

Lambarene (adj.)
Feeling better for having put pyjamas on.

Lamlash (n.)
The folder on hotel dressing-tables full of astoundingly dull information.

Lampeter (n.)
The fifth member of a foursome.

Lampung (n.)
The daze which follows turning on the light in the middle of the night.

Largoward (n.)
Motorists' name for the kind of pedestrian who stands beside a main road and waves on the traffic, as if it's their right of way.

Laxobigging (ptcpl. vb.)
Struggling to extrude an extremely large turd.

Le Touquet (n.)
A mere nothing, an unconsidered trifle, a negligible amount. Un touquet is often defined as the difference between the cost of a bottle of gin bought in an off-licence shop and one bought in a duty-free shop.

Leazes (pl.n.)
Irritating pains that your doctor tells you not to be so wet about.

Leeming (ptcpl. vb.)
The business of making silly faces at babies.

Lemvig (n.)
A person who can be relied upon to be doing worse than you.

Libenge (n.)
Crystallized deposits of old cough mixture.

Libode (adj.)
Being undecided about whether or not you feel sexually attracted to someone.

Liff (n.)
A common object or experience for which no word yet exists.

Limassol (n.)
The correct name for one of those little paper umbrellas which come in cocktails with too much pineapple juice in them.

Lindisfarne (adj.)
Descriptive of the pleasant smell of an empty biscuit tin.

Lingle (vb.)
To touch battery terminals with one's tongue.

Liniclate (adj.)
All stiff and achey in the morning and trying to remember why.

Listowel (n.)
The small mat on the bar designed to be more absorbent than the bar, but not as absorbent as your elbows.

Little Urswick (n.)
The member of any class who most inclines the teacher towards the view that capital punishment should be introduced in schools.

Llanelli (adj.)
Descriptive of the waggling movement of a person's hands when shaking water from them or warming up for a piece of workshop theatre.

Loberia (n.)
Unshakeable belief that your ears stick out.

Lochranza (n.)
The long unaccompanied wail in the middle of a Scottish folk song where the pipers nip round the corner for a couple of drinks.

Lolland (n.)
A person with a low threshold of boredom.

Longniddry (n.)
A droplet which persits in running out of your nose.

Lossiemouth (n.)
One of those middle-aged ladies with just a hint of a luxuriant handlebar moustache.

Lostwithiel (n.)
The deep and peaceful sleep you finally fall into two minutes before the alarm goes off.

Louth (n.)
The sort of man who wears loud check jackets, has a personalized tankard behind the bar and always gets served before you do.

Low Ardwello (n.)
Seductive remark made hopefully in the back of a taxi.

Low Eggborough (n.)
A quiet little unregarded man in glasses who is building a new kind of atomic bomb in his garden shed.

Lower Peover (n.)
Common solution to the problem of a humby (q.v.).

Lowestoft (n.)
The correct name for 'navel fluff'.

Lowther (vb.)
(Of a large group of people who have been to the cinema together.)

To stand aimlessly about on the pavement and argue about whether to go and eat either a Chinese meal nearby or an Indian meal at a restaurant which somebody says is very good but isn't certain where it is, or just go home, or have a Chinese meal nearby – until by the time agreement is reached everything is shut.

Lubcroy (n.)
The telltale little lump in the top of your swimming trunks which tells you you are going to have to spend half an hour with a safety pin trying to pull the drawstring out again.

Lublin (n.)
That bit of somebody's body which their partner particularly likes.

Ludlow (n.)
A wad of newspaper, folded table-napkin or lump of cardboard put under a wobbly table or chair to make it stand up straight.
It is perhaps not widely known that air-ace Sir Douglas Bader used to get about on an enormous pair of ludlows before he had his artificial legs fitted.

Luffenham (n.)
Feeling you get when the pubs aren't going to be open for another forty-five minutes and the luffness (q.v.) is beginning to wear a bit thin.

Luffness (n.)
Hearty feeling that comes from walking on the moors with gumboots and cold ears.

Lulworth (n.)
Measure of conversation.
A lulworth defines the amount of the length, loudness and embarrassment of a statement you make when everyone else in the room unaccountably stops talking at the same moment.

Luppitt (n.)
The piece of leather which hangs off the bottom of your shoe before you can be bothered to get it mended.

Lupridge (n.)
A bubble behind a piece of wallpaper.

Lusby (n.)
The fold of flesh pushing forward over the top of a bra which is too small for the lady inside it.

Luton (n.)
The horseshoe-shaped rug which goes round a lavatory seat.

Lutton Gowts (n.)
The opposite of green fingers – the effortless propensity to cause plant death.

Lybster (n.)
The artificial chuckle in the voice-over at the end of a supposedly funny television commercial.

Lydd (n.)
A lid. A lydd differs from a lid in that it has nothing to be a lid of, is at least eighteen months old, and is sold in Ye Olde Antique Shoppes.

Lydiard Tregoze (n.)
The opposite of a mavis enderby (q.v.), An unrequited early love of your life who inexplicably still causes terrible pangs even though she married a telephone engineer.

Lyminster (n.)
A homosexual vicar.

Lynwilg (n.)
One of those things that pulls the electric cord back into a vacuum cleaner.

Maaruig (n.)
The inexpressible horror experienced on waking up in the morning and remembering that you are Andy Stewart.

Macroy (n.)
An authoritative, confident opinion based on one you read in a newspaper.

Malaybalay (adj.)
All excited at suddenly remembering a wonderful piece of gossip that you want to pass on to somebody.

Malibu (n.)
The height by which the top of a wave exceeds the height to which you have rolled up your trousers.

Manitoba (n.)
A re-courtship ritual. The tentative and reluctant touching of spouses' toes in bed after a row.

Mankinholes (pl.n.)
The small holes in a loaf of bread which give rise to the momentary suspicion that something may have made its home within.

Mapledurham (n.)
A hideous piece of chipboard veneer furniture bought in a suburban high-street furniture store and designed to hold exactly a year's supply of Sunday colour supplements.

Margaretting Tye (n.)
The unexpectedly intimate bond that forms when two people you have just introduced decide they like each other better than they like you.

Margate (n.)
A margate is a particular kind of commissionaire who sees you every day and is on cheerful Christian-name terms with you, then one day refuses to let you in because you've forgotten your identity card.

Market Deeping (ptcpl. vb.)
Stealing a single piece of fruit from a street stall.

Marlow (n.)
The bottom drawer in the kitchen where your mother keeps her paper bags.

Marytavy (n.)
A person to whom, under dire injunctions of silence, you tell a secret which you wish to be far more widely known.

Masberry (n.)
The sap of a giant Nigerian tree from which all canteen jams are made.

Massachusetts (pl.n.)
Those items and particles which people who have just blown their noses are searching for when they look into their hankies.

Mavesyn Ridware (n.)
The stuff belonging to a mavis enderby (q.v.) which keeps turning up in odd corners of your house.

Mavis Enderby (n.)
The almost-completely-forgotten girlfriend from your distant past for whom your wife has a completely irrational jealousy and hatred.

Maynooth (n.)
One who recklessly tells total strangers to cheer up, it may never happen.

Meadle (vb.)
To blunder around a woman's breasts in a way which does absolutely nothing for her.

Meath (adj.)
Warm and very slightly clammy.
Descriptive of the texture of your hands after you've tried to dry them on a hot-air-blowing automatic hand-drying machine.

Melbury Bubb (n.)
A TV celebrity who rises to fame by being extremely camp.

Melcombe Regis (n.)
The name of the style of decoration used in cocktail lounges in mock-Tudor hotels in Surrey.

Melton Constable (n.)
A patent anti-wrinkle cream which policemen wear to keep themselves looking young.

Memphis (n.)
The little bits of yellow fluff which get trapped in the hinge of the windscreen wipers after polishing the car with a new duster.

Memus (n.)
The little trick people use to remind themselves which is left and which is right.

Meuse (n.)
A period of complete silence on the radio, which means that it must be tuned to Radio 3.

Millinocket (n.)
The thing that rattles around inside an aerosol can.

Milwaukee (n.)
The melodious whistling, chanting and humming tone of the milwaukee can be heard whenever a public lavatory is entered. It is the way the occupants of the cubicles have of telling you there's no lock on their door and you can't come in.

Mimbridge (n.)
That which two very boring people have in common which enables you to get away from them.

Minchinhampton (n.)
The expression on a man's face when he has just zipped his trousers up without due care and attention.

Misool (n.)
A mixture of toothpaste and salvia in a wash-basin.

Moffat (n.)
That part of a coat which is designed to be sat on by the person next to you on the bus.

Mogumber (n.)
One who goes round complaining they were cleverer ten years ago.

Mointy (n.)
The last little tear before somebody cheers up.

Moisie (adj.)
The condition of one's face after performing cunnilingus.

274

Molesby (n.)
The kind of family that drives to the seaside and then sits in the car with all the windows closed, reading the *Sunday Express* and wearing sidcups (q.v.)

Monks Toft (n.)
The bundle of hair which is left after a monk has been tonsured, which he keeps tied up with a rubber band and uses for chasing ants away.

Morangie (adj.)
Faintly nervous that a particular post box 'won't work' when posting an important letter.

Motspur (n.)
The fourth wheel of a supermarket trolley which looks identical to the other three but renders the trolley completely uncontrollable.

Mugeary (n.)
(Medical) The substance from which the unpleasant little yellow globules in the corners of a sleepy person's eyes are made.

Multan (n.)
An infidel who stains his face with walnut juice in order to enter Mecca or appear in a sitcom.

Mummelgum (n.)
An unwholesome substance which clings to the fingers of successful tomb-robbers.

Munderfield (n.)
A meadow selected, whilst driving past, as being ideal for a picnic which, from a sitting position, turns out to be full of stubble, dust and cowpats and almost impossible to enjoy yourself in.

Munster (n.)
A person who continually brings up the subject of property prices.

N

Naas (n.)
The winemaking region of Albania where most of the aasleagh (q.v.) comes from.

Nacton (n.)
The 'n' with which cheap advertising copywriters replace the word 'and' (as in 'fish 'n' chips', 'mix 'n' match', 'assault 'n' battery'), in the mistaken belief that it is in some way chummy or endearing.

Nad (n.)
Measure defined as the distance between a driver's outstretched fingertips and the ticket machine in an automatic car-park.
1 nad = 18.4 cm.

Namber (vb.)
To hang around the table being too shy to sit next to the person you really want to.

Nanhoron (n.)
A tiny valve concealed in the inner ear which enables a deaf grandmother to converse quite normally when she feels like it, but which excludes completely anything which sounds like a request to help with laying the table.

Nantucket (n.)
The secret pocket which eats your train ticket.

Nantwich (n.)
A late-night snack, invented by the Earl of Nantwich, which consists of the dampest thing in the fridge. The Earl, who lived in a flat in Clapham, invented the nantwich to avoid having to go shopping.

Naples (pl.n.)
The tiny depressions in a piece of Ryvita.

Naugatuck (n.)
A plastic sachet containing shampoo, polyfilla, etc., which is impossible to open except by biting off the corners.

Nazeing (ptcpl. vb.)
The rather unconvincing noises of pretended interest which an adult has to make when brought a small dull object for admiration by a child.

Neen Sollars (pl.n.)
Any ensemble of especially unflattering and peculiar garments worn by someone which tells you that they are right at the forefront of fashion.

Nempnett Thrubwell (n.)
The feeling experienced when driving off for the very first time on a brand new motorbike.

Nindigully (n.)
One who constantly needs to be re-persuaded of something they've already agreed to.

Nipishish (adj.)
Descriptive of a person walking barefoot on gravel.

Nith (n.)
The dark piece of velvet which has been brushed against the nap.

Noak Hoak (n.)
A driver who indicates left and turns right.

Nogdam End (n.)
That part of a pair of scissors used to band in a picture hook.

Nokomis (n.)
One who dresses like an ethnic minority to which they do not belong.

Nome (sfx.)
Latin suffix meaning: question expecting the answer 'Oh really? How interesting.'

Nossob (n.)
Any word that looks as if it's probably another word backwards but turns out not to be.

Nottage (n.)
The collective name for things which you find a use for immediately after you have thrown them away.

For instance, your greenhouse has been cluttered up for years with a huge piece of cardboard and great fronds of gardening string. You at last decide to clear all this stuff out, and you burn it. Within twenty-four hours you will urgently need to wrap a large parcel, and suddenly remember that luckily in your greenhouse there is some cardb...

Nubbock (n.)
The kind of person who has to leave before a party can relax and enjoy itself.

Nuncargate (adj.)
Able to go on a two-week holiday with hardly any luggage.

Nundle (vb.)
To move a piano.

Nupend (n.)
The amount of small change found in the lining of an old jacket which just saves your bacon.

Nutbourne (n.)
In a choice between two or more possible puddings, the one nobody plumps for.

Nyarling (ptcpl. vb.)
Of married couples, using a term of endearment as a term of censure or reproach.

Nybster (n.)
The sort of person who takes the lift to travel one floor.

Ocilla (n.)
The cute little circle or heart over an 'i' used by teenage girls when writing their names.

Ockle (n.)
An electrical switch which appears to be off in both positions.

Offleyhoo (adj.)
Ridiculously over-enthusiastic about going to Cornwall.

Offord Darcy (n.)
A gatecrasher you can't get rid of because he's become the life and soul of the party.

Old Cassop (n.)
Piece of caring reassurance which all parties know is completely untrue. As in 'a load of...'

Ompton (n.)
One who has been completely kitted out at Burberry's but is still, nevertheless, clearly from Idaho.

Osbaston (n.)
A point made for the seventh time to somebody who insists that they know exactly what you mean but clearly hasn't got the faintest idea.

Oshkosh (n.)
The noise made by someone who has just been grossly flattered and is trying to make light of it.

Ospringe (n.)
That part of a three-colour biro which renders it instantly useless.

Ossett (n.)
A frilly spare-toilet-roll cosy.

Ossining (ptcpl. vb.)
Trying to see past the person sitting in front of you at the cinema.

Oswaldtwistle (n.)
(Old Norse) Small brass wind instrument used for summoning Vikings to lunch when they're off on their longships, playing.

Oswestry (n.)
The inability to find a comfortable position to lie in bed.

Oughterby (n.)
Someone you don't want to invite to a party but whom you know you have to as a matter of duty.

Oundle (vb.)
To walk along leaning sideways, with one arm hanging limp and dragging one leg behind the other.
Most commonly used by actors in amateur productions of *Richard III*, or by people carrying a heavy suitcase in one hand.

Oystermouth (n.)
One who can kiss and chew gum at the same time.

Ozark (n.)
One who offers to help after all the work has been done.

P

Pabbay (n.)
(Fencing term) The play, or manoeuvre, where one swordsman leaps on to the table and pulls the battleaxe off the wall.

Pant-y-Wacco (adj.)
The final state of mind of a retired colonel before they come to take him away.

Pantperthog (n.)
An actor whose only talent is to stay fat.

Papcastle (n.)
Something drawn or modelled by a small child which you are supposed to know what it is.

Papigochic (n.)
A middle-aged man's overlong haircut, intended to make him look younger.

Papple (vb.)
To do what babies do to soup with their spoons.

Papworth Everard (n.)
Technical term for the fifth take of an orgasm scene during the making of a pornographic film.

Paradip (n.)
Polite word for the act of washing one's genitals in the wash-basin.

Parbold (adj.)
Nearly brave enough to dive into a cold swimming pool on a windy day.

Parrog (n.)
God knows. Could be some sort of bird, I suppose.

Pathstruie (adj.)
The condition of a parish church after a heavy Saturday afternoon's wedlock.

Patkai Bum (n.)
Mysterious illness afflicting recently deposed heads of state which means they aren't well enough to stand trial.

Patney (n.)
Something your next door neighbour makes and insists that you try on your sausages.

Peebles (pl.n.)
Small, carefully rolled pellets of skegness (q.v.).

Peening Quarter (n.)
That area of a discotheque where single men lounge about trying to look groovy about not having the courage to ask a girl to dance.

Pelutho (n.)
A South American ball game. The balls are whacked against a brick wall with a stout wooden bat until the prisoner confesses.

Pen tre-tafarn-y-fedw (n.)
Welsh word which literally translates as 'leaking-biro-by-the-glass-hole-of-the-clerk-of-the-bank-has-been-taken-to-another-place- leaving-only-the-special-inkwell-and-three-inches-of-tin-chain'.

Penge (n.)
The expanding slotted arm on which a cuckoo comes out of a cuckoo clock.

Peoria (n.)
The fear of peeling too few potatoes.

Percyhorner (n.)
(English public-school slang) A prefect whose duty it is to surprise new boys at the urinal and humiliate them in a manner of his choosing.

Perranzabuloe (n.)
One of those spray things used to wet ironing with.

Peru (n.)
The expression of innocent alarm seen on the face of someone guiltily surprised in the middle of a perusal.

Peterculter (n.)
Someone you don't want to be friends with who rings you up at eight-monthly intervals and suggests you get together soon.

Pevensey (n.)
(Archaic) The right to collect shingle from the king's foreshore.

Phillack (n.)
A Gucci belt pouch for carrying condoms in.

Pibsbury (n.)
The little hole in the end of a toothbrush.

Picklenash (n.)
The detritus found in wine glasses on the morning after a party.

Piddletrenthide (n.)
A trouser stain caused by a wimbledon (q.v.). Not to be confused with a botley (q.v.).

Pidney (n.)
The amount of coffee in the bottom of the jar which doesn't amount to a spoonful.

Pimlico (n.)
Small odd-shaped piece of plastic or curious metal component

found in the bottom of a kitchen rummage-drawer when spring-cleaning or looking for Sellotape.

Pimperne (n.)
One of those rubber nodules found on the underneath side of a lavatory seat.

Pingandy (n.)
An extremely neat old person.

Pingaring (n.)
That part of an oven that nobody wants or knows how to turn off.

Pitlochry (n.)
The background gurgling noise heard in fast food restaurants caused by people trying to get the last bubbles out of their milkshakes by slurping loudly through their straws.

Pitroddie (n.)
A middle- or upper-class person who affects a working-class style of speech.

Pitsligo (n.)
Part of traditional mating rite.
During the first hot day of spring, all the men in the tube start giving up their seats to ladies and strap-hanging. The purpose of pitsligo is to allow them to demonstrate their manhood by displaying the wet patches under their arms.

Pleeley (adj.)
Descriptive of a drunk person's attempts to be endearing.

Plenmeller (n.)
The non-waterproof material from which raincoats are made.

Pleven (n.)
One more, or one less, than the number required.

Plumgarths (pl.n.)
The corrugations on the ankles caused by wearing tight socks.

Pluvigner (n.)
The minuscule hole in the side of a biro.

Plymouth (vb.)
To relate an amusing story to someone without remembering that it was they who told it to you in the first place.

Plympton (n.)
The knob on top of a war memorial.

Pocking (n.)
The pointless tapping of a cigarette before getting on with the business of smoking it.

Podebrady (n.)
The man in dirty overalls hired to wander whistling round the corridors of a large corporation to make it look as if the management's getting something done.

Pofadder (n.)
A snake that can't be bothered to bite you.

Poffley End (n.)
The green bit of a carrot.

Poges (pl.n.)
The lumps of dry powder that remain after cooking a packet of soup.

Polbathic (adj.)
Gifted with the ability to manipulate taps using only the feet.

Pollatomish (adj.)
Peevish, restless, inclined to pull the stuffing out of sofas.

Polloch (n.)
One of those tiny ribbed-plastic and aluminium foil tubs of milk served on trains enabling you to carry one safely back to your compartment where you can spill the contents all over your legs in comfort trying to get the bloody thing open.

Polperro (n.)
The ball, or muff, of soggy hair found clinging to bath overflow-holes.

Polyphant (n.)
The mythical beast – part bird, part snake, part jam stain – which invariably wins children's painting competitions in the 5–7 age group.

Pontybodkin (n.)
The stance adopted by a seaside comedian which tells you that the punchline is imminent.

Poona (n.)
Satisfied grunting noise made when sitting back after a good meal.

Potarch (n.)
The eldest male in a soap opera family.

Pott Shrigley (n.)
Dried remains of a week-old casserole, eaten when extremely drunk at two a.m.

Prague (vb.)
To declaim loudly and pompously upon any subject about which the speaker has less knowledge than at least one other person at the table.

Preston Gubbals (n.)
Breasts of uneven weight.

Princes Risborough (n.)
The right of any member of the Royal Family to have people laugh at their jokes, however weedy.

Prungle (adj.)
Pretending to be proud to be single.

Pudsey (n.)
The curious-shaped flat wads of dough left on a kitchen table after someone has been cutting scones out of it.

Pulverbatch (n.)
The first paragraph on the blurb of a dust-jacket in which famous authors claim to have had a series of menial jobs in their youth.

Puning (ptcpl. vb.)
Boosting a man's ego by pretending to be unable to open a screwtop jar.

Pymble (n.)
Small metal object about the size of a thimble which lies on the ground. When you kick it you discover it is the top of something buried four feet deep.

Quabbs (pl.n.)
The substances which emerge when you squeeze a blackhead.

Quall (vb.)
To speak with the voice of one who requires another to do something for them.

Quedgeley (n.)
A rabidly left-wing politician who can afford to be that way because he married a millionairess.

Quenby (n.)
A stubborn spot on a window which you spend twenty minutes trying to clean off before discovering it's on the other side of the glass.

Querrin (n.)
A person that no one has ever heard of who unaccountably manages to make a living writing prefaces.

Quoyness (n.)
The hatefulness of words like 'relionus' and 'easiphit'.

R

Radlett (n.)
The single hemisphere of dried pea which is invariably found in an otherwise spotlessly clean saucepan.

Ramsgate (n.)
All institutional buildings must, by law, contain at least twenty ramsgates. These are doors which open the opposite way of the one you expect.

Randers (pl.n.)
People who, for their own obscure reasons, try to sleep with people who have slept with members of the Royal Family.

Ranfurly (adj.)
Fashion of tying ties so that the long thin end dangles below the short fat end.

Ravenna (n.)
Poetic term for the cleavage in a workman's bottom that peeks above the top of his trousers.

Rhymney (n.)
That part of a song lyric which you suddenly discover you've been mishearing for years.

Riber (n.)
The barely soiled sheet of toilet paper which signals the end of the bottom-wiping process.

Richmond (adj.)
Descriptive of the state that very respectable elderly ladies get into if they have a little too much sherry, which, as everyone knows, does not make you drunk.

Rickling (ptcpl. vb.)
Fiddling around inside a magazine to remove all the stapled-in special offer cards that make it impossible to read.

Rigolet (n.)
As much of an opera as most people can sit through.

Rimbey (n.)
The particularly impressive throw of a frisbee which causes it to be lost.

Ripon (vb.)
(Of literary critics) To include all the best jokes from the book in the review to make it look as if the critic thought of them.

Risplith (n.)
The burst of applause which greets the sound of a plate smashing in a canteen.

Rochester (n.)
One who is able to gain occupation of the armrests on both sides of their cinema or aircraft seat.

Roosebeck (n.)
Useful all-purpose emergency word. When a child asks 'Daddy, what's that bird/flower/funny thing that man's wearing?' you simply reply 'It's a roosebeck, darling.'

Royston (n.)
The man behind you in church who sings with terrific gusto almost three-quarters of a tone off the note.

Rudge (n.)
An unjust criticism of your ex-girlfriend's new boyfriend.

Rufforth (n.)
One who has the strength of character or loudness of voice to bring a lowthering (q.v.) session to an end.

S

Sadberge (n.)
A violent green shrub which is ground up, mixed with twigs and gelatine and served with clonmult (q.v.) and buldoo (q.v.) in a container referred to for no known reason as the 'relish tray'.

Saffron Walden (n.)
A particular kind of hideous casual jacket that nobody wears in real life, but which is much favoured by Ronnie Barker.

Salween (n.)
A faint taste of washing-up liquid in a cup of tea.

Samalaman (n.)
One who fills in the gaps in conversations by beaming genially at people and saying 'Well, well, well, here we all are then', a lot.

Satterthwaite (vb.)
To spray the person you are talking to with half-chewed bread-crumbs or small pieces of whitebait.

Saucillo (n.)
A joke told by someone who completely misjudges the temperament of the person to whom it is told.

Savernake (vb.)
To sew municipal crests on to an anorak in the belief that this makes the wearer appear cosmopolitan.

Scackleton (n.)
Horizontal avalanche of cassettes that slides across the interior of a car as it goes round a sharp corner.

Scamblesby (n.)
A small dog which resembles a throw-rug and appears to be dead.

Scethrog (n.)
One of those peculiar beards-without-moustaches worn by religious Belgians and American scientists which help them look like trolls.

Sconser (n.)
A person who looks around them when talking to you, to see if there's anyone more interesting about.

Scopwick (n.)
The flap of skin which is torn off your lip when trying to smoke an untipped cigarette.

Scorrier (n.)
A small hunting dog trained to snuffle amongst your private parts.

Scosthrop (vb.)
To make vague opening or cutting movements with the hands when wandering about looking for a tin opener, scissors, etc., in the hope that this will help in some way.

Scrabby (n.)
A curious-shaped duster given to you by your mother which on closer inspection turns out to be half an underpant.

Scrabster (n.)
One of those dogs which has it off on your leg during tea.

Scramoge (vb.)
To cut oneself whilst licking envelopes.

Scranton (n.)
A person who, after the declaration of the bodmin (q.v.), always says, '... But I only had the tomato soup.'

Scraptoft (n.)
The absurd flap of hair a vain and balding man grows long above one ear to comb it plastered over the top of his head to the other ear.

Screeb (vb.)
To make the noise of a nylon anorak rubbing against a pair of corduroy trousers.

Screggan (n.)
(Banking) The crossed-out bit caused by people putting the wrong year on their cheques all through January.

Scremby (n.)
The dehydrated felt-tip pen attached by a string to the 'Don't Forget' board in the kitchen which has never worked in living memory but which no one can be bothered to throw away.

Scridain (n.)
The tone that Norman Tebbit adopts with interviewers.

Scroggs (pl.n.)
The stout pubic hairs which protrude from your helping of moussaka in a cheap Greek restaurant.

Scronkey (n.)
Something that hits the window as a result of a violent sneeze.

Scugog (n.)
One whose mouth actually hangs open when watching something mildly interesting on the other side of the street.

Scullet (n.)
The last teaspoon in the washing up.

Scurlage (n.)
A duck-web of snot caused by sneezing into your hand.

Seattle (vb.)
To make a noise like a train going along.

Shalunt (n.)
One who wears Trinidad and Tobago T-shirts on the beach in Bali to prove they didn't just win the holiday in a competition or anything.

Shankling (n.)
The hoop of skin around a single slice of salami.

Sheepy Magna (n.)
One who emerges unexpectedly from the wrong bedroom in the morning.

Sheppey (n.)
Measure of distance (equal to approximately seven-eighths of a mile), defined as the closest distance at which sheep remain picturesque.

Shifnal (n.)
An awkward shuffling walk caused by two or more people in a hurry accidentally getting in the same segment of a revolving door.

Shimpling (ptcpl. vb.)
Lying about the state of your life in order to cheer up your parents.

Shirmers (pl.n.)
Tall young men who stand around smiling at weddings as if to suggest that they know the bride rather well.

Shoeburyness (n.)
The vague uncomfortable feeling you get when sitting on a seat which is still warm from somebody else's bottom.

Shottle (n.)
One of those tubes made of yellow plastic dustbins which builders use to get rubble off the top floor of a house.

Shrenk (n.)
A fold in a pair of stockings that aren't tight enough for a pair of thin legs.

Sicamous (adj.)
Perfectly willing to appear on the Terry Wogan show.

Sidcup (n.)
A hat made from tying knots in the corners of a handkerchief.

Sigglesthorne (n.)
Anything used in lieu of a toothpick.

Silesia (n.)
(Medical) The inability to remember, at the critical moment, which is the better side of the boat to be seasick off.

Silloth (n.)
Something that was sticky, and is now furry, found on the carpet under the sofa on the morning after a party.

Simprim (n.)
The little movement of false modesty by which a woman with a cavernous visible cleavage pulls her skirt down over her knees.

Sittingbourne (n.)
One of those conversations where both people are waiting for the other one to shut up so they can get on with their bit.

Skagway (n.)
Sudden outbreak of cones on a motorway.

Skannerup (n.)
A Swedish casserole made of elk-livers.

Skegness (n.)
Nose excreta of a malleable consistency.

Skellister (n.)
A very, very old solicitor.

Skellow (adj.)
Descriptive of the satisfaction experienced when looking at a really good drystone wall.

Skenfrith (n.)
The flakes of athlete's foot found inside socks.

Sketty (n.)
Apparently self-propelled little dance a beer glass performs in its own puddle.

Skibbereen (n.)
The noise made by a sunburned thigh leaving a plastic chair.

Skoonspruit (n.)
The tiny garden sprinkler thing your mouth sometimes does for no apparent reason.

Skrubburdnut (n.)
One who draws penises on posters of women in the Underground.

Skulamus (n.)
Someone who is obviously not doing what they went into the lavatory for.

Slabberts (pl.n.)
People who say 'Can I have some more juice?' when they mean gravy.

Slettnut (n.)
Something which goes round and round but won't come off.

Slipchitsy (n.)
Someone who takes the morning off work in order to sign on.

Slobozia (n.)
A chronic inability to pick up underpants.

Slogarie (n.)
Hillwalking dialect for the stretch of concealed rough moorland which lies between what you thought was the top of the hill and what actually is.

Sloinge (n.)
A post self-abuse tristesse.

Sloothby (adj.)
Conspicuously inconspicuous – as of a major celebrity entering a restaurant with a great display of being incognito.

Slubbery (n.)
The gooey drips of wax that dribble down the sides of a candle.

Sluggan (n.)
A lurid facial bruise which everybody politely omits to mention

because it's obvious that you had a punch-up with your spouse last night – but which was actually caused by walking into a door. It is useless to volunteer the true explanation because nobody will believe it.

Slumbay (n.)
The cigarette end someone discovers in the mouthful of lager they have just swigged from a can at the end of a party.

Smarden (vb.)
To keep your mouth shut by smiling determinedly through your teeth.
Smardening is largely used by people trying to give the impression that they're enjoying a story they've heard at least six times before.

Smearisary (n.)
The part of a kitchen wall reserved for the schooltime daubings of small children.

Smisby (n.)
The correct name for a junior apprentice greengrocer whose main duty is to arrange the fruit so that the bad side is underneath.
From the name of a character not in Dickens.

Smyrna (n.)
The expression on the face of one whose joke has gone down rather well.

Sneem (n.)
Particular kind of frozen smile bestowed on a small child by a parent in mixed company when question, 'Mummy, what's this?' appears to require the answer, 'Er... it's a rubber johnny, darling.'

Snitter (n.)
One of the rather unfunny newspaper clippings pinned to an office wall, the humour of which is supposed to derive from the fact that the headline contains a name similar to that of one of the occupants of the office.

Snitterby (n.)
Someone who pins up snitters (q.v.).

Snitterfield (n.)
Office noticeboard on which snitters (q.v.), cards saying 'You don't

have to be mad to work here, but if you are, it helps!!!' and smutty postcards from Ibiza get pinned up by snitterbies (q.v.).

Snoul (n.)
The third recurrence of a winter cold.

Snover (n.)
One who is reduced to drinking coffee from his egg-cups in order to put off the washing up just one more week.

Solent (adj.)
Descriptive of the state of serene self-knowledge reached through drink.

Soller (vb.)
To break something in two while testing if you glued it together properly.

Sompting (n.)
The practice of dribbling involuntarily into one's own pillow.

Sotterley (n.)
Uncovered bit between two shops with awnings, which you have to cross when it's raining.

Southwick (n.)
A left-handed wanker.

Spiddle (vb.)
To fritter away a perfectly good life pretending to develop film projects.

Spinwam (n.)
The toxic foam that clings to rocky foreshores.

Spittal of Glenshee (n.)
That which has to be cleaned off castle doors in the morning after a bagpipe-playing contest or vampire attack.

Spoffard (n.)
An MP whose contribution to politics is limited to saying 'Hear Hear'.

Spofforth (vb.)
To tidy up a room before the cleaning lady arrives.

Spokane (vb.)
To remove precious objects from a room before a party.

Spreakley (adj.)
Irritatingly cheerful in the morning.

Spruce Knob (n.)
A genital aftershave which is supposed to be catching on in America.

Spurger (n.)
One who in answer to the question 'How are you?' actually tells you.

Spuzzum (n.)
A wee-wee which resembles a lawn sprinkler, caused by a shred of tissue paper covering the exit hole of the penis.

Squibnocket (n.)
That part of a car, the unexpected need for the replacement of which causes garage bills to be four times larger than the estimate.

Stagno di Gumbi (n.)
(Italian) Pissed off with waiting for a bus to arrive, a waiter to bring the menu, or a genius to finish painting your ceiling.

Staplow (n.)
A telephone number that you now can't find anywhere because two years ago you swore you would never speak to the person again.

Stebbing (n.)
The erection you cannot conceal because your are not wearing a jacket.

Steenhuffel (n.)
One who is employed by a trade delegation or negotiating team to swell the numbers and make it look impressive when they walk out. There are currently 25,368 steenhuffels working at the UN in New York.

Stelling Minnis (n.)
A traditional street dance. This lovely old gigue can be seen at any time of the year in the streets of the City of London or the Courts of the Old Bailey. Wherever you see otherwise perfectly staid groups of bankers, barristers or ordinary members of the public moving

along in a slightly syncopated way you may be sure that a stelling minnis is taking place. The phenomenon is caused by the fact that the dancers are trying not to step on the cracks in the pavement in case the bears get them.

Stibb (n.)
An unwelcome poke in the ribs by someone who hardly knows you. 'Mr Robert Maxwell stibbed Her Royal Highness repeatedly with his huby.' *The Times.*

Stibbard (n.)
The invisible brake pedal on the passenger's side of the car.

Stody (n.)
A small drink which someone nurses for hours so they can stay in the pub.

Stoke Poges (n.)
The tapping movements of an index finger on glass made by a person futilely attempting to communicate with either a tropical fish or a Post Office clerk.

Stowting (ptcpl. vb)
Feeling a pregnant woman's tummy.

Strassgang (n.)
German word for the group of workers hired to lunch inside a string of motorway cones, or skagway (q.v.).

Strelley (n.)
Long strip of paper or tape which has got tangled round the wheel of something.

Strubby (adj.)
Attractively miniature.

Sturry (n.)
A token run. Pedestrians who have chosen to cross a road immediately in front of an approaching vehicle generally give a little wave and break into a sturry. This gives the impression of hurrying without having any practical effect on their speed whatsoever.

Stutton (n.)
Tiny melted plastic nodule which fails to help fasten a duvet cover.

Suckley Knowl (n.)
A plumber's assistant who never knows where the actual plumber is.

Surby (adj.)
Insolently polite, as of policemen who have stopped a motorist.

Sutton and Cheam (ns.)
Sutton and Cheam are the two kinds of dirt into which all dirt is divided. 'Sutton' is the dark sort that always gets on to light-coloured things, and 'cheam' the light-coloured sort that always clings on to dark items. Anyone who has ever found Marmite stains on a dress-shirt, or seagull goo on a dinner jacket a) knows all about sutton and cheam, and b) is going to some very curious dinner parties.

Swaffham Bulbeck (n.)
An entire picnic lunchtime spent fighting off wasps.

Swanage (pl.n.)
A series of diversionary tactics used when trying to cover up the existence of a glossop (q.v.) such as uttering a high-pitched laugh and pointing out of the window.

Swanibost (adj.)
Completely shagged out after a hard day having income tax explained to you.

Swefling (ptcpl. vb.)
Using a special attachment to Hoover a sofa.

Symond's Yat (n.)
The little spoonful inside the lid of a recently opened boiled egg.

T

Tabley Superior (n.)
The look directed at you in a theatre bar during the interval by people who've already got their drinks.

Tampa (n.)
The sound of a rubber eraser coming to rest after dropping off a desk in a very quiet room.

Tananarive (vb.)
To announce your entrance by falling over the dustbin in the drive.

Tanvats (pl.n.)
Disturbing things that the previous owners of your house have left in the cellar.

Tarabulus (n.)
The geometrical figure which describes the Ban the Bomb sign or a car steering wheel.

Taroom (vb.)
To make loud noises during the night to let the burglars know you are in.

Teigngrace (n.)
The belief that a Devon cream tea is not going to make you feel sick after you've eaten it.

Tew (n.)
Tuft of hair that grows between a man's eyebrows.

Tewel (n.)
The little brass latch which fastens the front wall of a doll's house.

Throcking (ptcpl. vb.)
The action of continually pushing down the lever on a pop-up toaster in the hope that you will thereby get it to understand that you want it to toast something.

Throckmorton (n.)
The soul of a departed madman: one of those now known to inhabit the timing mechanisms of pop-up toasters.

Thrumster (n.)
The irritating man next to you in a concert who thinks he's the conductor.

Thrupp (vb.)
To hold a ruler on one end of a desk and make the other end go bbddbbddbbrrbrrrddrr.

Thurnby (n.)
A rucked-up edge of carpet or linoleum which everyone says someone will trip over and break a leg unless it gets fixed. After a year or two someone trips over it and breaks a leg.

Tibshelf (n.)
Criss-cross wooden construction hung on a wall in a teenage girl's bedroom which is covered with glass bambis and poodles, matching pigs and porcelain ponies in various postures.

Tidpit (n.)
The corner of a toenail from which satisfying little black spots may be sprung.

Tillicoultry (n.)
The man-to-man chumminess adopted by an employer as a prelude to telling an employee that he's going to have to let him go.

Timble (vb.)
(Of small nasty children) To fall over very gently, look around to see who's about, and then yell blue murder.

Tincleton (n.)
A man who amuses himself in your lavatory by pulling the chain in mid-pee and then seeing if he can finish before the flush does.

Tingewick (n.)
The first, sleepy morning stirrings of the penis.

Tingrith (n.)
The feeling of silver paper against your fillings.

Tockholes (pl.n.)
The tiny meaningless perforations which infest brogues.

Todber (n.)
One whose idea of a good time is to stand behind his front hedge and give surly nods to people he doesn't know.

Todding (ptcpl. vb.)
The business of talking amicably and aimlessly to the barman at the local.

Tolob (n.)
The crease or fold in an underblanket the removal of which involves getting out of bed and largely remaking it.

Tolstachaolais (phr.)
What the police in Leith require you to say in order to prove that you are not drunk.

Tomatin (n.)
The chemical from which tinned tomato soup is made.

Tonypandy (n.)
The voice used by presenters on children's television programmes.

Toodyay (n.)
Indonesian expression meaning 'sometime next month'.

Tooting Bec (n.)
A car behind which one draws up at the traffic lights and hoots at when the lights go green before realizing that the car is parked and there is no one inside.

Torlundy (n.)
Narrow but thickly grimed strip of floor between the fridge and the sink unit in the kitchen of a rented flat.

Toronto (n.)
Generic term for anything which comes out in a gush despite all your careful efforts to let it out gently, e. g. flour into a white sauce, tomato ketchup on to fried fish, sperm into a human being, etc.

Totteridge (n.)
The ridiculous two-inch hunch that people adopt when arriving late for the theatre in the vain hope that it will minimize either the embarrassment or the lack of visibility for the rest of the audience.

Trantlemore (vb.)
To make a noise like a train crossing a set of points.

Trewoofe (n.)
A very thick and heavy drift of snow balanced precariously on the edge of a door porch awaiting for what it judges to be the correct moment to fall.
From the ancient Greek legend, 'The Trewoofe of Damocles'.

Trispen (n.)
A form of intelligent grass. It grows a single, tough stalk and makes its home on lawns. When it sees the lawnmower coming it lies down and pops up again after it has gone by.

Trossachs (pl.n.)
The useless epaulettes on an expensive raincoat.

Trunch (n.)
Instinctive resentment of people younger than you.

Tuamgraney (n.)
A hideous wooden ornament that people hang over the mantelpiece to prove they've been to Africa.

Tukituki (n.)
A sexual liaison which is meant to be secret but which is in fact common knowledge.

Tullynessle (n.)
An honest attempt to track down a clitoris.

Tulsa (n.)
A slurp of beer which has accidentally gone down your shirt collar.

Tumby (n.)
The involuntary abdominal gurgling which fills the silence following someone else's intimate personal revelation.

Tweedsmuir (collective n.)
The name given to the extensive collection of hats kept in the downstairs lavatory which don't fit anyone in the family.

Twomileborris (n.)
A popular East European outdoor game in which the first person to reach the front of the meat queue wins, and the losers have to forfeit their bath plugs.

U

Udine (adj.)
Not susceptible to charm.

Ugglebarnby (n.)
The ponytail affected by a middle-aged balding man.

Ullapool (n.)
The spittle which builds up on the floor of the orchestra pit of the Royal Opera House.

Ullingswick (n.)
An over-developed epiglottis found in middle-aged coloraturas.

Ulting (ptcpl. vb.)
Clicking the jaw to unpop the ears.

Umberleigh (n.)
The awful moment which follows a dorchester (q.v.) when a speaker weighs up whether to repeat an amusing remark after nobody laughed the last time. To be on the horns of an umberleigh is to wonder whether people didn't hear the remark, or whether they did hear it and just didn't think it was funny, which was why somebody coughed.

Upottery (n.)
That part of a kitchen cupboard which contains an unnecessarily large number of milk jugs.

Urchfont (n.)
Sudden stab of hypocrisy which goes through the mind when taking vows as a godparent.

Uttoxeter (n.)
A small but immensely complex mechanical device which is essentially the 'brain' of a modern coffee machine, and which enables the machine to take its own decisions.

V

Valletta (n.)

An ornate head-dress or loose garment worn by a person in the belief that it renders them invisibly native and not like tourists at all. People who don huge conical straw coolie hats with 'I luv Lagos' on them in Nigeria, or fat solicitors from Tonbridge on holiday in Malaya who insist on appearing in the hotel lobby wearing a sarong know what we are on about.

Vancouver (n.)

The technical name for one of those huge trucks with whirling brushes on the bottom used to clean streets.

Ventnor (n.)

One who, having been visited as a child by a mysterious gypsy lady, is gifted with the strange power of being able to operate the air-nozzles above aeroplane seats.

Vidlin (n.)

The moistly frayed end of a piece of cotton thread.
'It is easier for a rich man to enter the Kingdom of Heaven than it is for a vidlin to pass through the eye of a needle.'

Visby (n.)

The pointy, tent-like structure in the bedclothes with which a man indicates to his partner that he thinks it's high time she stopped fiddling around in the bathroom cupboard and came to bed.

Vollenhove (n.)

One who indicates from thirty yards across a crowded street that they have spotted you, wish to speak with you, and that you are required to remain rooted to the spot waiting for them.

W

Waccamaw (n.)
An exotic Brazilian bird which makes its home in the audiences of BBC Light Entertainment radio shows and screeches when it hears the word 'bottom'.

Warleggan (n.)
(Archaic) One who does not approve of araglins (q.v.).

Wartnaby (n.)
Something you only discover about somebody the first time they take their clothes off in front of you.

Wasp Green (adj.)
The paint in the catalogue which is quite obviously yellow.

Watendlath (n.)
The bit of wood a cabbie removes so as to open his sliding window and give you the full benefit of his opinions.

Wawne (n.)
A badly suppressed yawn.

Wedderlairs (pl.n.)
The large patches of sweat on the back of a hot man's T-shirt.

Wembley (n.)
The hideous moment of confirmation that the disaster presaged in the ely (q.v.) has actually struck.

Wendens Ambo (n.)
(Veterinary term) The operation to trace an object swallowed by a cow through all its seven stomachs. Hence, also, an expedition to discover where the exits are in the Barbican Centre.

West Wittering (ptcpl. vb.)
The uncontrollable twitching which breaks out when you're trying to get away from the most boring person at a party.

Wetwang (n.)
A moist penis.

Whaplode Drove (n.)
A homicidal golf stroke.

Whasset (n.)
A business card in your wallet belonging to someone whom you have no recollection of meeting.

Whissendine (n.)
A noise which occurs (often by night) in a strange house, which is too short and too irregular for you ever to be able to find out what it is and where it comes from.

Widdicombe (n.)
The sort of person who impersonate trimphones.

Wigan (n.)
If, when talking to someone you know has only one leg, you're trying to treat them perfectly casually and normally, but find to your horror that your conversation is liberally studded with references to (a) Long John Silver, (b) Hopalong Cassidy, (c) the Hokey Cokey, (d) 'putting your foot in it', (e) 'the last leg of the UEFA competition', you are said to have committed a wigan.

Wike (vb.)
To rip a piece of sticky plaster off your skin as fast as possible in the hope that it will (a) show how brave you are and (b) not hurt.

Willimantic (adj.)
Of a person whose heart is in the wrong place (i.e. between their legs).

Wimbledon (n.)
The last drop which, no matter how much you shake it, always goes down your trouser leg.

Winkley (n.)
A lost object which turns up immediately you've gone and bought a replacement for it.

Winster (n.)
One who is mistakenly under the impression that they are charming.

Winston-Salem (n.)
A person in a restaurant who suggests to their companions that they

should split the cost of a meal equally, and then orders two packets of cigarettes on the bill.

Wivenhoe (n.)
The cry of alacrity with which a sprightly eighty-year-old breaks the ice on the lake when going for a swim on Christmas Eve.

Woking (ptcpl. vb.)
Standing in the kitchen wondering what you came in here for.

Wollondilly (n.)
A woman who can't get her lipstick on straight.

Worgret (n.)
A kind of poltergeist which specializes in stealing new copies of the A–Z from your car.

Worksop (n.)
A person who never actually gets round to doing anything because he spends all his time writing out lists headed 'Things To Do (Urgent)'.

Wormelow Tump (n.)
Any seventeen-year-old who doesn't know about anything at all in the world other than bicycle gears.

Wrabness (n.)
The feeling after having tried to dry oneself with a damp towel.

Writtle (vb.)
Of a steel ball, to settle into a hole.

Wroot (n.)
A short little berk who thinks that by pulling on his pipe and gazing shrewdly at you he will give the impression that he is infinitely wise and 6ft 2in.

Wubin (n.)
The metal foil container which Chinese meals come in.

Wyoming (ptcpl. vb.)
Moving in hurried desperation from one cubicle to another in a public lavatory trying to find one which has a lock on the door, a seat on the bowl and no brown streaks on the seat.

Y

Yalardy (n.)
An illness which you know you've got but which the thermometer refuses to acknowledge.

Yarmouth (vb.)
To shout at foreigners in the belief that the louder you speak, the better they'll understand you.

Yate (n.)
Dishearteningly white piece of bread which sits lumpily in a pop-up toaster during a protracted throcking (q.v.) session.

Yebra (n.)
A cross between a zebra and anything else which fancies zebras.

Yesnaby (n.)
A 'yes, maybe' which means 'no'.

Yetman (n.)
A yesman waiting to see who it would be most advantageous to agree with.

Yonder Bognie (n.)
The kind of restaurant advertised as 'just three minutes from this cinema' which clearly nobody ever goes to and, even if they had ever contemplated it, have certainly changed their minds since seeing the advert.

Yonkers (n.)
(Rare) The combined thrill of pain and shame when being caught in public plucking your nostril hairs and stuffing them into your side-pocket.

York (vb.)
To shift the position of the shoulder straps on a heavy bag or rucksack in a vain attempt to make it seem lighter.
Hence: to laugh falsely and heartily at an unfunny remark.
'Jasmine yorked politely, loathing him to the depths of her being.' – Virginia Woolf.

Z

Zafrilla (n.)
A garment that even Lady Rothermere would not deign to wear.

Zagreb (n.)
A stranger who suddenly clutches an intimate part of your body and then pretends they did it to prevent themselves falling.

Zeal Monachorum (n.)
(Skiing term) To ski with 'zeal monachorum' is to descend the top three-quarters of the mountain in a quivering blue funk, but on arriving at the gentle bit just in front of the restaurant to whizz to a stop like a victorious slalom champion.

Zeerust (n.)
The particular kind of datedness which afflicts things that were originally designed to look futuristic.

Zigong (n.)
Screeching skid made by cartoon character prior to turning round and running back in the opposite direction.

Zlatibor (n.)
(Hungarian) A prince of the blood royal temporarily forced to seek employment as a waiter.

Zod (n.)
An irritating lump which sticks out from the main body.
Hence:
(1) A bit of cement which sits proud of the brickwork.
(2) A drip of paint on the windowpane.
(3) The knob of surplus butter on a corner of toast.
(4) Noel Edmonds' head.

Zumbo (n.)
One who pretends not to know that the exhaust has fallen off his car.

Nachwort

Ja, mein Nachwort ist mit seinen vierzig Seiten sehr lang geraten
– aber nicht zu lang, denn wer solche Entbehrungen und Leiden
hinter sich hat wie ich, dem sollte man Gelegenheit geben, über
alles zu sprechen.
Ich schätze mich daher glücklich, einen Verlag gefunden zu haben, der Autoren dies erlaubt und zusichert, keine einzige Silbe
zu kür

Sven Böttcher, Rosengarten, 14.6.1992

Appendix

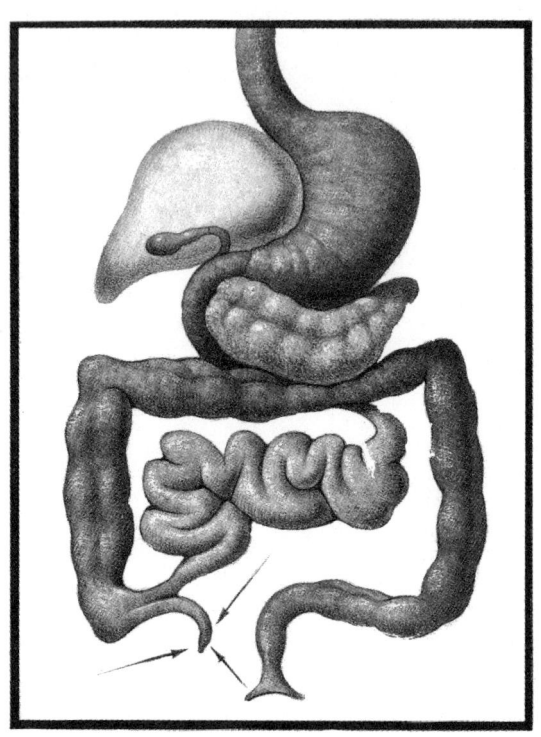